SHY NOVELS

銀の謀略

Prince of Silva

岩本 薫

イラスト 蓮川 愛

Contents

銀の謀略【たくらみ】

Prince of Silva

不意に目が覚めた。

薄目を開けて確かめた部屋は、まだ暗い。夜明け前のようだ。

いつ寝入ったのか、記憶がなかった。

毎日ではないけれど、このところ週に三日は、いつの間にか眠りに落ちていることが多い。

寝る前に恋人と抱き合って、欲望をすべて吐き出し、心地よい疲労感と充足感を道連れに、眠りの淵へと落ちてしまう。

昨夜もそうだった。

一日のタスクが終了するのと同時、もつれ合うように寝室へと傾《なだ》れ込《こ》み、服を脱ぐのももどかしく寝台で抱き合って、際限なく求め合った。

体じゅうをキスで埋め尽くし、深く繋がり、互いの快感を我がことのように感じて……。

思い起こすと、満ち足りた幸せな気分がじわっと胸に広がる。

だが、それも長くは続かなかった。

ふと不安が頭をもたげた蓮《れん》は、傍《かたわ》らに手を伸ばす。手のひらが硬い筋肉に触れた。

(よかった。まだいる)

ほっと安堵してもう一度目を瞑《つぶ》り、もぞっと寝返りを打った刹那《せつな》。

「……どうした?」

頭上から囁《ささや》きが落ちてきた。

(しまった)

退役軍人の恋人は軍隊にいた頃、どんな場所でも眠れるように、そして些細な物音でも目が覚めるように、体に叩き込まれたらしい。除隊してから十年が過ぎたいまも、当時の習性は抜けていないようだ。

一緒に眠るようになって二ヶ月が過ぎたが、それを忘れて、ついうっかり起こしてしまう。

「ごめん……起こしちゃった？」

小声で囁き返したら、「どのみちそろそろ起きようと思っていたところだ」という答えが返ってきた。

だから気にしなくていいという意味だろうが、その返答を聞いた瞬間、夢うつつの狭間でぼんやりしていた意識がはっきりする。

蓮は両目をぱちっと開き、片肘をついて上半身を起こした。横たわっている恋人を上から覗き込む。間接照明のオレンジの光に、彫りの深い立体的な貌《かお》が浮かび上がって見えた。

「もう行くの？」

問いかけた声音が寂しそうに聞こえたのか、恋人がじわりと双眸《そうぼう》を細める。

「そろそろ行かないとな」

宥《なだ》めるような声を出して、蓮の頭を片手で撫でた。黒髪の中に指をくぐらせ、頭皮をやわやわと揉む。

ここ『パラチオ デ シウヴァ』を取り仕切る執事のロペスは、蓮の起床時間ぴったりにモーニングティを運んでくる。今朝は「七時に起こしてくれ」と頼んであるので、七時ジャストに寝室のドアを開けるはずだ。

「七時にはロペスが起こしに来る」

その前には、恋人はいま二人で過ごしている寝台から出て行かねばならない。

恋人は自宅の他に、『パラチオ　デ　シウヴァ』の本館内に部屋を持っている。仕事が立て込んで、家に帰る時間が取れない際に使用する部屋だ。

蓮と抱き合う夜は、建前上その部屋に泊まることになっている。寝台を使った形跡がないとハウスキーパーに訝《いぶか》られるので、明け方にいったん自分の部屋に戻るのだ。

抱き合って眠っても、朝までは一緒にいられない。

二人の関係を公にできない以上、それは仕方がないことだとわかっている。

だけど、寂しい気持ちは否めない。広い寝台に一人置いていかれるのは悲しい。別れの前が幸せな時間であるから余計に、言い尽くせぬ侘《わび》しさを感じてしまう。

恋人もそれをわかっているから、いつもは蓮が眠っている間に、そっと寝台を抜け出して部屋に戻る。おかげで蓮は、恋人が部屋に引き揚げたのに気がつかないまま朝を迎えることがほとんどだ。

でも今日は気がついてしまった。そして、すっかり目も冴えた。

ベッドサイドのナイトテーブルに手を伸ばした蓮は、恋人が眠る前に外した腕時計を摑んだ。

重量感のある腕時計は、オーデマ・ピゲのロイヤルオークオフショアダイバー。思うにこれは、オーナーを選ぶ時計だ。手首が細い自分には似合わない。がっしりと骨太で日に灼《や》けた恋人の腕にこそ、しっくりとフィットするダイバーズウォッチだ。

黒い文字盤で時を刻む蛍光の針を読み取り、蓮は「まだ五時前だ」と言った。

「ロペスが起こしに来るまで二時間ある」

期待を込めてそうつぶやき、灰褐色の瞳を見つめたが、恋人はつれなかった。

「二時間の睡眠は大きい。今日の業務のためにもきちんと眠っておくべきだ」

恋人としての自分よりも、側近としての使命感を優先させる男を、蓮は睨《にら》みつける。

どんな時も、恋人の頭の片隅には、蓮のコンディションに対する懸念があるのだ。

常に翌日の業務が最優先で、無理はさせない。

それが蓮には、ちょっと歯がゆい。

自分の体調を慮《おもんぱか》ってくれるのは有り難いけれど、同時に、その抑制心が憎たらしい。

自分には、恋人の理性の牙城を突き崩すまでの魅力がないのだと、突きつけられる気がして。

苛立ち、髪を弄《まさぐ》る手を振り払った蓮は、筋肉質の肩にかぷっと噛みついた。

「こら、噛むな」

恋人が頭を摑んで引き剝がそうとする。それに抗い、蓮は恋人をなじった。

「鏑木が悪いんだ」

「蓮」

「そんなもっともらしい話なんか聞きたくない。いまはどっちなんだよ？」

「どっち、とは？」

「俺の恋人なのか、側近なのか」

二択を迫る蓮に、恋人が片方の眉を上げる。

「どっちかでないと駄目なのか？　どっちも、という選択肢は？」

「ナシ」

すかさず却下して、答えが返ってくる前に、自分の要求をぶつける。

「いまは業務時間内じゃない。プライベートだろ？　プライベートだったら恋人のはずだ」

「その二つを分けることはできない。おまえの守護者である俺と、おまえの恋人である俺と、両方が合わさって、俺という人間だ。それを理解した上でこうなったんだろう？」

子供に言い含めるような物言いに、蓮はいよいよむくれた。

そんなことわかっている。

プライベートにせよ、仕事にせよ、鏑木《かぶらぎ》が他のなによりも、誰よりも、自分を優先してくれていること。

大切に思ってくれていることは、わかっている。

これ以上を望むのはわがままだってことも……。

でも、どんな時もおのれを見失わない恋人に、時として無性に苛立ってしまうのはどうしようもない。

自分は一瞬も、一秒だって、離れていたくないのに。

抱き合う時はいつも、このまま溶け合って一つの塊《かたまり》になれたらいいと本気で思っている。

手に手を取って、ジャングルに駆け落ちできたらどんなにいいだろう、などと子供じみた妄想をすることだってある。

在りし日の、母・イネスと父・学《まなぶ》のように。

いまの蓮には、お互いの存在以外のすべてを捨てた両親の気持ちが痛いほどよくわかる。

家より、肉親より、自分より、大切なものができてしまった彼らの気持ちが――。

祖父のいまわの際に「シウヴァを護る」と誓いを立てた自分たちに、シウヴァ家を捨てることなどできない。特に鏑木はできない。というか、絶対にしない。

(そんなこと、わかっているけれど)

薄闇の中でも力強さを失わない恋人の瞳を見つめていると、大きな手がすっと伸びてきて、蓮の頬に触れた。肉感的な唇が自嘲気味に歪む。

「……なんて偉そうに言える立場じゃない」

「鏑木?」

「こうやって言い聞かせていないと、自分を見失いかけることがある」

熱の籠《こ》もった眼差しが、蓮を見つめ返す。

「側近としての使命感が、時折、男として最も原始的な欲求に負けそうになる」

鋼《はがね》のごとき意志を持つ恋人に、弱みを打ち明けられ、蓮の体内を歓喜が駆け巡った。

「鏑木……っ」

喜びの声をあげて恋人に抱きつく。逞《たくま》しい首筋に両手を回し、ぎゅっとしがみついた。鏑木の両手も蓮の背中に回ってきて、やさしく抱き返してくれる。

「俺はもっと自分を鍛える必要があるな」

耳許に低音が囁いた。

「おまえの誘惑に負けないように」

「そんな必要ないよ」

即座に反論を口にして、腕の力を緩める。体を少しだけ離し、蓮は恋人の顔をじっと見つめた。

「鏑木はもう充分強いし、これ以上魅力的になったら心配で、仕事が手につかなくなる」

真顔で告げると、恋人がふっと笑う。

「笑うなよ。本気なんだから」

「おまえこそ、これ以上かわいいことを言うと」

「言うと？」

聞き返した直後にぐいっと腕を引っ張られ、あっという間に上下を入れ替えられた。蓮を組み敷いた恋人が、灰褐色の瞳を獰猛《どうもう》に光らせる。

「今日一日、腰をかばって過ごす羽目になるぞ？」

恋人の脅《おど》しに、胸の奥から甘やかな期待がこみ上げてきて、蓮は目を輝かせた。

「望むところだ」

両腕を持ち上げてもう一度首に巻きつけ、唇に唇を押しつける。ちゅっと吸うと、ちゅくっと吸い返された。互いに啄み合い、吸い合いながら、口接が徐々に深まっていく。

「ふ……ん……ン……っ」

口腔《こうこう》に入り込んできたよく動く舌に、蓮の舌はたちまち揉みくちゃにされた。唾液が泡立ち、口の端から溢れる。首の後ろに大きな手が回ってきて、後頭部をすっぽり包み込み、髪を狂おしく掻き混ぜた。もう片方の手は寝間着の上着をたくし上げる。

裾から潜り込んできた手のひらの熱さに、蓮はぶるっと胴震いした。触れられた場所から肌に熱が点り、その熱がじわじわと広がっていく。あやすように脇腹をさすっていた恋人の手が、ゆっくりと胸のほうに這い上がってきたかと思うと、親指で乳首をくにゅりと押し潰した。

「……っ……」

全身がぴくんっと震え、重なっていた唇が離れる。距離ができて焦点が合い、鏑木の顔が見えた。ほとんどのパーツは逆光に塗り潰されているが、二つの目だけは猛々しい光を放っている。欲情を纏《まと》った眼差しで射貫《いぬ》かれ、首筋がぞくぞくと粟立った。

密着した恋人の下半身はすでに硬く兆し、蓮の太股を押し上げている。

恋人が自分を欲しがっている証《あかし》を感じ取った蓮の全身を、歓喜が駆け抜けた。

同性だからわかる。男の体は正直だ。欲望がなければこうはならない。

だから……うれしい。

額と鼻のてっぺんにキスをした鏑木が、体を少し下にずらした。蓮の寝間着の上衣をたくし上げ、あらわになった胸に顔を寄せてくる。

鏑木に乳首を含まれ、きゅっと吸われて「ひゃっ」と声が漏れた。さらに舌先で乳頭を前後左右に転がされる。

「んっ……んっ」

もう片方の乳首は指で摘まれた。紙縒《こよ》りをよるみたいに捻《ねじ》り上《あ》げられて、ぴりぴりと甘い痛みが走る。

「あっ……ふ、ん」

この二ヶ月の間、鏑木に愛撫され続けたそこは、以前より敏感になったように思う。ちょっと刺激されただけでツンと尖《とが》り、さほど時を要さず、硬く痼《しこ》るようになった。

初めて乳首を愛撫されたのは、鏑木の手でイカされた時だ。蓮は十六歳だった。あの時は、なぜ鏑木がそんな場所を弄《いじ》るのかがわからないまま、捏《こ》ねられたり、引っ張られたりした。しばらくは痛みや違和感のほうが大きかったが、執拗《しつよう》に弄られているうちに、別の感覚が入り交じってくるようになった。

体中の産毛が逆立ち、表皮がぞわぞわと波立つ感覚。それが快感だとわかった頃には、もう引き返せなくなっていた。

いまもそうだ。刺激された部分から、ジリジリと痛がゆいような感覚が染《し》み出《だ》してきて、自然と背中が浮き上がった。それによって胸を突き出す形になり、鏑木にいっそう深く銜《くわ》えられてしまう。

「ンぁっ……」

乳頭に歯を立てられて鼻から甘い息が漏れた。舌先で乳暈《にゅううん》をぐるりと辿られ、ズキッと下腹が疼《うず》く。ざりざりと舌で擦られた乳頭が、研ぎすまされるようにどんどん硬く、鋭敏になっていくにつれ、下腹部の疼きも強くなって……。

「あ……っ」

下衣の中で、欲望がゆるりと勃《た》ち上《あ》がったのがわかった。それはすぐに鏑木にも伝わってしまったようだ。生地の上から半勃ちの性器をやんわりと握り込み、乳首から口を離した恋人が、「もう、こんなに？」と訊いてきた。

胸の愛撫で勃起したことを指摘されて、じわっと顔が火照る。

「か、……鏑木だって」

口籠もりつつ言い返すと、鏑木がふっと笑った。

「確かにそうだ。覚えたての十代の頃だって、こんなにがっついていなかった」

「え……？」

「相手がおまえだからだ……蓮」

低音の囁きに、背筋が甘く痺れる。

「おまえだから、すぐに熱くなるし、何度でも際限なく欲しくなる」

「かぶら……ぎ」

潤んだ瞳で恋人を見上げ、蓮は喜びを言葉にして伝えた。

「欲しがってくれてうれしい」

「蓮」

微笑みの形の唇が下りてきて、蓮の唇を覆う。唇を合わせたまま、鏑木が生地越しに蓮を愛撫し始めた。はじめは加減を見てか、やさしくマッサージしていたが、次第に快感を揺り起こすように扱《しご》く手に力が籠もってくる。袋ごと揉み込まれ、緩急をつけて揺すられ、ぎゅっときつく鷲掴《わしづか》みにされた。刹那、びくっと腰が浮く。

「あっ……」

いまので完全にエレクトしてしまった。しかも、単に勃起しただけじゃない。

「濡れているぞ」

恋人の言葉で、先走りを漏らしていることを知った。昨夜抱き合ったあと、下着を穿《は》かずに寝てしまったから、寝間着の生地に染み出してしまったらしい。

(うわ……)

狼狽《うろた》えていると、鏑木が下衣をぐっと膝下まで引き下ろした。完勃起したペニスがぶるんっと跳ね上がる。足から抜いた寝間着の下衣を、鏑木が床に放り投げた。

そうしておいて、蓮の足首を摑み、体を二つに折り曲げる。

「やっ……」

両脚を開かれた状態で尻を持ち上げられて、悲鳴が飛び出した。鏑木の顔の真下に自分の股間があるという体勢に、激しい羞恥《しゅうち》を覚える。

「やだっ……や、」

体を左右に振って嫌がったが、二本の脚をそれぞれしっかりと摑まれているので、逃れることも脚を閉じることもできなかった。

視線を感じる。

見られている。すべてを。つぶさに。

(こんなの恥ずかしすぎるっ)

死ぬほど恥ずかしいのに、恋人の視線に反応したペニスはいよいよ硬度を増し、あまつさえ鈴口から透明な愛液を間歇泉《かんけつせん》よろしく溢れさせる。先端からぽたぽたと滴ったカウパーが胸を濡らした。

それだけじゃない。アナルもひくひくとヒクついているのがわかって、本気で死にたくなった。

息を詰めていると、淫らに蠢《うごめ》く後孔に熱い息がかかり、なにかがぬるっと触れる。

「ひ、あっ」

隘路《あいろ》をぬるぬると前後するそれが、なんであるかに思い当たった蓮は、泣きそうになった。

舌だ。

鏑木の舌が、尻の孔《あな》から蟻《あり》の門渡《とわた》りにかけて、這い回っている。

「や、だ……いやっ……やめ……っ」

けれど懇願も空しく、あわいをしとどに濡らした舌が、今度はぐぐっと〝中〟に入ってきた。

「あっ……あーっ」

激しい羞恥の炎にくるまれ、全身が真っ赤に染まる。蓮は夢中で身をくねらせた。どうにかして、この最大の屈辱から逃れたかった。「やめて」「やめろ」「離せ、ばかっ」——泣き声で懇願し、命令し、わめき立てもしたが、鏑木は少しも怯《ひる》まず、そして一切の容赦がなかった。

数分後、たっぷりと奥まで濡らした舌が〝中〟から出て行った時には、わめき続けたせいで声は嗄《か》れ、ただ胸をはぁはぁと喘《あえ》がすことしかできなかった。

下準備でぐったりしてしまった蓮を尻目に、鏑木はここからが本番だと言わんばかりに蓮の体をふたたび折り曲げ、唾液で濡れた窄《すぼ》まりに自身をあてがう。

自分の脚と脚の間から、鏑木と目が合った。普段とは違う、征服者の眼差しにどきっとする。

「入れるぞ」

宣言するなり、すでにかなりの質量となっていた欲望をずぶりと差し込まれた。

「……ッ……」

いきなり三分の一ほどを埋め込まれて、言葉にならない衝撃に全身を震わせる。何度経験しても、挿入の痛みに慣れることはできない。

それでも数時間前に受け入れたからか、あるいは鏑木が唾液で充分に濡らしたせいか、一番太い箇所を呑み込んでしまえば、その先は比較的スムーズに受け入れることができた。鏑木の腰骨が尻にぱちんと当たる。

根元まで埋め込んだ鏑木がふぅと息を吐き、「大丈夫か？」と気遣いの言葉を投げかけてきた。

体勢的にも、ボリューム的にもかなり苦しかったが、平気なふりを装い、「大丈夫」と答える。

せっかく繋がったのに、弱音を吐いて、出て行かれたくなかったからだ。

蓮の体調を慮って朝のセックスに慎重な恋人が、めずらしくその気になってくれたのだ。

ものすごく恥ずかしい思いと、苦しい道程を経て、やっと繋がれたのだ。

剝き身の鏑木を赤裸々に感じられる、唯一の機会を逃したくなかった。

「……動いて」

鏑木の目を見つめて促す。

「お願い」

懇願された恋人が、肉感的な唇の片端を上げた。いったんずるっと引き抜いて、その分一気に押し込んでくる。

「ああっ」

剛直を押し込まれる圧迫感に、喉の奥から悲鳴が迸《ほとばし》った。しばらくは、ずっ、ずっと上から突き刺すような抽挿が続く。

「ふ……んっ……あ、ん」

狙い澄ましたかのように、張り出たカリで前立腺を的確に擦られ、快感の電流がビリビリと背筋を貫いた。甘い痺れが、高く上げた足の指先まで駆け上って、蓮を陶然とさせる。

気持ち……いい。

うっとりと目を細めた。

（いい……すごく）

恋人とするセックスの気持ちよさは、他の何物にも代えがたい。

覚えたてだからそう思うのかもしれないけれど。

いや、きっと、どんなに回数を重ねても、同じように思うに違いない。

快感のわかりやすいバロメータである、ゆらゆらと揺れるペニスの先端から、白濁混じりのカウパーがとぷっと溢れた。さっきから滴り続けている先走りで、もうアンダーヘアまでぐっしょり濡れている。ズンッ、ズンッと下腹に響くような重いストロークを打ち込まれ、頭がぼーっと霞《かす》んできた。

と不意に、鏑木が蓮の左の膝裏をざらりと舐める。予想外の攻撃に「あうっ」と声が漏れ、爪先がピンと反り返った。無防備な膝裏を舐《な》めながら、間断なく楔《くさび》を抜き差しされる。内股の皮膚がさざ波のように痙攣《けいれん》して、陰嚢《いんのう》がきゅうっと縮こまった。

「んっ……ぁあっ」

呼応するように〝中〟も収斂《しゅうれん》しているのがわかった。

「……くっ……」

呻《うめ》き声《ごえ》を発した鏑木が、ラストスパートとばかりにピッチを上げ、リズミカルに腰を打ちつけてきた。パンパンと肉と肉がぶつかり合う音が響き、蓮は背中をたわませる。シーツを鷲掴みにし、かろうじて衝撃に耐えた。

「……あっ……あっ……あぁっ……」

尻上がりに快感が高まるのと比例して、声のトーンも上がっていく。これ以上はないほどに喉を反らした瞬間、ひときわ強い突きが来た。

「……いっ……ッ」

眼裏《まなうら》が最奥《さいおう》に白光してペニスが弾ける。勢いよく白濁をまき散らすのとほぼ同時に、鏑木もまた蓮の〝中〟で達した。ぴしゃりと熱い飛沫《ひまつ》を叩きつけられる。

「あ……あ……あ……」

絶頂を迎えた体から急速に力が失われていく。鏑木が両脚から手を離した。脱力した脚がパタンとシーツに倒れ込む。内股はまだ、射精の余韻にぴくぴくと痙攣していた。

繋がったままの恋人が覆い被さってきて、蓮の顔を覗き込んだ。ちゅっと唇を啄んでから尋ねる。

「満足したか？」

「……体に力が入らない」

蓮は両手を投げ出した。

「ということはつまり？」

「満足したよ」

ほっとした様子の恋人に、蓮は微笑んで言葉を継いだ。

「今日のところは」

I

朝目覚めた時、新しい一日が始まることをうれしく感じられる——そんな日が自分に訪れるなんて、二ヶ月前の蓮《れん》には予想もつかなかった。

二ヶ月前、蓮は人生のどん底にあった。

正しくは、どん底から絶頂へ、そしてまたどん底へという高低差の激しい運命の嵐のただ中にあった。

いや、もっと正確に振り返れば、ジャングルにシウヴァからの迎えがやって来た十歳のあの日から、知らず識《し》らずのうちに、運命のジェットコースターに乗り込んでいたのだ。

ジャングルを駆け回っていた野生児が、首都ハヴィーナへと居を移し、南米の小国エストラニオ一の名門であるシウヴァ家の跡継ぎとしての教育を受け、十六歳で祖父を失い、当主に——。

それだけでも充分に波瀾万丈《はらんばんじょう》な筋立てだったが、そこに蓮の恋情が絡んで、いよいよ状況は複雑化した。

蓮の初恋の相手は、あろうことか同性だった。

ヴィクトール・剛《ごう》・鏑木《かぶらぎ》。

蓮をジャングルまで迎えに来た張本人だ。

——撃たないから下りてこい。

いまになって思えば、鏑木が樹の上の自分に向かって手を差し伸べた——あの瞬間にはもう、胸の奥深くに恋の種が埋め込まれていたのかもしれない。

鏑木はシウヴァの当主に側近として仕える鏑木家の当主で、元軍人だった。

祖父の命を受けて直系の血を継ぐ蓮の居所を突き止めると、ジャングルまで迎えに来て、シウヴァの宮殿『パラチオ　デ　シウヴァ』まで連れ帰った。

それからは守護者として、よき理解者として、祖父の死後は側近として、常に蓮の傍《かたわ》らに寄り添ってくれた。

蓮が傷つけば、その包容力で包み込んで癒し、蓮が間違えば、厭《いと》われるのを恐れずに叱ってくれた。また、何度もみずから身を投げ出し、蓮の命を救ってくれた。まさしく騎士《ナイト》のごとく。

命の恩人でもある鏑木に、蓮はいろいろなことを教わった。

己の身を守るセルフディフェンス、他人とのコミュニケーションの取り方、上流階級で波風を立てないための社交術、仕事における交渉術。

同年代の友人がいない蓮にとって、鏑木は年の離れた友人であり、人生の先輩であり、頼れる兄貴分でもあった。

いつしか蓮は、男としての理想型である鏑木に憧《あこが》れを抱き、彼のような大人になりたいと切望するようになった。

その憧れの気持ちが、潜在意識のさらに下で、徐々に恋情へと変化を遂げていたことに、自分では気がついていなかった。

初めてのキスの相手も鏑木だった。

おそらくはこの初めての大人のキスと、鏑木の手でイカされたことがきっかけとなり、蓮の中で眠っていた恋の種が芽吹いたのだ。

鏑木への恋情を自覚した蓮は、彼にナオミという許婚《いいなずけ》がいることを承知の上で、我慢できずに「好きだ」と告白した。

結果、あっさりと振られた。これが恋愛における一度目のどん底だ。

それでも諦《あきら》めきれず、「一度だけでいい。それで諦めるから」と取《と》り縋《すが》って抱いてもらった。

蓮にとっては初めてのセックス。愛する男と繋がることができて幸せだった。

だが本当に一回きりで、その後は鏑木に距離を置かれた。二度目のどん底だ。

どん底を這いずり回っている間に、鏑木が蓮を庇って記憶障害になった。

療養転地先のジャングルで、誰にも邪魔されない二人きりの生活が始まり、蓮は束の間の幸福に浸った。

しかし、人間とは欲深いもの。それでは満足できなくなり、鏑木の記憶がないのをいいことに、「自分たちは恋人同士だった」と偽った。

嘘を信じた鏑木との、ジャングルでの甘い蜜月が始まった。

幸せで、幸せで、天にも昇る心地だった。

けれど、偽りの蜜月は長く続かなかった。バカンスの最終日に鏑木の記憶が戻り、戻って来た記憶と入れ替わるように、鏑木は蓮を愛した時間を忘れてしまったのだ。

崖から突き落とされたような三度目のどん底――この時が一番苦しかった。愛し、愛される幸福な体験のあとだったから、それらを失った喪失感はこれまで以上に大きく、蓮をしたたかに打ちのめした。

廃人同然で三日間を過ごし……崖の下からなんとか自力で這い上がった蓮に、運命の神が情けをかけてくれた。

本当は、鏑木は蓮との時間を忘れていなかった。ちゃんとすべてを覚えていたのだ。

シウヴァのために、蓮の将来のために、忘れたふりをしていた。

そうなってもなお、本心を明かそうとしない鏑木に、蓮は涙ながらに訴えた。

——俺は……おまえを愛している。

最後まで自分の胸に残っていた想いを、シンプルに伝えた。すべてを言い尽くして、もう他になにも浮かばなかったからだ。

——俺にとってシウヴァよりも大切なものがあるとすれば……それはおまえだ。——蓮。

——初めてジャングルで見つけた時から、おまえは俺にとって特別だった。おまえは俺の運命。人生そのものだ、蓮。

ついに鏑木が心の鎧《よろい》を解き放ち、蓮は最愛の男と恋人同士として心身共に結ばれることができた。

それが二ヶ月前だ。

いまは、恋人同士としては、人目を忍んで逢瀬を続けている。

二人の関係を知っているのは、スラム出身の親友であるジンだけ。

ジンには、蓮から打ち明けた。

ジンは『パラチオ　デ　シウヴァ』に同居しているし、蓮の鏑木に対する恋心を唯一知っている人物だ。勘のいい彼のことだから、蓮の言動を見れば、なにがあったのかすぐに察しがつくだろう。

どうせわかってしまうのならば、先回りして打ち明け、「誰にも言わないで欲しい」と口止めしたほうがいいのではないか。ジンは自分たちの味方だ。もともと口が堅いし、きっと悪いようにはしない。

そう鏑木を説得したところ、はじめはいい顔をしなかったが、最終的には折れてくれた。鏑木もジンを信用している証拠だ。

『やっぱカブラギサンも、おまえに惚れてたんだな。側近として、主人のおまえを自分の命より大切にしているのはわかってたけど、そういう意味でもさ』

秘密を打ち明けた蓮に、ジンはさほど驚いた様子もなく、『ま、よかったじゃん』と言った。

『つっても、ここからが大変だぞ。絶対、周囲にバレないようにしろよ。バレたら、おまえとカブラギサンのどっちにとっても命取りだからな』

友人の恋の成就を喜びつつ、しっかり釘を刺すことも忘れなかった。

蓮としては、たとえ一人でも、秘密を共有する相手ができたのは有り難かった。自分たちの恋が、誰にも祝福されないものだとわかっているからなおのこと、ジンの存在は心強い。

もしかしたら鏑木は、蓮が一人で秘密を抱え込んで苦しまないようにと配慮して、ジンに打ち明ける件を承諾してくれたのかもしれない。

いつだって鏑木は、自分のことを第一に考えてくれている。それを実感するたびに、蓮は幸せな気持ちになる。

恋人と夜を共に過ごせるのは多くて週に三日だけれど、充分に幸せだ。

絶望の底でのたうち回っていた二ヶ月前の自分と比べれば、いまは楽園の花畑にいるようだ。

もちろん本音を言えば片時も離れていたくないし、もっとたくさん抱き合いたい。常に触れていたい。欲を言えばキリがないけれど……。

「お目覚めですか、レン様」

寝台の中で薄目を開け、ここ最近の出来事をつらつらと振り返っていると、執事のロペスが寝室に入ってきた。ロペスが入ってくるのとほぼ同時に、足許のフットベンチに横たわっていたブラックジャガーのエルバがクアーッとあくびをする。鏑木が寝室で過ごすようになったはじめの頃は、どことなく落ち着かない様子だったエルバも、最近ではすっかり慣れたらしく、二人がなにをしていようが自分はすやすやと眠っている。たまに「一緒に遊びたい。仲間に入れてくれ」と訴えてくることがあり、そんな時はあやすのに多少の時間を要するが——。

寝室のカーテンが開かれ、明るい日差しが寝台まで届く。睡眠不足の身にはやや眩しくて、蓮はパチパチと両目を瞬《しばたた》かせた。

「おはようございます」

ワゴンを押してきたロペスの挨拶に、蓮も「おはよう、ロペス」と返す。

「おはようございます、エルバ」

「グォルル」

返事をしたエルバが、フットベンチから床に下りた。首輪に繋がれた鎖がジャラッと音を立てる。

「昨夜はよくお休みになられましたか」

カップ&ソーサーを手渡してきたロペスに尋ねられ、蓮は「うん」と答えた。

嘘だ。

ほんの一時間前まで、この寝台で鏑木と抱き合っていた。その後、鏑木が館内の部屋に戻り、蓮はシャワーを使って横になった。それから少し眠ったけれど、たかだか三十分くらいのもので、その前の四時間ほどと合わせても満足とは言えない睡眠時間だった。それでも、ロペスが起こしに来る前に目が覚めてしまうのは、長年の習慣だろう。

睡眠は足りていないが、鏑木とたっぷり愛し合ったおかげで、心と体は満ち足りていた。

甘いミルクティを飲んで、ぼんやりしていた頭もはっきりしてくる。脳が覚醒したのを感じた蓮は、寝台から下りてシャワーを使った。三十分前に使ったばかりだったが、ロペスの手前、省略するわけにはいかない。たとえ些細な事柄でも、普段と異なる行動を取れば違和感を持たれる。その違和感の積み重ねが疑惑へと繋がる。

いつもと同じように振る舞う。それが疑われないなによりのコツだと、この二ヶ月で学んでいた。

ロペスは自分たちの味方だし、仮に真実を知ったとしても秘密を厳守してくれるであろうことはわかっていたが、できることならば高齢の彼に気を揉ませたくなかった。ただでさえ、これまでロペスには、たくさんの精神的な負担をかけてきた。これ以上は心労をかけたくない。

テラスでエルバと朝食を摂《と》ったのちに、蓮は寝室で支度に取りかかった。

「レン様、お着替えです」

ロペスが、ウォークインクロゼットからピックアップしてきたスーツをハンガーラックに掛ける。予定に合わせて、あらかじめスタイリストが組み立ててくれた一式だ。姿見の前に立ち、蓮はバスローブからスーツに着替えた。

ネクタイまで自分で結び、最後、上着だけはロペスに着せ掛けてもらう。

今日のスーツはネイビーブルーで、シャツはシャンブレー、ネクタイは紺と白のレジメンタル。靴は黒のオックスフォードシューズ。役所に顔を出すので堅めな装いだ。

「よくお似合いです」

毎朝の決まり文句を口にしたロペスが、皺深《しわぶか》い顔をうれしそうに崩した。だが直後に、ん？　となにかに気がついたような表情をする。

「レン様」

訝《いぶか》しげな面持ちで近づかれて、ドキッとした。鏑木は、情事の形跡が残らないよう、重々配慮してくれているはずだが。

（まさか、首に痕が？）

「な、なに？」

「お袖の丈が……」

そうつぶやいてから、ロペスは蓮の全身に視線を走らせ、「もしかして、身長が伸びられたのではございませんか」と確認してくる。

「背が？」

「はい、上着のお袖が若干短いように感じまして。それにどうやら、トラウザーズの丈も短いようでございます」

その指摘を受け、姿見に映った自分をいま一度見返してみれば、確かに少し丈が短いような気もする。明らかにおかしいほどではないけれど。

（本当に？　背が伸びた？）

伸びたとしても一、二センチだろうが、自然と顔が綻《ほころ》んだ。

蓮としては、男としての理想である鏑木に、少しでも近づきたいのだ。生まれ持っての体質のせいか、鍛えても、引き締まることはあっても、あまり筋肉がつかないのはわかっているので、そっちは諦めた。十八歳になって、身長ももう伸びないだろうと思っていたから、うれしい誤算だった。

「明日以降のスーツは仕立て直すように手配いたします」

そう告げたロペスが、鏡越しに蓮の顔をしげしげと見つめる。

「このところお顔立ちも大人びて、イネス様にますます似ていらっしゃいました」

「…………」

蓮は改めて、鏡の中の自分と向かい合った。母を知っている人間には「似ている」とよく言われるが、蓮自身に実感はない。写真でしか母を見たことがないからだ。

黒髪と黒い瞳は父ゆずり。

だが、顔の造作は母に似ているらしい。アーモンド形の大きな目に細い鼻筋、薄い唇。どちらかといえば女性的な造りなのは不本意だが、鏡の中に母の面影を感じ取れるのは悪くない。

体形も母の遺伝なのかもしれなかった。母は細身ですらりとした女性だったようだ。

ポルトガル王家の流れを汲む名家の一人娘であり、亜麻色の髪と碧《みどり》の瞳を持つ美貌の母は社交界の花で、娘盛りには求婚者が後を絶たなかったと聞く。

だが、母の心を奪ったのは、地球の裏側からやってきた日本人の植物学者だった。

父親の選んだ婚約者ではなく、自分が愛した男と駆け落ちした母に、いまの蓮は親近感を抱く。これまでは、会ったことも話したこともない母の存在は遠かったが、鏑木とこうなってからは、血の繋がりを感じるようになった。

誰に反対されようと、誰にも祝福されなくても、みずからの想いを貫き通す——一途な心の持ち主。

(自分もそうありたい)

強く思った時だった。

コンコンコンとノックが響き、振り返った蓮は、寝室の入り口に立つ長身の男を捉える。

つい数時間前に抱き合ったばかりの恋人の姿に、胸が甘くざわめいた。朝の身支度に紛れて一時鎮火していた体の熱が、ふたたびぶり返すのを感じる。

(……鏑木)

「ヴィクトール様、おはようございます」

「おはよう、ロペス」

ロペスの挨拶に鏑木が応《こた》えた。エルバがゆっくりと近づいていって、長い脚にすりっと体を擦りつける。

「グルゥウウ」

撫でろという合図だ。どうやら、夜の間はあまり構ってもらえないので、朝甘えるようにシフトチェンジしたらしい。

「よしよし、ここか？」

屈《かが》み込《こ》んでひとしきり、エルバが満足するまで毛並みを撫でてやったのちに、鏑木が蓮のほうを向いた。

「おはよう、蓮」

深みのある低音が自分の名前を呼ぶのに、うっとりする。

「おはよう……鏑木」

ほんの数時間前、獣のようにもつれ合ったばかりなのに、もうすっかりオフィシャルモードの恋人を蓮は見つめた。

今日のスーツは、チャコールグレイのシングルブレステッド。レギュラーカラーの白いシャツに、サテンのロイヤルブルーのネクタイを締めている。オーソドックスな装いだからこそ、胸板の厚さや肩幅の広さ、手足の長さなど、生まれ持ったスタイルの良さが際立つ。

鏑木のスーツ姿は十歳から毎日のように見てきたが、それでも飽きることなく毎回見惚れてしまう。スーツの着こなしに関しては、この先どんなに回数をこなしても敵う気がしなかった。

全身を堪能してから、次に視線を顔に移動させる。

神秘的な黒髪、強い意志を秘めた灰褐色の瞳、高い鼻梁《びりょう》と表現力豊かな口許——味わい深い珈琲《コーヒー》のように、端整さと野性味が絶妙にブレンドされた男性的なルックス。すでに髭《ひげ》を綺麗に剃《そ》り、髪型も整えられ、見るからに切れ者という印象を人に与える。鏑木に限って言えば、見かけ倒しということはまったくなく、実際に至極有能だ。

（部屋に戻ってから、少しは眠れたのだろうか）

いや、たぶん、今日の準備をして朝を迎えたに違いない。

蓮の部屋で明け方近くまで過ごすようになってから、鏑木の休息時間は格段に短くなった。これまで睡眠に当てていた時間を、蓮のために使うようになったからだ。

そうでなくても多忙な鏑木は、ほぼプライベートのないタフな生活を送っている。軍隊で鍛え上げた強《きょう》靭《じん》な肉体と、シウヴァを陰で支えているという自負を持たずには、とても務まらないハードワークだ。

側近として一日のほとんどを自分に捧げてくれているのだから、本来ならば、それ以上の時間を彼から搾取《さくしゅ》すべきではない。

そう頭ではわかっていたが、感情はままならなかった。

オフの時間も一緒にいたい。ずっと側にいて欲しい。

今朝だって、部屋に引き揚げようとする彼を無理矢理引き留めてしまった。

わがままだってわかっていたけれど、離れたくない気持ちをどうしても抑えられなくて……。

「蓮、どうした？」

いつの間にかすぐ側に来ていた鏑木が、顔を覗き込んでくる。突然のアップに狼狽《うろた》え、蓮は肩を揺らした。

鏑木が纏《まと》っているコロンの香りに誘発され、まだ生々しい今朝の情事がフラッシュバックしそうになり、あわてて目を逸らす。

——相手がおまえだからだ……蓮。

——おまえだから、すぐに熱くなるし、何度でも際限なく欲しくなる。

（うわ、ばか。思い出すな！）

顔の火照りを意識しながら、掠《かす》れた声でつぶやいた。

「……なんでもない」

「そうか？」

ちらっと横目で盗み見た鏑木の表情は、自分を案じる側近のもので、それ以上の特別な感情は窺《うかが》えない。

恋人としての顔は、完全に封じ込められている。おそらくはスーツを着た瞬間に、側近モードのスイッチが入るのだろう。

大人の恋人は、自分みたいにいつまでもだらだらとプライベートを引き摺ったり、ちょっとしたきっかけで甘いやりとりを思い出して浸ったりしない。オンとオフの切り替えが完璧にできる。

でもきっと、これくらいの芸当が当たり前にできなければ、シウヴァの中枢は担《にな》えないのだ。

プロフェッショナルである鏑木を心から尊敬するのと同時に、少し寂しい気持ちになった。

一日中恋人のことが頭から離れないのは、自分だけなのだと思い知らされる。

もしも想いを数値化できたなら、絶対に自分のほうが高い。おそらく、一対三くらいの比率だ。

「蓮、本当に大丈夫か？」

鏑木がじわりと双眸《そうぼう》を細めた。気遣わしげな眼差しを向けられ、蓮は「大丈夫」と答える。すーっと息を吸ってふぅっと吐き出し、余計な雑念を振り払った。

いまはまだ、あらゆる面で鏑木の足許にも及ばない。

一方的にサポートしてもらうばかりで、なに一つ返せていない。

だけど少しずつでも成長して、いずれは鏑木と肩を並べたい。

そしていつかは、彼を支えるようになりたい。

いまの蓮には手が届かない大きな目標を胸に宿し、左手の中指に嵌《は》めた指輪に触れた。祖父グスタヴォから譲り受けた金の指輪は、大きなエメラルドをセンターストーンに抱く。

ずっしりとした指輪の重みは、シウヴァの総帥としての責任の重さだ。

石座にシウヴァの紋章が刻まれた『当主の証《あかし》』をくるりと一回転させ、蓮は顔を持ち上げた。まっすぐに鏑木を見据えて「行こう」と促す。

「ミーティングは車内で行おう。秘書とも共有したいから」

「わかった」

「お気をつけて行ってらっしゃいませ」

送り出すロペスに「行ってくる」と告げて、蓮と鏑木は部屋を出た。


「お疲れ。明朝も今朝と同じ時間で頼む」

「かしこまりました。セニョール・カブラギ、レン様、お疲れ様でした。失礼いたします」

一日の業務が滞りなく終了し、リムジンと護衛車の二台で連なって白亜の宮殿『パラチオ　デ　シウヴァ』に帰館した一行は、いつものように車寄せで解散となった。

秘書とボディガードたちと別れると、蓮と鏑木は石造りの大階段を上る。館内に入り、エントランスホールを歩く蓮は、自然と急ぎ足になった。一刻も早く二人きりになりたい気持ちが、無意識に足取りに出てしまうのだ。だがどんなに急いだところで、そもそものコンパスの違いから、鏑木と肩を並べるのがせいぜいだった。

故意に蓮を遠ざけていた時期は、蓮の部屋に立ち寄ることを避けていた鏑木だが、思いの丈を伝え合った日以降は、かねての慣習が復活していた。

二階の蓮の部屋に辿り着き、鏑木が二枚扉を開ける。まず目に入るのは黒い体だ。

「グァウ」

蓮たちの気配を察して待機していたエルバが、出迎えてくれる。

「ただいま、エルバ」

声をかけ、室内に入った蓮の脚に、エルバがじゃれつく。蓮はしゃがみ込み、そのしなやかな首筋を抱き締めた。エルバが喜んでグルグルと喉を鳴らす。

「ご機嫌だな、エルバ」

鏑木も声をかけた。肯定するかのように、エルバがぱたんと尻尾《しっぽ》で床を打つ。

猛獣のエルバを仕事に連れて行くわけにはいかないので、どうしても留守番させることになる。その分、帰宅後しばらくは好きなだけ甘えさせてやるのが、せめてもの償いだ。

本当なら、生地であるジャングルで暮らすのが、彼のためにベストだとわかっている。だけど、兄弟のように育った蓮とエルバは、離れて暮らすことができなかった。

離ればなれだった数ヶ月で、蓮はひどいホームシックになり、エルバもまた生気を失った。寝込むほど意気消沈した蓮を見かねて、鏑木がジャングルからエルバを連れて来てくれたのだ。エルバはみずから檻《おり》に入ったという。

以来、公の場では檻に入れるか、鎖に繋ぐことを条件に、エルバは蓮と共に暮らしている。

「グルルゥ」

数分後、スキンシップに満足したエルバが床にごろんと寝転がって毛繕いを始めたので、蓮は立ち上がって主室のソファへと向かった。腰を下ろし、ネクタイを緩めていると、鏑木がバーカウンターでカイピリーニャを作って持ってきてくれる。サトウキビの蒸留酒カシャッサをベースに、ライムと砂糖と氷を混ぜ合わせたカクテルだ。口の中がすっきりするカイピリーニャは、最近の蓮のお気に入りだった。

「ありがとう」

グラスを受け取った蓮の横に、自分のグラスを手に鏑木が腰を下ろす。

「お疲れ」

鏑木がグラスを掲げた。そのグラスに軽く自分のグラスを触れ合わせ、「お疲れ」と返す。冷たいカイピリーニャが喉を通り抜ける清涼感に、ふーっと息が漏れた。

(今日も無事に終わった)

こうして一日の終わりに二人だけの時間を持てることが、現在の蓮のモチベーションだ。ご褒美があるから、日中の業務もがんばれる。本当は、そんなことじゃいけないとわかっているけれど、政府や経済界の要人との会合が入っている日などはとりわけ、ご褒美を鼻先のニンジンにしてノルマをこなすのが精一杯というのが正直なところだった。

ちらっと横目で窺うと、グラスを呷《あお》る鏑木の横顔も、心なしかリラックスして見える。鏑木もハードな一日が終わり、ほっとしているのだろう。鏑木のほうが自分の何倍も神経を使っているから、解放感もそれに準じて大きいに違いない。

膨大な業務の日程と時間を調整して、根回しと下準備をし、当日も現場に付き添い、アクシデントが起これば対処して——鏑木のタスクを想像しただけで疲れる。大変な仕事に、文句一つ、弱音一つ吐かず、日々精力的に取り組むその姿勢には、尊敬の念しか湧かない。

(けどひとまずは、今日のノルマは終わった)

これからは二人きりの時間。待ちに待ったご褒美だ。

そう思うと心が浮き立つ。

ただ、鏑木は昨夜『パラチオ　デ　シウヴァ』に泊まったので、今日は自宅に戻るだろう。ということは、一緒に過ごせるのは一時間ほど。そして鏑木は蓮に絶対無理をさせないので、セックスはなし。鏑木いわく、「同性同士の性行為においては受け入れる側の負担が大きいから」だそうだ。インサートに至るまでのセックスをしたら、最低でも一日は空ける。それが暗黙のルールだ。

しなくたって全く平気と言えば嘘になるけれど、一緒にいられるだけで心の充足は得られる。

とにかく、時間が限られているならば、それを最大限に有効に使いたい。

そう思った蓮は、カイピリーニャのグラスをローテーブルに置き、鏑木のほうに体を向けた。じっと見つめると、鏑木もこちらを見る。目と目が合う。

灰褐色の瞳に自分の姿が映り込んでいるのを認め、それだけで幸せな気分になった。避けられていた時は、目も合わせてもらえなかったからだ。それに以前の鏑木は一人で苦悩していて、その瞳も従来の輝きを失い、闇に覆われていた。

いまでも憂いが完全に払拭《ふっしょく》されたわけではない。陰りを帯びた横顔で物思いに沈む鏑木を見つける都度、それを思い知る。

シウヴァの側近である立場と、蓮の恋人である現状は、彼の中では相反するものだからだ。シウヴァ家の存続をバックアップする立場の自分が、シウヴァの将来を閉ざしているという矛盾に、鏑木はいま現在も苦しんでいる。

主従でありながら、恋愛関係にある。しかも同性同士。

それでも自分たちは、その矛盾を抱えて共に歩き出すと決めた。

まだしばらくは、鏑木の表情が晴れ渡ることはないかもしれない。

けれどいつか、矛盾が矛盾でなくなる日がきっと来る——自分はそう信じている。

「鏑木……」

キス。まずはキスが欲しい。

期待を込めて愛する男の名前を呼ぶと、鏑木がふっと口許を緩めた。体を寄せて精悍《せいかん》な貌が近づいてくる。蓮は幸せな気分で目を閉じた。熱い吐息を唇に感じ、もうすぐ与えられるキスへの期待に胸を高鳴らせていた時だった。

ピルルルルッ。

電子音が鳴り響き、閉じていた目を開く。一瞬、自分の携帯かと思ったが、鏑木が上着の内ポケットに手を入れたので違うとわかった。取り出した携帯の表示を見た鏑木が、「すまない」と断りを入れて立ち上がる。

「いいよ。出て」

通話ボタンに触れ、携帯を耳に当てて、「ああ、俺だ。大丈夫だ」と話しながら、鏑木がソファから離れた。

「きみはいまどこだ？　ナオミ」

その名前を耳にした蓮の肩は、びくっと揺れる。

（ナオミ⁉）

鏑木の許婚からの電話と知って、心臓がドクンと跳ねた。

ソファでフリーズする蓮を残し、鏑木は別の部屋に移動していき、声が聞こえなくなる。一人残された蓮は、座面に置いた手を無意識にぎゅっと握った。

「…………」

この二ヶ月、鏑木の口からナオミの名前が出たことはなく、従って二人の間で彼女が話題に上ることもなかった。鏑木が名前を出さないのをいいことに、蓮は彼女の存在を頭の片隅に追いやり、強いて考えないようにしてきた。そう——わざと。

考え始めると、心の奥から疚《やま》しい感情が噴き出してくるからだ。

自分は、ナオミから鏑木を奪った。ナオミという許婚がいると知ってもなお諦め切れず、記憶障害だった鏑木を偽ってまで自分のものにした。

記憶を失う前、鏑木はナオミと結婚すると言っていた。プロポーズするつもりだと。

本当にプロポーズをしたのか、蓮は知らない。確かめる勇気を持てないままに、鏑木が記憶を失ってしまったからだ。

そして紆余曲折の末に、自分たちは秘密の恋人同士となった。

おそらく鏑木は、ナオミに自分たちの関係を打ち明けていないだろう。どう考えても言えるわけがない。

となると、ナオミはなにも知らないまま……？

ズキリと胸が痛んだ。ここ数年で、胸の痛みには様々な種類があることを知ったが、これは罪悪感だ。

一人の女性の幸せを、自分が横取りしてしまったという——罪の痛み。

思わず心臓のあたりの生地をぎゅっと摑む。

「蓮」

名前を呼ばれて、はっと顔を上げた。携帯を片手に鏑木が別室から戻ってくるところだった。

「すまなかった」

「あ……ううん」

なるべく平静を装い、さりげなく尋ねる。

「ナオミから？」

「ああ、そうだ」

肯定した鏑木がソファには戻らず、バーカウンターに向かった。新しいカイピリーニャを作り始める。

その後ろ姿を視界の隅に捉え、蓮は胸のざわめきを懸命に宥《なだ》めた。

これ以上深追いしなければ、ナオミの件は流れるはずだ。何事もなかったかのように、電話が鳴る前の続きができる。甘いキスから仕切り直すことができる。

そもそも鏑木が自分からナオミの話を切り出さないのは、この件について話したくないという消極的な意思表示だ。だったら深追いはやめよう。そう結論を出しかけて、ふっと脳裏に疑惑が浮かぶ。

(話したくないのは……鏑木の中にもまだ迷いがあるから?)

自分とナオミのどっちを取るかを、迷っている?

心臓が嫌な感じに跳ね、シャツの襟首から氷の棒を突っ込まれたみたいに、背筋がひんやり冷たくなる。

まさか……同時進行?

(まさか)

鏑木がそんな男じゃないとわかっている。二股をかけるような不誠実な人間じゃない。

でも、もし鏑木がナオミに真実を伝えていないとしたら、実情はどうあれ、外から見た自分たちは三角関係なんじゃないのか?

現にいまナオミから電話がかかってきた。二人の仲は続いている……。

辿り着いた推論に顔が強ばる。首筋が冷たい汗でじわっと濡れた。

これまで、ナオミのことを故意に思考の外に追い出していたから、その点に考えが及ばなかった。

ナオミに対して罪悪感を抱いていたけど、それは自分が鏑木に選ばれたという「上から目線」の発想だった。

そうじゃなかったら？

鏑木はまだどちらも選んでいないのだとしたら？

急激に喉の渇きを覚える。ローテーブルのグラスを摑んで呷ろうとして、ふと手を止めた。手のひらが感じたグラスの冷たさによって、頭に上っていた血が下がっていく。

（馬鹿）

そんなわけがない。鏑木がそんなことをするわけがない。それは自分が一番よくわかっているじゃないか。

一瞬でも恋人を疑った自分を恥じていると、鏑木が新しいカイピリーニャを手に持ってソファに戻ってきた。グラスに口をつけてから、「いまの電話だが」と口火を切る。

鏑木のほうからナオミの話を切り出され、蓮は驚いた。息を詰めて続きを待つ。

「報告だった」

「報告？」

「アナの誘拐事件についてだ。定期的に報告の連絡をもらっているんだ」

「あ……ああ」

ナオミはセントロ署の警察官だ。蓮の従妹《いとこ》のアナ・クララが誘拐された事件は判決が下り、ストリートギャング『ズンビ』の残党は服役中だが、いまだに全容は解明されず、謎の部分が多い。捜査本部が解散したのちも、ナオミは引き続き捜査を続けてくれていた。

「スラムでの聞き込みは継続しているが、残念ながら、事件の核心に近づくような有力な証言は得られていないそうだ。スラムの住人は警官に対して口が堅い。また、スラム地区の所轄の警察官は、エリートが集まるセントロ署を疎《うと》ましく思っている節があり、連携も難しいらしい。やはり主犯のレオニダスの死は痛手だったな」

「………」

「蓮？」

蓮が上の空であることに気がついたのか、鏑木が訝しげな声を出した。

話に集中できなかったのは、恥ずかしかったからだ。

ナオミはいま現在もシウヴァのために動いてくれているのに、自分は彼女の存在を頭の中から追い出し、考えないようにしていた。現実を見たくない一心で、目を背け続けていた。

（それじゃ駄目だ）

きちんと向き合わなければいけない。どんなに怖くても、現実と向き合うべきだ。

有耶無耶《うやむや》な部分を残した状態で、ただでさえ危ういこの関係を維持できるとは思えない。

鏑木が不審な眼差しで自分を見つめているのを感じた蓮は、意を決して彼と向き合った。灰褐色の目をまっすぐに見据えて問う。

「ナオミとはどうなっているんだ？」

「どう、とは？」

片眉を上げて、鏑木が問い返してきた。

「ナオミと鏑木は許婚同士だろう？　前に……ナオミと結婚するって……プロポーズするって言ってい

た」

　鏑木が思い出したように「ああ」とうなずく。

「あれは……嘘だ」

「嘘？」

「おまえを諦めさせるために嘘をついたんだ」

　わずかに後ろめたい顔つきで、鏑木が白状した。

「あの時は、嘘をついてでも諦めさせるのがおまえのためだと思っていた」

「じゃあ、ナオミにプロポーズは？」

「していない」

「していない？」

　信じられない心持ちで繰り返す。

「ああ、していない」

　はっきりと否定されて、張り詰めていた体から力が抜け落ちるのを感じる。

（……プロポーズしていなかった）

「俺とナオミの間には友情以上のものはない。許婚というのも、双方の親同士が取り決めたものだ。そんなことは向こうもわかっている」

「でもナオミは鏑木のことが……」

　とっさに口をついて出てしまった言葉を、蓮は途中で呑み込んだ。しまったと思ったが、今更撤回もできない。それにここまで来たら、全部をつまびらかにすべきだとも思った。

「気がついてないとは、言わないよな？」

いまふたたびの緊張に顔を強ばらせ、蓮は言葉を重ねる。

「ナオミは鏑木のプロポーズを待っていた。もしかしたら……いまも待っているかもしれない」

推測を口にしながら、鏑木の顔が歪むのを見て、胸がひりひりと痛んだ。

「……そうかもしれないな」

眉根を寄せた鏑木が、苦しそうな声で認める。

「………っ」

自分で追及したくせに、いざ肯定されると衝撃を受けた。その思いは鏑木も同様なのだろう。苦悩を宿した面持ちで低音を紡《つむ》ぐ。

「彼女はすばらしい女性だ。勇敢で思いやり深く、他人のために自己を犠牲にする強さを持っている。結婚するなら彼女しかいない」

鏑木の告白に蓮は息を呑んだ。

これを聞くのが怖かったから、面と向かって問《と》い質《ただ》すことができなかった……。

自分が、ナオミには遠く及ばないとわかっているからなおのこと、鏑木の言葉は鋭い刃となって、蓮の心に深々と突き刺さった。

（……痛い。……痛い）

ショックで目の前が暗くなるのを感じていると、二の腕を摑まれる。鏑木の真剣な眼差しが蓮を射貫《いぬ》いた。

「だが俺は、おまえを選んだ」

「鏑木……？」

「おまえと行く道を選んだ」

厳《おごそ》かな声音で繰り返され、目の前を覆っていた薄闇が取り払われる。

（そうだ）

ナオミと結婚すれば、みんなに祝福される幸せな家庭を築けた。子供だって作ることができた。鏑木家も安泰だった。

だけど鏑木は、自分を選んでくれた。

茨《いばら》の道行きとわかった上で、自分と行く道を選んでくれたのだ。

元主人と亡き父の遺志に背き、重い十字架を背負う覚悟で、自分の手を取ってくれた。

（それなのに……俺は）

自分の未熟さが恥ずかしくて俯《うつむ》く。

「ごめん」

わななく唇を開き、蓮は謝罪を口にした。

「なぜ謝る？」

問いかけられ、消え入りそうな声で懺悔《ざんげ》する。

「さっき一瞬だけ、鏑木とナオミの関係を疑った。それに、おまえの気持ちを試すようなことを……」

最後まで言う前に、鏑木が蓮の手を握った。顔を振り上げて、真摯《しんし》な瞳とぶつかる。

「おまえは悪くない。俺こそもっと早くに話すべきだった。不安な思いをさせたな。すまなかった」

「……鏑木」

「信じてくれ。俺にはおまえだけだ」

誓いの言葉を嚙み締め、蓮はこくこくとうなずいた。

「なにがあっても、おまえを信じる」

蓮もまた誓う。すると、鏑木がふっと表情を緩めた。やさしい顔つきで囁く。

「愛している。……蓮……愛している」

慈愛に満ちた眼差しと愛の言葉に、痺れるような幸福感が体内に充満した。恋人に抱きつき、囁き返す。

「俺も……愛してる」

蓮が口を開くのを待つのももどかしいと言わんばかりに、押し入るように熱い舌が入り込んでくる。すぐに舌と舌が絡み合った。

ありったけの想いを込めたけれど、言葉では伝えきれない気がして、蓮は恋人の唇に唇を押しつけた。

「……んっ……ふ……んん」

貪るような荒々しい舌の動きに情欲の匂いを嗅《か》ぎ取《と》り、ぶるっと体が震える。深くくちづけたまま、ソファに押し倒された。恋人の肉体の重みに欲情のスイッチが入って、急激に体温が上がる。

自分を組み敷く男の首に腕を回しながら——蓮は、もしかしたら今夜も鏑木は自宅に戻らないかもしれないと、霞《かす》みがかった頭の片隅で考えていた。

II

精巧なレリーフでみっしりと埋め尽くされた天井の下、シャンパンやカクテルを片手に、盛装に身を包んだ男女が談笑している。笑いさざめく人と人の間を、銀のトレイを持ったボーイが、くるくると優雅な舞いを披露しつつオードブルを提供して回る。

見上げるような吹き抜けのホール。煌《きら》めくシャンデリアとウォールランプ。生演奏の調べ。競い合うように美しく着飾ったレディたち。コンフュージョンする多種多様な香水。芸術的に盛りつけられた料理。一本で庶民のひと月の生活費が賄《まかな》える高額な酒。

ある種の人にとってパーティ会場はテンションの上がる場なのかもしれないが、十歳から週に最低一度のペースで顔を出し続けている蓮《れん》にとっては、日常の一コマと言ってもいい見飽きたシーンだった。

しかもそれが政府高官が主催のパーティとなれば、完全に業務の一環だ。

「セニョール・シウヴァ、ご無沙汰しております。お会いできて光栄ですわ。ブラックタキシードに千鳥格子のベスト、ボウタイはシルバーのサテンに白のドット……今夜も素敵な装いね。ひさしぶりにお顔を見たせいかしら。お母様のイネスを思い出したわ」

声をかけてきた中年女性は、南米で名の知られた画家だった。現在はブラジルに住んでいるが、もともとはエストラニオ生まれで、若かりし日のイネスと交流があったと聞く。『パラチオ　デ　シウヴァ』の二階の廊下には、彼女が手がけたイネスの肖像画が飾ってある。

「セニョーラ・グレイシー、おひさしぶりです。残念ながら母の顔は、セニョーラの肖像画で知るばかりですが、このところ似てきたとよく言われます」

「ええ、とても似ていますよ。イネスは本当に美しかった。パーティ会場にあっても、彼女だけ光を纏《まと》っているかのように輝いていた。だからどんなに人が多くてもすぐに見つけられたものよ。砂利の中から宝石を拾い上げるようにね。いまのあなたと同じ。イネスの思い出を語りたいのだけれど、息子のイアゴと待ち合わせしているの。今度ひさしぶりに『パラチオ　デ　シウヴァ』に伺ってもいいかしら。一度ゆっくりとお話したいわ」

「もちろんです。ぜひいらしてください。お待ちしております」

「ありがとう。実は絵のモデルとしてもあなたに興味があるの。それについてもまたいずれ」

「楽しい夜を。セニョーラ」

見知った顔と当《あ》たり障《さわ》りのない会話を交わしながらも、蓮は頭の中で「早く帰りたい」と、そればかりを考えていた。正直に言えば、パーティ会場に着いた瞬間からだ。

早く『パラチオ　デ　シウヴァ』に戻って、バタフライタイを解き、堅苦しいタキシードを脱ぎ去りたい。エルバのあたたかい体を抱き締め、そして……。

「――蓮」

ちょうど脳裏に思い浮かべていた貌《かお》が、正面から近づいてきた。黒のタキシードにウィングカラーのシャツ、バタフライタイもブラック。共布のベストをジャケットの中に着込み、胸にはリネンのポケットチーフ。足許はエナメルのオペラパンプス。――男性的美質に優れた顔立ちと肉体込みで、その正装の完成度の高さにうっとりする。それこそ蓮の倍以上パーティに出ているだろうから、着こなしが洗練されていて当然なのかもしれない。いや、そんなこともないだろう。何十年と礼服を着続けていても、お世辞にもスタイリッシュとは言えない男性はたくさんいる。

やはり、持って生まれた資質は少なからずクオリティに影響するのだ。

そんなことを考えているうちに、鏑木《かぶらぎ》がすぐ目の前まで来た。

「さっき話していたのはセニョーラ・グレイシーか？」

「うん、今度イネスの話をしに『パラチオ　デ　シウヴァ』に来たいって。あと、俺を絵のモデルにしたいとも言っていた」

「悪い話じゃない。セニョーラ・グレイシーに肖像画を描いて欲しくてオファーをかける有力者は引きも切らないが、どんなに高額なギャランティを積まれても、彼女は自分がその気にならないと引き受けないという噂だ。つまり、おまえには、彼女の創作意欲を刺激する特別ななにかがあるということだ」

「ふぅん」

興味をそそられない顔つきで相槌《あいづち》を打った蓮は、「そっちは済んだのか？」と尋ねる。

「ああ、ひととおり」

鏑木がうなずき、ちょうど目の前を通りかかったボーイのトレイからシャンパンを摑み取った。

パーティ会場に着くとすぐさま、蓮をボディガードに託して、鏑木は会場内を回り始めた。知人に挨拶をするためだ。

本来ならば、自分が率先して挨拶して回るべきだとわかっている。しかし、蓮は社交全般が苦手だった。相手から話しかけられればそれなりに応じることができるが、自分からは積極的なアプローチができない。会話が続かないのがわかっているからだ。

苦手意識は、圧倒的な経験不足に起因している。

子供の頃の蓮の友達《アミーゴ》はジャングルの動物たちで、兄のアンドレを除けば、一番の仲良しはブラックジャガーのエルバだった。ハヴィーナに居を移してからも、学校に通わなかったせいで、同年代の友人と呼べるような存在ができなかった。

いまはジンという親友がいるし、年齢はさておき従妹《いとこ》のアナも、その母親のソフィアも、ソフィアの婚約者のガブリエルもいる。そう考えればだいぶ増えたが、世間一般と照らし合わせれば、まだまだ少ないほうだろう。

無論、このままではいけないと思っている。気心の知れた人間関係の中にいるのは楽だし、安心だけど、反面、視野が狭くなるというデメリットも抱えることになる。

まだ十八歳で、つきあう人間を限定してしまうのは危険だ。もっと世界を広げろとジンにも忠告されたし、鏑木も以前から心配していた。そうは言っても急には無理だろうからと、いまのところ蓮の代わりにソーシャル方面を担ってくれているが。

たぶん、相手に対する関心が薄いのが、会話が続かない元凶だ。相手のことをもっと知りたいと思えば、自然と質問が口から出て、相手がそれに答えて——といった言葉のキャッチボールが成立し、会話が弾むはず。

理屈ではわかっているのだが、なかなか実行に移せない。そこまで興味を持てる人物とそう簡単に巡り合えないというのもあるが、一番の問題は、自分の関心が一点に集中しているせいだ。

そう……いま、目の前に立っている男に。

(早く二人きりになりたい)

もともと苦手なパーティが、ここ最近は本気で苦痛になっていた。シウヴァの体面のために、パーティ会場で愛想笑いをしている時間がもったいない。

この二時間を鏑木と二人だけで過ごせたらどんなにいいだろうと、つい考えてしまう。考えても仕方がないことだとわかっていても、どうしても考えずにいられない。

現在の自分が、鏑木以外、見えなくなっている自覚はあった。いずれ年月が経ち、落ち着く日が来るのかもしれないが、当分は無理だ。

先日、最後の気がかりだったナオミについて、鏑木の口から「友情以上のものはない」と言ってもらえた。その発言によって、彼を好きな気持ちに歯止めをかけるものはなにもなくなった。言うなれば、好きの蛇口が全開になったようなものかもしれない。気がつけば目で追っているし、無意識に鏑木のことばかり考えてしまうし、二人で過ごした時間を何度も反芻《はんすう》してしまう。

——だが俺は、おまえを選んだ。

——おまえと行く道を選んだ。

——信じてくれ。俺にはおまえだけだ。

——愛している。……蓮……愛している。

ここ数日間でもう何十回脳内再生したかわからない台詞《せりふ》を、またもやリフレインしていると、胸の奥から蜜のような歓喜がとろとろと染《し》み出《だ》してくる。蜜の糖分が血液に乗って全身に行き渡り、体がじわじわと火照ってきた。

熱を帯びた眼差しで、彫りの深い貌をじっと見つめる蓮に、鏑木がつと眉をひそめる。

「蓮」

眉間《みけん》に縦皺《たてじわ》を刻んだまま、咎《とが》めるような声を出した。

「なに？」

鏑木がすっと耳許に顔を寄せてくる。ドキッとした直後、「その顔はやめろ」と囁《ささや》かれた。

「その顔って？」

不思議そうに問い返す蓮をまじまじと見つめてから、ふぅとため息を吐く。

「とにかく、おまえは目立つし、公の場ではみんなに見られていることを忘れるな」

低い声でたしなめた鏑木が、手元のシャンパンを呷《あお》った。空にしたグラスを、通りがかったボーイのトレイに戻した直後。

「ひさしぶりだな、ヴィクトール」

背後から声がかかり、鏑木の肩が目視でわかるほど揺れた。普段はあまり動じることのない鏑木のリアクションに意表を突かれ、勢いよく振り返った彼につられて、蓮も声の主を顧みる。

蓮と鏑木のすぐ後ろに立っていたのは、漆黒の軍服を着て、腰に湾曲した長剣を帯び、黒の帽子を携えた大柄な男だった。

軍にはさほど詳しくない蓮も、男が身につけているのが親衛隊の礼服であることはわかる。選ばれしエリート集団である親衛隊の礼服は、機能性を重視した軍服の中でも特別だからだ。

立ち襟の上衣は丈が長めで、ウェストの位置がベルトで絞られている。上衣の袖口には金糸の刺繍《ししゅう》が施され、下衣の側面には金の側章が二本入っていた。肩章の付いた右肩から胸にかけて飾緒が吊るされており、左胸には複数の勲章《くんしょう》が下がっている。首元にも金のメダル。数々の手柄を立てた人物であるらしいことが、以上から読み取れる。

ひさしぶりと声をかけてきたからには、鏑木の知り合いなのだろうが、蓮は初めて見る顔だ。少なくとも、過去にパーティなどで顔を合わせた覚えはない。会っていれば確実に記憶に残っていただろう。

同じように第一印象が鮮烈だったガブリエルとは、インパクトの度合いは同レベルでも、タイプが真逆だ。ガブリエルが青みを帯びた月ならば、男はギラギラと照りつける太陽。

年の頃は鏑木より少し上に見えた。身長も鏑木よりやや高いかもしれない。体格もかなりよく、軍服の胸のあたりがはち切れそうだ。

見るからに押し出しの強い大男は、鴉《からす》の濡れ羽のごとく艶々《つやつや》と光る黒髪をぴったりと撫でつけていた。肌は象牙色で、顔立ちは立体的だ。

秀でた額、黒々とした眉、高い鼻、傲慢そうに引き結ばれた唇。個々のパーツが大きく、一目で忘れられないような強烈な印象を人に与えるが、なによりも男を特徴づけているのは瞳の色だろう。

黒みを帯びたヴァイオレット。

ヴァイオレットの瞳の出現率は非常に稀だと聞いたことがある。移民を多く受け入れてきたエストラニオに於《お》いて、長期に亘《わた》る血の掛け合わせがもたらしたものの一つに、国民の肌の色、髪の色、目の色の多様さがある。とはいえ、その瞳の色が稀少であることは間違いない。

ついまじまじと観察してしまった蓮の視線を感じ取ったのか、男もこちらを見た。目と目が合い、バチッと弾かれたような衝撃を覚える。

「……っ」

思わず身じろぐ蓮に顔を向けた男が、頭のてっぺんから足の爪先まで、無遠慮な視線を走らせてきた。じろじろと値踏みするような眼差しに晒されて、だんだんと落ち着かない気分になってくる。不遜な男を睨《にら》みつけ、ぎゅっと拳《こぶし》を握り締めた時、傍《かたわ》らの鏑木が低音を落とした。

「……リカルド」

耳が捉えた低い声に不穏なものを感じ、蓮は鏑木を仰ぎ見る。

目に映った横顔は厳しく引き締まり、ヴァイオレットの瞳の男に据えた視線は、長年の宿敵を前にしたかのように険しかった。

(鏑木?)

パーティのような社交の場で、鏑木が敵意を剝き出しにするのは極めてめずらしい。クレバーな側近は基本的にそつがなく、誰に対しても分け隔てなく感じがいいのに。

「ヴィクトール、上官の顔を忘れたのか?」

「まさか……忘れてはいませんよ」

鏑木が、いっそ忘れたかったとでも言いたげな苦い声を出した。不快に思っていることを隠さずにぶつけられた男が、肉感的な唇を横に引く。

「おまえは十年前と変わっていないな」

「あなたもです」

対峙《たいじ》する男たちの間に流れる緊迫した空気に、蓮は困惑を覚えた。

どうやら鏑木は、元上官に一筋縄ではいかない感情を抱いているらしい。一方のリカルドは、鏑木との再会を楽しんでいるように見える。

「今日はどうしてここに？」

男に視線を据えたまま、鏑木が探るような問いかけを発した。

「主催者のセニョール・レイネルとは懇意でね」

「なるほど。そういえば、ご子息が親衛隊に入隊したと聞きました」

「なかなか筋のいい若者だ。入隊時のおまえほどではないが」

機嫌のいい声を出したリカルドが、ふたたび蓮に目を向けた。

「紹介してくれないのか？」

鏑木がぴくっと眉を動かす。

「おまえが私をよく思っていないのはわかっている。長年、私を避けてきたのもな。だが、こうして十年ぶりに顔を合わせた。これもなにかの縁だろう」

リカルドの言い分を、鏑木は憮然とした面持ちで聞いていた。

「おまえが紹介しないというのならば、自分で名乗るまでだ」

そうまで言われて、自分でも大人げがなかったと思い直したのか――いかにも不承不承といった表情の鏑木が紹介役を担う。

「リカルド・ヴェリッシモ中佐。俺の親衛隊時代の上官だ」

「いまは上級大佐だ」

男の肩章を一瞥《いちべつ》した鏑木が、無表情に「そのようですね、大佐」と訂正した。

「こちらは……」

「シウヴァの当主殿だな」

紹介を遮るように言葉を被せられ、鏑木がむっとするのがわかった。

「シウヴァの若き総帥のお噂はかねがね伺っております。お目にかかれて光栄です、セニョール。以後お見知りおきを」

芝居がかった口調で挨拶をしたリカルドが、手袋を取り、片手を差し出してくる。

「蓮です。初めまして」

その手を取った蓮を、ヴァイオレットの瞳がじっと見つめてきた。

「ヴィクトールは非常に優秀な軍人でした。私も目をかけてとてもかわいがっていた。だが彼は、シウヴァに仕えるために除隊してしまった。当時は大層がっかりしたものです」

「そうですか」

うなずき、手を引こうとしたが、リカルドは離してくれなかった。

「あの……」

困惑する蓮の隣に立つ鏑木が、低い声で「リカルド」と呼ぶ。

「手を離せ」

凄むような低音に、リカルドが肩を竦め、蓮の手を離した。

「先刻、十年前と変わっていないと言ったが、口の利《き》き方《かた》は例外なようだ」

「もうあなたの部下じゃない」

鏑木が冷ややかに言い返す。

「ふん。旧交を温めるつもりはないということか」

鼻を鳴らしたリカルドを、鏑木が厳しい眼差しで見据えた。

「はっきり言っておこう。俺はまだあなたを許していない」

「許していない……ね。誤解を解きたいところだが、パーティに相応《ふさわ》しい話題ではないな。当主殿も困惑しておられる」

唇を歪めたリカルドが、「そろそろ退散したほうがよさそうだ」とつぶやく。

「セニョール・シウヴァ、失礼いたします。お会いできて楽しかった。いずれまた」

蓮に一礼し、リカルドは踵《きびす》を返した。周囲から頭一つ抜き出た大男が悠然と立ち去るのを見送り、ちらりと横目で窺《うかが》うと、鏑木もリカルドの背中を見つめている。正確には、睨みつけていた。

親衛隊に入隊できるのは、難関試験をくぐり抜けたエリートのみ。知力、体力は言うに及ばず、総合的な能力が高くなければ入隊が適わない狭き門と聞く。そのなかでも将校となれば、エリート中のエリートだ。将校候補となるためには、家柄や容姿まで問われるらしい。

ヴェリッシモという家名は聞いたことがないので、とりたてて名家というわけではないだろう。もしリカルドが名のある旧家の出身ではないのならば、実力で上級大佐まで出世したことになり、それはそれですごいことだが。

軍服が人波に紛れると、鏑木がやっと視線を転じ、蓮を見る。表情の険しさはまだ消えていない。

「あいつには関わるな」

有無を言わせぬ命令口調に違和感を覚えた。以前、ガブリエルと二人で出かけるなと禁じた際と似ているが、あの時よりも声の調子がきつい。

「あいつってリカルド？」

「そうだ」

「許していないと言っていたけど……彼との間になにかあったのか？」

「………」

鏑木は答えなかった。

「理由を示さないで一方的に関わるなって言われても、納得できない」

蓮が食い下がると、眉間に筋を刻んだまま、髪を片手で掻き上げる。

「確かに、その言い分はもっともだ。おまえの性格からして、頭ごなしに禁じれば、むしろリカルドに近づいて理由を探ろうとするだろうな」

苦い表情でそう分析した鏑木が、下ろした手を、タキシードの下衣のポケットに突っ込んだ。

「さっきあいつは、俺に目をかけてかわいがったと言ったが、実際に目をかけてくれたのは別の上官だ。

オスカー・ドス・アンジョス。旧家出身のオスカーは、教養に富んだ理知的な人間で、部下からの人望も篤《あつ》かった。新兵として親衛隊に入隊した俺を、信念と静かな熱意を以《もっ》て指導してくれた。俺は軍人としても、人生の先輩としても、彼を尊敬していた」

やがて聞こえてきた鏑木の述懐に、蓮は真剣に耳を傾ける。鏑木が軍人時代の話をするのは初めてのことだ。これまでは、折に触れて水を向けても、いつもはぐらかされていた。

「一方のリカルドは、叩き上げだが剛胆で頭が切れ、カリスマ性に富んでいた。親衛隊は自然と、オスカー派とリカルド派、二つの派閥に分かれた。同期でもあった二人は、良きライバルと目され、表面的には上手くやっていた。特にリカルドは『オスカーを尊敬している』と公言し、ことあるごとにオスカーを賞賛し、彼を立てた」

あえてなのか、鏑木は声に抑揚をつけず、淡々と語る。

「だが、それはやつの芝居でしかなかった。十二年前、オスカーは、リカルドによって周到に仕組まれた罠に嵌《は》まり、スパイの汚名を着せられた。でっち上げの証拠を元に軍法会議にかけられ、俺たち部下はオスカーの潔白を信じて供述したが、身内を庇っていると見なされてしまった。逆にオスカーがスパイであるという供述をしたのは、リカルドの息のかかった隊員たちだった。結果的にその証言が決め手となって有罪判決が下り、オスカーは軍事刑務所に収監された。家名を汚した自分を責めたオスカーは、ほどなく精神疾患を煩《わずら》った。一年後、移監先の精神病棟で監視の目を盗み、首を吊った」

当時の衝撃が蘇ったのか、鏑木の顔が辛そうに歪んだ。

「オスカーの死後、リカルドは、旧オスカー派の親衛隊員を次々と取り込んでいった。だが俺はやつの傘下に下らなかった。なぜなら、やつこそがオスカーを追い詰めた張本人だと知っていたからだ。オスカー派の残党のトップと見なされていた俺を、ある日リカルドが自分の部屋に呼び出して言った。『これは上官命令だ。俺の副官になれ』となる。断ると、『おまえもオスカーと同じ道を辿りたいのか』と脅《おど》しをかけてきた。当然、撥《は》ねつけた」

話に聞き入っていた蓮は、小さく喉を鳴らし、続きを促した。

「それで？」

「嫌がらせが始まった。演習時に俺にだけ間違った集合時間を伝えて遅刻させたり、偽の書類を回して作戦でしくじらせたり、武器や装備を紛失させたりと、リカルドの嫌がらせは悪質で執拗《しつよう》だった。ハラスメント行為で上層部に訴えようにも、狡猾なやつは決してみずから手を下すことはせず、自分が主犯であるという尻尾《しっぽ》を摑ませなかった。……自分だけならまだ我慢できた。だがやつは、俺がその手の揺さぶりに動じないと見るや、今度は俺の部下を標的にし始めた。それも、各自の弱みを的確に突き、数的優位に物を言わせて追い詰めた。耐えきれずに抑鬱状態《よくうつじょうたい》になる者、除隊する者も出てきた。自分に寝返らないオスカーの残党を壊滅まで追いやることが、やつの狙いだったんだ」

いましがたのリカルドの姿を思い起こす。恵まれた体格から滲《にじ》み出《で》る傲慢なオーラ。相手にじわじわとプレッシャーを与える物言い——。ただでさえ、軍隊は上下関係が厳しい世界だ。そんな中で、上官にあたるリカルドに目をつけられ、いびられたら、かなり精神的に疲弊《ひへい》するであろうことは蓮にも想像がつく。

「そんな劣悪な環境下にあった頃、父が急死した。鏑木家を継ぎ、グスタヴォ翁《おう》の側近としてシウヴァに仕えることになった俺は、親衛隊を除隊した。その後しばらくして、シウヴァにおける自分のポジションが確立し、体制が整ったところで、軍から部下を引き抜いた」

(それがミゲルやエンゾ?)

彼ら以外にも、ボディガードや警備担当者に、鏑木の昔の部下である退役軍人が複数いることは知っていた。単に気心が知れていて信用できるからリクルートしたのだろう——くらいに思っていたけれど、裏にそんな事情があったとは。

除隊するに当たって、責任感の強い鏑木は、一日も早く部下を救い出そうと心に誓ったはずだ。そして実際に、シウヴァに呼び寄せることで、部下たちをリカルドから救ったのだ。

「ごめん」

「蓮?」

「話したくなかっただろ。無理に言わせてごめん」

鏑木がこれまで軍人時代の話を語らなかったのには理由があったのだと知り、蓮は謝罪を口にした。

尊敬していた上官を不本意な形で失って、さぞかし無念だったに違いない。しかも追い詰めた張本人はのうのうと生き残り、出世までしている。

鏑木にとっては触れられたくない過去で、おそらく心の奥深くに封じ込めていたのだろう。それを自分は無理矢理掘り起こさせてしまった。

「おまえが謝る必要はない。今日ここでリカルドに会ってしまったのは、おまえのせいでもなければ、誰のせいでもない」

そう言って蓮を宥《なだ》めた鏑木が、すぐに険しい顔に戻る。

「現在の親衛隊は、事実上リカルドが掌握している。やつに逆らう者は一人もいない。ライバルを蹴落として自死へと追い込み、オスカーの残党を壊滅させ、やつは親衛隊の独裁者となった」

「独裁者……」

耳にするだけでも不穏な響きだ。

「父の死で除隊したのは不可抗力だったが、結果的に、俺はやつが独裁者となるのを阻止できなかった。そのことを悔いていないと言えば嘘になる」

みずからを責めるような鏑木の言葉を、蓮は「鏑木は悪くない！」と強く否定した。

「リカルドの本質を見抜けなかった軍の上層部の問題だ。それに、ミゲルもエンゾもシウヴァに来て、鏑木の下で生き生きと働いている。他の部下たちだってそうだ。理不尽を強いられてリカルドの下にいるより、シウヴァに来たほうが絶対によかったよ！」

懸命に言い募ると、鏑木がじわりと目を細める。

「……だといいんだがな」

ひとりごちるように低音でつぶやいた。

「…………」

鏑木は、自分より長く生きている分、過去に様々な経験をしている。蓮からすれば完璧に見える鏑木だって、人間である以上は成功体験ばかりではなく、苦い挫折も味わったはずだ。だからこそ、人の痛みがわかるし、他人を思いやることもできるのだとわかっている。

だけど、過去の出来事がいまでも彼を苦しめていると知って、蓮としては辛かった。

慰めたい衝動に駆られ、恋人の二の腕に手を伸ばす。

「レン！」

蓮はあわてて手を引っ込めた。自分の名を呼ぶ声に覚えがあったからだ。

声がしたほうに顔を向けると、ゴージャスな長身が目に飛び込んできた。

サファイアを思わせる青い瞳。銀の髪がシャンデリアに反射して煌《きら》めく。テイルコートの中に白いベストをつけ、バタフライタイも白。胸ポケットにも白のチーフ。「洗練」という言葉は、この男のためにあると思うほどだ。

「ガブリエル、来ていたのか？」

突然現れたソフィアの婚約者に、鏑木が戸惑ったような表情で尋ねた。先程会場を回った際に見かけなかったから、訝《いぶか》しく思ったのだろう。

「車が渋滞に巻き込まれてしまって、たったいま着いたところだ」

ガブリエルの返答に納得したのか、鏑木がうなずいた。

以前鏑木は、蓮とガブリエルが二人で出かける約束をした際、「あいつに気を許すな」と言って反対した。だが記憶障害になって、ジャングルに転地療養していた間、ガブリエルがソフィアと共に本来自分がなすべき業務を代行してくれたことを知り、後日二人は感謝の気持ちを伝えていた。

そんな経緯《いきさつ》もあってか、いまのところ蓮の目には、鏑木とガブリエルがうまくやっているように見える。

「ソフィアは？」

いつも一緒の婚約者の姿が見えないことを不思議に思った蓮の質問に、ガブリエルが「今夜はアナとバレエを観に行っている」と答える。

「アナのバレエの先生が以前所属していたバレエ団の公演だそうだ。バレエ仲間とその保護者たち計八名のグループと聞いて、私は遠慮させてもらった。女性八名の中に一人はきつい」

ガブリエルが苦笑を浮かべた。確かにそのシチュエーションは、女性のあしらいに長《た》けているガブリエルでも荷が重いだろう。

「なるほど」

納得した蓮は、ガブリエルの背後にひっそりと佇《たたず》む女性に気がつき、目を止めた。

小柄で華奢《きゃしゃ》な、まだ若い女性だ。女性の年齢を当てるのは難しいが、蓮と同年代くらいに見えた。瑞々《みずみず》しい乳白色の肌に黒い瞳、肩までの艶《つや》やかな黒髪。黒目が大きく、どこか子鹿を思わせる顔立ちだ。白いサテンのドレスに身を包み、右耳の少し上に白い花を一輪挿している。アクセサリーはパールのイヤリングとネックレスのみ。パーティに参加している女性たちが、みな競い合うように宝石や貴金属で飾り立てている中で、彼女の清楚《せいそ》な装いは却《かえ》って目を引く。白一色という潔い選択が、透明感のある美しさを引き立てていた。

蓮が女性を見ていることに気がついたガブリエルが、「ちょうどいい、紹介しよう。今夜のパーティは彼女のエスコート役で参加したんだ」と言った。

「友人のルシアナ・カストロネベス。かのカストロネベス家のご令嬢だ」

顔の広い男は、世界中にネットワークを持っており、交友関係も多岐に亘る。誰と繋がっていても、今更驚かなかった。

「ルシアナ、こちらはシウヴァの当主、レンだ」

紹介を受けて、女性がしずしずと蓮の前に進み出る。スカートをつまみ、軽く膝を折って挨拶をした。

一連の動作は優美で、気品がある。

「ルシアナです。初めまして」

耳に心地いい透き通った声。凛《りん》とまっすぐな眼差しは、内面に秘めた芯の強さを感じさせる。

「初めまして、ルシアナ。蓮です」

右手を差し出すと、ルシアナも右手を差し出してきた。ほっそりとした手を軽く握る。

「彼はヴィクトールだ。レンの側近で懐刀《ふところがたな》」

ガブリエルに紹介された鏑木が、ルシアナに手を差し出す。

「よろしく、ルシアナ」

「ルシアナです。初めまして」

握手を交わした鏑木が、ルシアナの顔をじっと見た。

「勘違いでなければ、海外に留学されていると聞いていましたが」

蓮もそう聞いていた。カストロネベス家と言えば、シウヴァに勝るとも劣らない旧家だ。

かつて蓮の花嫁探しが盛んだった頃、花嫁候補の筆頭として名前が挙がっていたが、海外留学中でエストラニオにいないという理由により、リストから外れた記憶がある。

「先日、留学先のミラノから帰国されたばかりなんだ」

本人の代わりに説明したガブリエルが、「私はミラノ在住の知人を介して知り合った」と付け加えた。

「イタリアに行っていらしたのですか」

蓮の質問にルシアナが「はい」とうなずく。

「ミラノで声楽の勉強をしていました」

「彼女はすばらしいソプラノ歌手なんだ」

ガブリエルが横から口を出し、ルシアナは白い貌に恥じらいの表情を浮かべた。

「私など……まだまだです」

「生まれ持った声質もすばらしいが、とても努力家でね。ミラノの音楽院でも、師事していた先生にその表現力を絶賛されて」

「ガブリエル」

ますます頬を染めたルシアナが、敏腕マネージャーさながらの男の腕に触れ、「もうやめてください」と懇願する。ガブリエルが肩を竦めた。

「見てのとおり、彼女は謙虚で恥ずかしがり屋なんだ。だが実力は本物だ。何度も聴いた私が保証する。のちほど、ルシアナの歌の披露があるので、楽しみにしていてくれ」

「それは楽しみだ」

蓮の言葉に、鏑木も「そうだな」と同意する。

社交辞令ではなく、本当に楽しみだった。

彼女の声がとても耳に心地よかったので、歌声にも興味が湧いたのだ。

その後しばらく四人で談笑した。四人とはいってもおのずと二手に分かれ、主にガブリエルと鏑木、蓮とルシアナの会話になった。

ミラノでの生活のこと。好きなオペラの演目。尊敬する声楽家。

蓮が質問し、ルシアナが答える。

若い女性との会話に際して、身構えてしまうことが多い蓮だが、ルシアナとは自然に話すことができた。

これまでに会った花嫁候補の女性たちと違い、あわよくば自分を売り込もうという下心が感じられなかったからかもしれない。言葉遣いや表情から、まっすぐで素直な性格が伝わってくる。

リカルドの件で気分が重くなっていたので、一服の清涼剤のような透明感を持つ彼女に救われる気がした。

「レン様は……想像していたイメージと違いました」

当たり障りのないやりとりのあと、打ち解けた雰囲気になってきたのを見計らってか、ルシアナがそう切り出す。

「レンでいいよ。俺もルシアナと呼ぶから。想像していたイメージ？」

「シウヴァの王子様だから、もっと手の届かない遠い存在というイメージを抱いていたの。こんなふうに楽しくお話しできるなんて思わなかった」

「ああ……確かに、今日は楽しく話ができている。でも本当は女性と話すのが苦手なんだ。女性だけじゃない。社交界の人たちとのつきあいが全般的に得意ではなくて。知っているかもしれないけど、俺は十歳までジャングルで育ったから」

「ブラックジャガーのお友達がいると聞いたわ。私は映像でしか見たことはないけれど、ジャガーはとても美しい動物よね」

エルバを誉めてもらえて、うれしくなる。祖父を筆頭に、上流階級の人間には「黒いケダモノ」と眉をひそめられることが多かったからだ。

ふと、自分と同じように旧家の出である彼女に訊いてみたくなった。

「ルシアナは、名家と呼ばれる家に生まれて、窮屈だと感じることはない？」

ルシアナが考え込むように小首を傾《かし》げる。その表情を見れば、蓮の質問を真剣に受け止め、考えてくれているのがわかった。

「そうね。確かに自由行動という部分では制約がある。だけど、旧家に生まれ育った私にしかできないこともあると感じているわ」

「たとえば？」

「幼少時から父や母に、社会貢献活動や慈善事業は、私たちの義務であると教わってきた。シウヴァもスラムの子供たちの救済活動に取り組んでいるわよね。私の母が若かった頃、レンのお母様のイネスと一緒に、恵まれない子供たちの施設を訪問したと聞いたわ。私もまだできることはそう多くないけれど、教会のチャリティや養護施設を訪ねて歌っている。私の歌で、彼らを少しでも勇気づけられたらと思って」

「………」

ルシアナの話を聞いて、同じような境遇にありながら、自分の立場を肯定的に捉えている彼女を眩しく感じた。

与えられた役割の中で、自分にできることはなにかを模索し、コミットしていく……。

（そんな生き方もあるのか）

同世代の彼女の生き方に感銘を受けていると、黒服のスタッフがルシアナを呼びに来た。

「セニョリータ、お時間です」

「いま行きます」

「がんばってきて」

蓮はルシアナを笑顔で送り出した。少しして、蓮と鏑木、ガブリエルの三名も、グランドピアノが設置されたホールへ移動する。

すでに招待客がピアノの周囲に集まり始めており、人垣が出来ていた。空いているスペースを見つけて、最前列に並ぶ。蓮の位置からは、ピアノの前に立つルシアナがよく見えた。

その顔は強ばり、心なしか青ざめているようだ。

（ガブリエルは、彼女のことを恥ずかしがり屋だと言っていたけど……）

緊張のあまりに声が出なくなったりしないだろうか。こんなにたくさんの聴衆の前で恥をかいたらトラウマになりそうだ。

ルシアナがちらっとこちらを見て、目が合った。

（がんばれ）

蓮のエールが伝わったかのように、ルシアナが小さくうなずく。

ピアノの伴奏が始まり、談笑の声がフェイドアウトした。

Un bel di, vedremo
levarsi un fil di fumo sull'estremo
confin del mare.
E poi la nave appare.
Poi la nave bianca
entra nel porto, romba il suo saluto.

ルシアナが歌い始めると、まだ少し残っていたざわめきがぴたりと静まった。斜め後ろの夫人が息を呑む音がはっきりと聞こえる。

オペラ『蝶々夫人《ちょうちょうふじん》』の「ある晴れた日に」だ。

伝説のソプラノ歌手マリア・カラスが十八番としていたアリア。

見た目の可憐《かれん》な印象を裏切り、彼女の歌声は力強く、ホール全体に響き渡った。ぴんと張り詰めたような緊張感を帯びたソプラノに、この場の全員が魅了されている。蓮も例外ではなかった。

(すごい)

小柄でほっそりとした体が大きく見える。ガブリエルの売り込みに顔を赤らめていたシャイな女性は、もうそこにはいなかった。

恋をしている女性特有の熱を帯びた表情。体全体を使って表現される、切なさ、悲しみ、深い愛情。まるで蝶々夫人が乗り移ったみたいだ。

　自国へ帰ってしまったピンカートンに対する狂おしいまでの哀切を、蝶々夫人と化したルシアナは、情感たっぷりに歌い上げていく。

「……すごいな」

　傍らの鏑木が感嘆の声を発した。

「ああ……すごい……」

　声量に空気がビリビリと震え、背筋がゾクゾクする。

　この華奢な体のどこに、これだけのパワーが秘められているのか。

　圧倒される思いで、蓮はソプラノに聴き入った。

Tutto questo avverrá, te lo prometto.
Tienti la tua paura,
io con sicura fede láspetto.

　歌と演奏が終わり、一同が余韻に浸る中で、ルシアナがスカートをつまみ、会釈をする。わっと歓声が上がり、大きな拍手が起こった。

「すばらしい歌声だ！」

「素敵なアリアだったわ！」

「新たなディーヴァの誕生だ！」

持てる力を振り絞るようにして見事に歌い切った若き歌姫《ディーヴァ》に、聴衆全員が惜しみない賛美と拍手を送る。蓮も力いっぱい手を叩き、称賛を表した。

（よかった！）

同世代の彼女が晴れの舞台を成功させたのを、我がことのようにうれしく感じる。学生生活を送った経験のない蓮にとって、それは生まれて初めて知る一体感だった。

賞賛の声と拍手に、ふたたびカーテシーで応えたルシアナが、歓喜に顔を輝かせて蓮に歩み寄ってくる。

蓮も思わず、彼女に駆け寄った。

「すばらしかった！」

興奮の面持ちで感動を伝えると、ルシアナが頬を染めて「ありがとう」と応じる。

「とても緊張したけれど、なんとか最後まで歌えてよかったわ」

「そんなふうにはまったく見えなかった。堂々としていて立派だったし、すごく素敵だったよ。まだきみの声が耳に残っている」

ルシアナの顔がますます紅潮した。赤い頬を両手で押さえて「うれしい」とつぶやく。

「うまく言えないけど、歌を聴いてこんなに心が震えたのは初めてだ」

「本当？」

「本当だよ。いままで聴いたどのアリアより胸に響いた」

「近い、近い。それ以上近づくと、ルシアナが逃げてしまうよ」

ガブリエルに冷やかされ、蓮は自分が覚えず、必要以上にルシアナに近づいていてしまっていたことに気がついた。あわてて一歩後ろに下がる。

直後、少し離れた位置に立つ鏑木と目が合い、ドキッとした。

（もしかして、女性に言い寄っているように見えた？）

だが、それは杞憂《きゆう》だったようだ。鏑木の表情は至ってニュートラルで、苛立っているとか、不快に思っているとか、その手のマイナスの感情はいささかも浮かんでいなかった。口許にはかすかな笑みさえ浮かんでいる。

恋人である自分が女性と親しげに話していても、平然と構えていられる鏑木に余裕を感じて、蓮は胸の奥が小さく波立つのを感じた。

ルシアナとの間になにがあるわけでもないので、下手に勘ぐられるよりいい。そんなことになったらむしろ面倒だとわかっているけれど、なんだかすっきりしない。

もやもやとわだかまる感情を持て余していると、ガブリエルがまたくちばしを容《い》れてきた。

「セニョリータとお近づきになるためには、まずは携帯番号とメールアドレスの交換からだよ、レン」

こちらはあからさまにおもしろがっている。彼の目には、晩熟《おくて》の蓮が、若い女性にどうアプローチしていいのかわからず、二の足を踏んでいるように映ったのだろう。気の利いた助言のつもりなのかもしれない。

ルシアナにも聞こえるように言われてしまったので、メールアドレスを聞かないわけにいかなくなった。ここで聞かなかったら、若い女性に恥をかかせることになる。

「ルシアナ、携帯の番号とメールアドレスを聞いてもいい？」

引くに引けない心境の蓮が伺いを立てると、ルシアナはうっすら顔を上気させて「ええ、いいわ」と首を縦に振った。

彼女が教えてくれた携帯のナンバーとメールアドレスを、蓮は自分の携帯に登録し、【ルシアナ】と名前を打ち込んだ。蓮の個人用の携帯に、女性の電話番号とメールアドレスが登録されたのは初めてのことで、ちょっぴり背中がくすぐったくなる。

ルシアナの携帯はクラッチに入っており、控え室に置いてあるという話だったので、早速教えてもらったナンバーにかけてワンコールで切った。ついでに空メールも送る。

「ありがとう。あとで登録しておくわ」

「うん、よろしく」

「無事にアドレス交換は完了？」

一連のやりとりが終わったタイミングを見てか、ガブリエルが声をかけてきた。

「ルシアナ、おそらくきみは、レンの記念すべき初めての女友達だ」

「そうなれたらうれしいわ」

ルシアナがちらっと蓮を見て、はにかんだ笑みを浮かべる。

「レン、きみがルシアナから学ぶことは多いだろう。まぁ、はじめは、なんでこんな些細な一言で女性は気分を害するのか、なぜこんなことで一喜一憂するのかと、戸惑うことも多々あるだろうけれどね。おおいに悩むといい。人間の成長の第一歩は、自分とは異なる未知の存在に興味を抱き、理解しようとするところから始まるのだから」

次にガブリエルは蓮に対して、アドバイスめいた言葉を投げかけた。はからずも二人の間を取り持つこととなり、仲人にでもなった気分でいるようだ。

「ヴィクトール、反対したりしないよな？　レンに同世代の異性の友達ができるのは悪いことじゃないだろう？」

最後に、鏑木に同意を求める。蓮は鏑木のリアクションを注視した。

「そうだな」

蓮と目を合わせて、鏑木が口を開く。

「いままで蓮の周りには、年下のアナか、ソフィアをはじめとした年上の女性しかいなかった。同世代の若い女性と交流を持つことによって、視野が広がるはずだ。女性はコミュニケーション能力が高いから、蓮がルシアナから学ぶことも多いだろう」

寛容な物言いに、また胸が不穏にざわめいた。

反対されたらされたで、意地になって反発する自分が目に浮かぶのに。

(だから、これでいいんだ)

自分に言い聞かせていると、ガブリエルが「よし、お目付役の許可も下りた」と明るい声を出す。

「シウヴァ家とカストロネベス家の友好のためにも、若い二人が末永く友人関係を維持できるように、私も陰ながら応援するよ。仲人としてね」

そう言って茶目っ気たっぷりにウィンクした。

「誰とメールしてんだよ？」

床でエルバとじゃれ合っているジンに訊かれ、ソファで携帯を弄《いじ》っていた蓮は「ルシアナ」と答えた。

「ルシアナ？　初耳なんだけど」

ジンが興味を引かれた様子でエルバから手を離す。

「グォルル」

「よしよし、またあとで遊んでやるから」

エルバを宥《なだ》め賺《すか》して立ち上がったジンが、ソファに近寄って来た。蓮の横に腰を下ろす。

蓮が『パラチオ　デ　シウヴァ』に戻ってきたのは一時間ほど前。今夜、鏑木は人と会う約束があるとのことで、蓮の部屋に立ち寄らずに帰った。

代わって、ジンが部屋に顔を出したのだ。

現在『パラチオ　デ　シウヴァ』に、彼いわく「居候中《いそうろうちゅう》」のジンの部屋は、蓮の部屋と同じ二階にあるが、距離的にはだいぶ離れている。そのため、お互いが屋敷にいるのかどうか、すぐにはわからない。ロペスに聞けばわかるが、彼がもう下がってしまっている場合は、メールで確認し合うしかない。

今夜も、ジンのほうからまず【帰ってきたか？】とメールが来て、蓮が【ついさっき】とレスを返すと、【いまそっちに行っても平気か？】と再度メールが来た。

蓮と鏑木の関係を知っているジンは、ここ最近、蓮の部屋を訪ねてくる前に【いまそっちに行っても平気か?】と伺いメールをしてくるようになった。限られた恋人同士の時間を邪魔してはいけないと思っているようだ。いい加減なようでいて、その実ちゃんと気遣いができる男なのだ。

「女?」

ジンがメールを打つ蓮の手許を覗き込む。

「この前のパーティで知り合ったんだ」

「へぇ、めずらしいじゃん。おまえが女とメアド交換するなんてさ。あ、女は女でも実は八十歳のばーちゃんだったりとか?」

「いや、俺より四歳上」

「ってことは二十二?」

「そう。ぱっと見は年上に見えないけど。俺たちと同じくらいに見える」

あのパーティのあと、早速ルシアナから登録完了を知らせるメールが届き、その後もやりとりが続いている。内容は他愛ないものだ。【おはよう。今朝は気持ちのいい晴天ですね】という朝の挨拶から、寝る前の【おやすみなさい。よい夢を】まで、短文のメールがぽつぽつと断続的に届く。

話が盛り上がれば、何通も連続してメールが行き交うこともあった。時には写真付きのメールが送られてくることもある。屋敷の庭の花々を撮った一枚や、飼い猫のユニークなポーズを切り取ったショット、美味しそうなスイーツの写真など、ルシアナはなかなか写真撮影が上手かった。

若い女性にとっては、写真付きのメールはごく当たり前のものなのかもしれないが、蓮にとっては新鮮だった。なにしろ女性で、かつ同世代のメル友を持つのは生まれて初めてのことだ。

用件のみの事務的なレスポンスに終始する男相手と違って、コミュニケーションの手段としてのメールは目新しく、すぐに反応が返ってくるのも楽しかった。

「かわいい系？」

「そうだな……」

脳裏にルシアナの顔を思い起こす。はにかんだ表情が浮かんだ。

「美人というよりはかわいい感じ。顔立ち自体は整っているけど、つんとした美人じゃない。小柄で全体的にほっそりしていて手足も華奢で」

「ふーん」

「でも歌い出すとすごいパワーで、その表現力に圧倒される。少し前までミラノの音楽院に留学していて、エストラニオに戻って来たばかりなんだ。いまはこっちの音大の大学院に通いながら、恵まれない子供たちのためのボランティア活動をしている」

「いいのかよ？」

ちょうどメールを送信したタイミングで問われ、蓮はジンを見た。目の前の顔つきは、なにか腑《ふ》に落ちないことがあるかのように不満げだ。

「いいってなにが？」

「カブラギサン」

「鏑木？」

「両思いの彼氏がいるのに、他の女とメールのやりとりとかいいわけ？」

非難めいた口調に、「別に」と答える。

「ルシアナのことは鏑木も知ってるし、友達だから」

「向こうはそう思ってないかもしれないぜ？　シウヴァの当主と知り合えてラッキー。あわよくば花嫁にって虎視眈々《こしたんたん》と狙ってるのかも」

皮肉な物言いをされ、蓮はむっと眉をひそめた。

「そんなことない」

「なんでわかるんだよ？　いままで散々狙われてきただろ？」

「ルシアナは、いままでの女たちとは違う」

ムキになって言い返すと、ジンがふんと鼻を鳴らす。

「いままでとは違う、ねぇ」

納得のいかない声を出し、左耳のピアスを引っ張った。

「俺は、男と女の間に友情は成り立たない派だから」

「ジンも会えばわかるって。ルシアナは裏表がなくてまっすぐなんだ」

「ま、いいけど。おまえのほうは友達だって思ってても、向こうはそうじゃないかもしれないから、勘違いさせないようにほどほどにな」

釘を刺したジンが、「カブラギサンだって、内心はひやひやしてるんじゃね？」と付け足した。

「……それはないよ」

余裕綽々《よゆうしゃくしゃく》だった鏑木を思い出し、ジンの言葉を否定する。

「そっかぁ？　つきあい始めて二ヶ月なんて、二十四時間お互いのことしか見えないアツアツタームだろ？　四六時中くっついていたいのに、若い女が割り込んできて心中穏やかなわけないって」

「…………」

それが、まったくそうじゃないのだ。

自分がもし逆の立場だったらと考えると、ジンの指摘のとおりだ。きっとすごくいやな気分になる。

相手とはなんでもないとわかっていても、どうしても嫉妬してしまう。

でも、鏑木は違う。このところ、日中も何度かルシアナからメールが届き、移動の車中などの空き時間に、蓮もレスポンスしている。だがそれを側で見ている鏑木が、メールの内容を気にするそぶりは、まるで見受けられなかった。

一度目こそ「ルシアナからか？」と確認してきたが、そうだと答えたら、「業務に支障がない時間帯ならば問題ない。仕事ばかりだと息が詰まるからな。息抜きも大切だ」と言って容認した。その時の表情も、特段無理をしているふうではなく、ごくごく普通だった。

まるで他人事《ひとごと》。当事者意識が感じられない。

恋人の新しい人間関係が気にならないんだろうか。相手は魅力的な若い女性なのに？

無論、反対されるよりいいってわかっている。

そうされたら自分が反抗すると思って、自由にさせているのかもしれない。鏑木には、パーソナリティを完全に把握されている。鏑木の中で、自分の取り扱い説明書が出来上がっているに違いない。

関係が新鮮ないまは頻繁だけど、そのうち回数も減っていくだろうと踏んでいるのかもしれなかった。

実のところ、お互いのことが大方わかったら、自然とメールのやりとりも落ち着いていくのだろうと思う。

そのあたりも含め、人生経験豊富な鏑木はすべてお見通しで……だから放置している。たぶん。

だけど、なんだかもやもやするのだ。

時々、鏑木の大人過ぎる態度にいらっとする。初めての恋愛にいっぱいいっぱいな自分との差を見せつけられるようで。

もし鏑木が「ルシアナとメールをするな」と言ってきたら、自分はどう感じるだろう？

想像してみた。……悪い気はしない。

頭ごなしに命令されるのがいやなくせに、独占欲を発揮されればうれしい。

包容力があって人間的に大きな鏑木が好きなのに、時にそこに苛つく。

矛盾しているとわかっている。

相反する心情を同時に抱えるようになったのは、鏑木と恋人同士になってからだ。それまでの自分はもっと単純だった。鏑木が振り向いてくれさえすれば、百パーセント幸せになれると思っていた。

でも現実は、そんなに簡単でも単純でもない。

今夜だって、別れ際の鏑木は、まったく寂しそうじゃなかった。自分は、明日の朝まで会えないって考えただけで気分が落ちるのに。一秒も離れたくないと思っているのは、自分だけなのだ。

(自分ばっかりが好きで、毎日、毎時間、毎秒、好きな気持ちがどんどん蓄積されていって……)

「レン――レン！」

耳許で呼ばれて、はっと我に返る。友人を置いて自分の世界に入り込んでしまっていたことに気がつき、少々ばつが悪い気分で「なに？」と聞き返した。

「おまえさー……いまの顔、外でもしてんじゃねーだろーな」

腕組みをしたジンが呆れた声を出す。

「顔に『恋愛中』って書いてあるぞ」

「えっ、本当に？」

狼狽《うろた》えた声を出すと、ジンが、はーっと大仰なため息を吐いた。

「ド天然。とりあえず、おまえがカブラギサンに夢中なのはわかった。第三者なんか付け入る余地なしってわかって安心したよ」

「なんだよ、どういう意味……」

言葉の途中で手許の携帯が震え出す。一瞬、鏑木からかと思ってテンションが上がったが、携帯の画面に浮かび上がった名前は——。

（違った）

「ほらほら、ルシアナちゃんからレスじゃねーの？」

ジンに促され、蓮は嘆息を嚙み殺して携帯のロックを解除した。

III

【こんばんは。今週末の日曜日なのですが、教会のチャリティイベントで歌うことになりました。午後の一時から、場所はサン・ドミンゴ教会です。もしお時間が合うようでしたら、聴きにいらっしゃいませんか？　急に決まったので、突然のお誘いでごめんなさい。ひさしぶりにお会いできたらうれしいです】

リムジンの中でメールを読み、蓮《れん》は顔を上げた。

「どうした？」

横合いから鏑木《かぶらぎ》が声をかけてくる。

「あ……うん。ルシアナが今週の日曜日に教会で歌うんだって。聴きに来ないかって誘われた」

ルシアナと携帯番号を交換して一ヶ月が過ぎた。その間、途切れることなく交流が続いていたが、これまではメールのやりとりのみで電話で話したことはない。顔を会わせたこともなかった。

毎日やりとりしているとはいえ、所詮《しょせん》はメール。いまのところ蓮の中でのルシアナの位置づけは、あくまでもメル友だ。だが、実際に会うとなれば話が違ってくる。

生まれて初めて持つ——女性のリアル友達。

（それって、どうなんだ？）

蓮は首を捻《ひね》り、傍《かたわ》らの横顔を見つめた。

別にデートに誘われたわけではないが、この件について鏑木がどうリアクションするのか、興味があったからだ。

蓮の本心としては「断れ」と言って欲しい。

一ヶ月前、ナオミの話をした際、蓮は鏑木に誓った。

――なにがあっても、おまえを信じる。

そう誓ったのに、気持ちを試すような真似をしている自分に罪悪感を抱きつつも、それ以上に強烈な「確かめたい」という欲求を抑えきれなかった。

反応を窺《うかが》う蓮の隣で、鏑木は「そうか」と言ったきり、なにも言わない。その横顔に特別な感情は浮かんでおらず、なにを考えているのかを読み取る手がかりは見つけられなかった。

心情を探られたくない時、鏑木は無表情の仮面を装着する。

二人の間に、透明なシャッターが下りるイメージだ。

長年側近という役職を務めてきたせいか、鏑木のポーカーフェイスは熟練の域に達しており、いったんシャッターを下ろされると、心の中を覗くことはまず不可能だった。

かねてより、鏑木の心から締め出されるのが寂しかったけれど、恋人同士になってからのほうがより辛く感じる。

想いが通じ合ったいまもまだ、鏑木の心の奥まで踏み込むことは許されていないのだと、実感させられるからだ。

「…………」

しばらくは気詰まりな沈黙が続いた。黙って返答を待っていたが、鏑木からはなんのリアクションもない。痺れを切らした蓮は、自分から切り出した。

「でも日曜日は先約があるから」

リムジンに同乗している秘書やボディガードの手前、はっきりとは言えなかったが、次の日曜日は鏑木と一緒に過ごす約束になっていた。

恋人同士となった現在《いま》も、休日を共に過ごせるチャンスはそう多くない。もともとオフの日は別々に過ごしていた二人が、急に休みの日まで頻繁に会いだしたら、周囲に違和感を抱かせるからだ。いつだって一緒にいたい蓮としてはもどかしかったけれど、主導権を握る鏑木はあくまで慎重だった。

休日に会うのは月に一度。恋人同士になってすぐ、今後の約束事を決めた際に、そう言い渡された。鏑木的には、それが最大限の譲歩らしい。蓮は不満だったが、受け入れるしかなかった。

二人の関係を公にできない以上、仕方がないことだというのはわかっている。

この関係を守るために、我慢しなくちゃいけないことも。

前回、休日に二人で会ったのは三週間前だ。鏑木が贔屓《ひいき》にしているサッカーチームの試合を観に行って、そのあと、人気のシュラスコ店で食事をした。スタジアムで声を嗄《か》らして声援を送り、腑甲斐《ふがい》ないプレーにはサポーターと一緒にブーイングをし、昔に還《かえ》ったみたいに屈託なく笑い合って、それはもう夢のように楽しい一日だった。

休みの日に会うのはなんだか特別な感じがする。本物の恋人同士のデートみたいで、蓮はうれしかった。日頃は人目を忍んで逢瀬を重ねているからなおのこと、そう感じるのかもしれない。

当然のことながら、次の約束の日である日曜日も心待ちにしていた。一ヶ月間シウヴァの当主としてがんばった自分へのご褒美だと思って、その日を指折り数えて待っていた。

それだけ楽しみにしていた鏑木とのデートと、ルシアナの歌声は天秤《てんびん》にかけられない。迷うまでもなく、一択だ。端《はな》からルシアナの誘いは断るつもりでいた。

なのに。

「もしおまえが教会に行きたいのなら、そっちを優先すればいい」

鏑木の口から発せられた言葉に、蓮は耳を疑った。

「え？」

「ルシアナの歌を聴けるチャンスは、そう何度もあることじゃないだろう。せっかく誘ってくれたんだし、レディの誘いを断るのは紳士的なマナーにも反する」

こちらを顧みることなく、淡々と告げられて愕然《がくぜん》とする。

（嘘、だろ）

そんなにあっさりと、月にたった一度のデートを手放すのか。

鏑木にとっては、その程度のこと？

失望のあまりに体から熱が逃げ、急激に心が冷えるのを感じた。冷たくなった両手をぎゅっと握り締め、彫りの深い横顔を恨めしげに見つめる。

（本当にいいのか？）

貴重な二人の時間をキャンセルしてまで、自分がルシアナに会いに行ってもいいのか？

おまえはそれでいいのか？

恋人に目で問いかける。

蓮の視線に気がついているのか、否か、鏑木は鉄壁のポーカーフェイスのままだ。

「……行かない」

蓮の口からふてくされたような声が零れ落ちて漸《ようや》く、鏑木がこちらを見る。

「行かないのか？」

意外そうな声色で確認してきた。

「うん……行かない」

蓮が肯定すると、短く「そうか」とだけ言って、ふたたび前を見据える。

自分が選ばれたのに、特段うれしそうな顔をするわけでもない。それどころか、なんで教会に行かないんだと不満げですらあった。

恋人のつれない態度に腹が立ち、蓮はぷいっと横を向く。暗いサイドウィンドウに映り込む鏑木の横顔を睨《にら》みつけた。

今夜の鏑木は人と会う約束があって、蓮の部屋に立ち寄れない。朝それを知らされてから、ずっとテンションは低空飛行だったが、いまや下がりに下がって地面スレスレだった。

鏑木にとって、自分とのデートは、あとから来た他人にさっさと譲れる程度のもの。さほど重要ではないことを思い知らされて気が滅入る。

やっぱり、自分と鏑木では、好きという気持ちの強さが違う。

両思いといっても、想いの深さが全然違うのだ。

同じだったら、こんなふうに突き放すわけがない。恋人が自分以外の誰かと親しくしているのを知って、平然としていられるわけがない。

しかも、相手は若い女性だ。

これまではメールのやりとりだけだったし、直接会ったりしていたわけじゃないから、鷹揚《おうよう》に構えていられたのもわかる。

でも、今回の誘いに応じたら、ルシアナと自分はリアルで顔を合わせることになるのだ。友人としての距離が縮まるかもしれない。

普通、少しくらい心配しないか？

これまでに会った女性の中で、ルシアナと一番気が合っていることは、鏑木だってわかっているはず。

それでも百パーセント間違いはないという自信があるのか？

絶対に、自分以外の誰かに気持ちが向くわけがないって？

(なんだよ、その自信過剰)

一人で勝手に恋人の心の内を想像して、むかむかと腹を立てた。

〝当たり〟だから、余計に腹立たしい。事実、いまの自分は、鏑木以外目に入らない状態だ。

それに考えようによっては、放任されているのはこっちを信頼してくれている証拠なわけだから、有り難いと思わなくちゃいけないのかもしれない。

前向きに考えようとしても、気分はいっこうに晴れなかった。

(すっきりしない)

鏑木と恋人同士になって、至上の喜びを手に入れた。だがそれと引き替えに、みぞおちのあたりにもやもやと形のないフラストレーションを溜め込むようになった。普段は膜に覆われているが、ふとした拍子にその膜が破れて中身が溢れ出し、たちまち全身に浸潤する。

それらは大概において、嫉妬だったり、執着だったりの、醜くて黒い感情だ。

片思いの時は、もっと単純だった。苦しくはあったけれど、望みは一つに集約されていた。

鏑木に振り向いて欲しい。自分を好きになって欲しい。

鏑木が振り向いてくれさえすれば、胸の中の鬱積《うっせき》はきれいさっぱり消えてなくなると思っていた。

でも、そうじゃなかった。

黒い感情は以前よりも粘度を増し、どんなに洗い流そうとしても、こびりついて剝がれない。

もっと……もっと。

独占されたい。欲しがられたい。執着されたい。縛って欲しい。

日増しに欲望が増殖し、際限がない。

ねっとりと粘りつく昏《くら》い欲求を内面に抱えているのが、自分だけのような気がして落ち込む。

鏑木はきっと、そんなこと微塵《みじん》も思っていないのに……。

(自分だけだ)

恋人が隣にいるのに孤独を感じた。ぎゅっと奥歯を嚙み締める蓮の葛藤を知ってか知らずか、鏑木は黙って前方を見つめている。窓に映るその横顔は、どことなく物憂げだ。

なんとなくだが、今日の鏑木は何事かに心が囚われている様子だった。もし、本当になんらかの気がかりを抱えていたとしても、業務に支障を来すような真似はしない。仕事はいつもどおり完璧だった。

だけどほんの少しだけ、普段より口数が少なく、表情も硬かった。蓮にしかわからないレベルの違和感だから、今日会った誰も――秘書もボディガードも気がついていないだろう。

(疲れている？　それとも、なにかトラブルが発生したんだろうか？)

だが尋ねたところで、答えが返ってこないことはわかっていた。

鏑木は、なるべく自分に負担をかけないように、なんでも一人で抱え込む癖がある。

十歳の時から、陰になり日向《ひなた》になり、ずっと蓮を護ってきたので、成人したいまも保護者意識が抜けないのかもしれない。

本当は、どんなことも分かち合いたい。

たとえ、自分たちにとって「歓迎すべきではない案件」であったとしても。

愁事《うれいごと》であれば、なおのこと一緒に背負いたい。

けれど、それが簡単ではないのもわかっていた。

(そうなるためには、鏑木に同等だって認めてもらえるくらいに、自分がもっと大人にならなくちゃ駄目だ)

蓮が悶々《もんもん》と物思いに耽《ふけ》っている間にも、護衛車を従えたリムジンは、いつものルートを進む。門衛が護る外門を通過し、『パラチオ　デ　シウヴァ』の敷地内に入った。うっそうとした樹木林を抜けて、緑の芝生が敷き詰められたフロントヤードに出る。

ライトアップされた白亜の館が暗闇に浮かび上がる様は、いつ見ても幻想的な美しさだ。

鋳鉄《ちゅうてつ》の巨大噴水を回り込んで、石畳の車寄せにリムジンが停《と》まる。すぐ後ろの護衛車も停車した。

運転手が運転席から降り、リムジンの後部に回り込んでドアを開ける。蓮、鏑木、秘書、ボディガードの順で降りた。

「レン様、セニョール・カブラギ、お疲れ様でした」

「今日も一日ご苦労だった。明朝も今朝と同じ時間で頼む」

「かしこまりました。失礼いたします」

秘書と鏑木の間で簡単なやりとりが交わされたのちに、一行は解散となった。秘書は帰宅のために立ち去り、ボディガードは護衛車から降りた仲間のもとへ歩み寄る。

エントランスには、蓮と鏑木の二人が残った。

「………」

まだ車内からの悶々とした気分を引き摺っていた蓮は、恋人と顔を合わせられずに俯《うつむ》く。外灯に照らされた石畳を見つめていると、「蓮」と呼ばれた。顔を上げて目が合う。灰褐色の瞳はいつもより暗く沈み込み、蓮の目には黒一色に映った。

心なしか、よそよそしい空気を纏《まと》っているように見える恋人に聞き返す。

「なに？」

「朝も話したが、今夜は人と会う約束がある。ここで別れよう」

わざとらしく平淡な声で言われ、わかっていたこととはいえ気持ちが荒《すさ》んだ。

別れよう――という言葉が心臓に突き刺さり、チクチク痛む。

無論そういう意味じゃないとわかっている。それでもなんだか胸がざわざわした。

「すぐ行かなくちゃ駄目なのか？　少しくらい部屋に寄れないのか」

思わず縋《すが》るような声を出したが、鏑木はつれなかった。

「約束は九時だ。三十分で待ち合わせ場所に行かなければならない」

「こんな時間から誰と会うんだ？」

「おまえとは関わりのない人物だ」

取りつく島もなくぴしゃりと撥《は》ねつけられ、蓮はびくっと肩を揺らす。

「……そんな言い方しなくてもいいだろ」

傷ついた顔をしたせいだろう。さすがに言い方がまずかったと思ったのか、鏑木が表情を緩めて、「すまなかった」と謝った。

「だが名前を言っても、おまえの知らない相手だ」

それはそうかもしれないけど、鏑木のことはなんでも知りたいんだ。おまえに関連した事柄で、自分の知らないことがあるのがいやだ。

そう言いたかったが、言ったところで、どうせ鏑木には理解してもらえない。

自分たちは想いの分量《ボリューム》が違うから……。

いよいよもってやさぐれた蓮は、低い声でつぶやいた。

「わかった。……許してやる」

わずかに安堵の色を浮かべる鏑木に、すかさず交換条件を持ちかける。

「その代わり、キスして」

「蓮……」

鏑木の表情がにわかに険しくなった。

「駄目だ。わかっているだろう？」

「別にここでしてとは言ってない。どこか人目につかない場所だったらいいだろ？」

「駄目だ」

怖い顔で拒絶される。むっとすると、鏑木が宥《なだ》め賺《すか》すように言った。

「明日の夜は一緒に過ごせる。だからもうわがままは言うな」

子供をあやすような物言いに、燻《くすぶ》っていた苛立ちが黒い蒸気となって腹の底から噴き出してくる。

「鏑木のケチ！」

腹立ち紛れの罵声を投げつけても、鏑木の決然とした態度は変わらなかった。

「キレようが暴れようが駄目なものは駄目だ」

冷静な声音できっぱりと断じる。

「なんでそんなに意固地なんだよ！」

「意固地じゃない。おまえの暴走を止めるのが俺の役目だ」

「暴走？」

「前回のサッカー観戦の時も、いきなりキスしただろう」

指摘されて思い出した。

サッカー観戦デートがあまりに楽しくて、テンションがマックスまで上がってしまい、気がついたら夜の路肩で鏑木の首に腕を回し、キスをしていた。

シュラスコ店でテキーラを呑んで、少し酔っていたせいもあったのかもしれない。

「周りに誰もいなかったし、暗かったし」

言い訳をする蓮を、鏑木が厳しい眼差しで見据える。

「暗いとはいえ屋外だぞ。誰かに見られたらどうするつもりだったんだ」

あの時も散々叱られたのに、またもや蒸し返されて蓮はむくれた。

「つば付きのキャップを被っていたから、顔は見えなかったはずだ」

「……おまえは脇が甘すぎる」

鏑木がため息混じりの低音を落とす。

「とにかく、俺はもう行く。おまえも部屋に戻れ」

そう命じるなり、踵《きびす》を返した。スーツの長身が、愛車のＢＭＷが待つ駐車場に向かって歩き出す。暗闇に溶け込んでいく後ろ姿を眺めているうちに、出し抜けに不安がこみ上げてきて、蓮は駆け出した。

「鏑木！」

後ろから腕を摑まれた鏑木が振り返る。虚を衝《つ》かれた面持ちで「どうした？」と訊いた。

「喧嘩《けんか》したまま、別れるのはいやだ」

上目遣いに訴えると、鏑木の目が見開かれ、硬かった顔つきがふっと和らぐ。

今日初めて見るやさしい表情に、蓮はほっとした。

「そうだな。このままでは夢見が悪い」

「わがまま言ってごめん」

素直に謝罪の言葉が口から出て、鏑木がじわりと目を細める。

「いや、俺も悪かった」

鏑木の右手が蓮の後頭部を包み込み、くしゃりと後ろ髪を摑んだ。子供の頃から、こうされるのが好きだった。大きな手で頭を撫でられると安心するのだ。

(進歩してない)

つくづく思う。

鏑木への恋情を自覚する遥か以前から、彼の一挙手一投足に過剰なほど反応してきた自分。

一人で悩んでグルグルして、苛立ったり、落ち込んだり。そうかと思えば、些細な言葉や仕草一つに舞い上がって……。

シウヴァの当主になっても、成人しても、まるで進歩がない。

「――そうだ」

忘れていたなにかを思い出したかのようにつぶやき、鏑木が蓮の頭から手を離した。

「ルシアナに返事はしたのか?」

「まだ。部屋に戻ってからするつもり。……気になる?」

鏑木が肩を竦める。しらばっくれる男にしつこく「気になる?」と問《と》い質《ただ》したら、「まぁな」とやっと認めた。

（やった！）

蓮は拳《こぶし》をぎゅっと握る。自分に関心を持ってくれているとわかって、うれしかった。飛び上がって跳ね回りたいのをぐっと堪《こら》える。

「ちゃんと断るよ」

「きちんと礼儀正しくな。レディを傷つけないように」

気になると認めた上で、ルシアナを気遣うことも忘れない鏑木を、やっぱり大人だなと思う。

「わかってる」

こくりと首を縦に振ってから、蓮は灰褐色の目を見つめた。

「明日の夜、楽しみにしている」

「俺もだ」

鏑木の返答に、自然と口許が微笑む。

自分でも単純だと思うけど、さっきまでのもやもやした気分は消えていた。代わりに胸を占拠しているのは、ふんわりと甘くて幸せな気持ち。

蓮が晴れ晴れした顔で「おやすみ」と告げると、鏑木もまた片手を挙げて「おやすみ」と言った。

「いい夢を……また明日」

年季の入った木製のドアを開けると、古いボサノヴァが耳に滑り込んでくる。

間接照明のみの薄暗い店内は、一枚板の長いカウンターと、合計六つのテーブル席で構成されていた。本来は白であったと思《おぼ》しき壁は煙草《たばこ》のヤニで変色し、板張りの床は無数の靴底に踏みしめられ、黒ずんで光っている。天井では、これも年代ものの黄ばんだシーリングファンが、ゆっくりと淀《よど》んだ空気を攪拌《かくはん》していた。

ハヴィーナ一の繁華街の路地裏の地下にて、そのバーは三十数年前からひっそりと営業を続けてきた。マスターの音楽の趣味がいいことで一部に知られる老舗《しにせ》だ。マスターは相当なボサノヴァマニアで、稀少なコレクションの所有者らしい。

鏑木も以前からその店の存在を耳にしていたが、実際に立ち寄るのは今夜が初めてだった。禁煙どころか、分煙ですらない地下の狭い店は、いかに質の高いボサノヴァが聴けるからといって、非喫煙者の鏑木にとって快適な空間とは言いがたい。

ではなぜ、今夜このバーに足を運んだかと言えば、待ち合わせ相手の指定だったからだ。

店内を見回し、待ち合わせの相手がまだ来ていないことを確かめた鏑木は、まっすぐカウンターへと向かった。カウンターはすでに半分ほど埋まっていたが、連続して空いている三席の、向かって右端のスッールに腰掛ける。

「セニョール、ご注文は？」

カウンターの向こうから声をかけてきたのは、恰幅のいい中年の男だ。白いシャツにバタフライタイを結び、ベストを着ている。さらに口髭《くちひげ》まで生やした、いかにもバーのマスター然とした佇《たたず》まいの男に、「カシャッサをロックで」と頼んだ。

注文した品が来るまで、先客たちの話し声と古いボサノヴァをＢＧＭに、カウンターの奥にずらりと並ぶグラスや酒のボトルを眺めた。

「はい、どうぞ」

コースターの上に、氷とカシャッサ入りのグラスが置かれる。グラスを手に取り、一気に半分の量を喉に流し込んだ。冷たい蒸留酒が食道を落下していく。胃に到達してしばらく経つと、血流に乗ってアルコールが全身に回る感覚があった。カランとグラスの中の氷を回し、ふっと息を吐く。一日張り詰めていた筋肉がわずかに緩まった。

実のところ、ここ数ヶ月、本当の意味で気が休まる時間は皆無だ。

蓮との関係が変化したこの三ヶ月——正確には、記憶が戻った夜のジャングル以来。いや、そうじゃない。もっと前、アナ・クララの誘拐事件が解決した日の朝、蓮と初めて体を重ねた時からだ。

側近の立場を忘れ、グスタヴォ翁《おう》の遺言に逆らい、蓮を抱いたあの瞬間から……自分は真の意味での心の安らぎを失った。

だが、後悔はしていない。

安らぎと引き替えに得たものは、計り知れないほどに大きいからだ。

なによりも大切な、愛する者の存在。

蓮の気持ちを受け入れ、彼に対する自分の想いが恋愛感情であると認めたことによって、二人の関係は変わった。

自分にとって蓮は、主であると同時に、この世にただ一人の恋人となった。

薄々気がついていながらも頑《かたく》なに目を背け続け、胸の奥深くに封じ込めてきた蓮への想い。

一度でも認めてしまったら引き返せなくなる。

自分はまだいい。だが蓮はまだ十代だ。この先に無限の可能性を秘めている。

しかも、単なる十八歳じゃない。エストラニオを左右する力を持つシウヴァの当主だ。

自分の言動いかんで、蓮の人生は大きく変わってしまう。自分の存在が、蓮に与える影響力をわかっていたからこそ、みずからを強く戒めてきた。蓮が十六歳の時に、意図せず一線を越えかけてからは、とりわけ厳しく自制してきた。

そんな自分の忍耐と我慢も知らず、蓮はまっすぐに気持ちをぶつけてきた。

「好きだ」「おまえが欲しい」——そう言って、体当たりでぶつかってきた。

しがみついてくる腕。熱い体。潤んだ瞳。ひたむきな求愛。

この上なく魅力的な誘惑を拒める者がいたら、その秘訣《ひけつ》を教えて欲しい。正直、あの状況で陥落しないなんて男じゃない。

もしかしたら思春期特有の気の迷いかもしれない。……頭ではわかっていた。

側近としてあってはならないことだ。……重々承知の上だ。

それでも、内側からの突き上げるような衝動に抗えずに抱いた。

もう何年もずっと、そうしたかったからだ。

いまにも抑制の鎖を食いちぎって暴れ出しそうな野獣を、長く身の内に飼っていた。その獣が、ついに楔《くさび》を引きちぎり、暴走したのだ。

狂おしいほどの欲望に理性を乗っ取られ、生まれて初めて自我を見失った。

初めて体を繋げた瞬間《とき》、蓮の背中の蝶の痣《あざ》にくちづけ、このまま死んでもいいとさえ思った。

しかし、嵐のような情動が過ぎ去ったあとに残ったのは、後悔だけだった。

我に返って、自分を殺したくなった。

すべてを台無しにした自分を。

誰よりも大切な蓮の未来をみずからの手で閉ざした自分を。

それでも、いまならまだ間に合う。軌道修正できる。

そう思い、突き放した。愛していたからこそ拒んだ。

どんなに憎まれても、嫌われても仕方がない。すべては蓮のためだ――。

けれどその後、事故によって一時的に記憶を失った自分は、ふたたびタブーを犯してしまった。

自分たちは恋人同士だったという蓮の言葉を信じ、ジャングルで愛欲に溺れた。

確かに、蓮は嘘をついた。だが、それを蓮だけのせいにはできない。

自分だって、顕在意識の下でそうしたかった。

蓮を自分のものにしたかった。

一度愛する者と繋がる喜びを知ってしまった自分は、ただ護るだけでは満足できなくなっていた。

組み敷き、食らいつき、体の隅々、そして最奥《さいおう》まで貪り尽くしたいという生々しい欲望が消えない。

蓮が……欲しかった。

だから、彼の偽りの言葉を信じた。

そういった意味では、ジャングルでの自分たちは共犯者だった。

夜のジャングルで記憶が戻ってもなお、蓮を手放す勇気を持てず、ずるずると数日を過ごした。

最終日になって、もはやどうしようもないところまで追い詰められてやっと、断腸の思いでその手を離した。幸せだった記憶を失ったフリをして……。

蓮がどれだけ傷つくか、重々わかっていながら突き放した。

結局のところ自分は、いつも蓮から逃げていた。蓮との出会いを我が運命と知りつつ、往生際悪く、その運命から逃げ続けてきた。

だが、もう逃げない。逃げないと決めた。

――おまえがいない人生は、俺にとってなんの意味もない。俺はおまえが手に入るなら、すべてを失ってもいい。おまえ以外、なにもいらないんだ。

――おまえだってそうだろう？　俺なしで生きていけるのか？　俺を欲しくないのか？

――欲しいよ。なによりも、誰よりも、おまえが欲しい……蓮。

蓮の想いをついに受け入れ、これまで隠し続けてきた本心を告げたあの日。

――蓮……愛している。

――俺も……俺も……。

この命に代えて、二人の絆《きずな》を守ると決めた。

(どんな手段を使っても、守り通してみせる)

ここまで来たら、蓮を手放すつもりはない。

無論、大義よりも個人的な恋情を取った己の選択に罪の意識はないのかと問われれば、答えはノーだ。

グスタヴォ翁のいまわの際の言葉に背いているという罪悪感は、生涯つきまとうだろう。

もし父が生きていたら、いい年をしてなにを血迷っているのだと厳しく叱責されるに違いない。

本来シウヴァを護るべき自分が、シウヴァをリスクに晒《さら》している罪は重い。

それでもどうしても、あらゆるものを犠牲にしてでも、蓮と生きたい。

その想いが罪ならば、枷鎖《かさ》として、二人で背負っていくしかない……。

「………」

グラスを持つ指が結露で濡れていることに気がつき、人差し指の側面で水滴を拭《ぬぐ》った。

待ち合わせの相手はまだ来ない。

腕時計の文字盤を一瞥《いちべつ》し、鏑木は残りのカシャッサをくいっと飲み干した。

ふと、脳裏に別れ際の蓮の顔が浮かぶ。

今日一日、あえて心情を悟らせないようにガードしていたせいか、情緒不安定だった蓮だが、最後は笑顔が見られた。自分にとって、蓮の笑顔は心の糧《かて》だ。一日の疲れが吹き飛ぶ。

まだ若い彼は、精神の動きが言動に直結してしまい、気持ちの揺れが如実に顔に表れる。もともとが素直で、純真なせいもあるだろう。隠し事ができない質《たち》なのだ。

うれしい気持ち、苛立ち、迷い、苦悩、寂寥感《せきりょうかん》、すべてが表情に出てしまう。そこが愛おしくもあるのだが、一方で危うさも感じる。

自分たちの関係を護るためには、周囲に疑われないよう、ことさら言動に慎重を期さなければならない。ルーティンを破って以前と異なる行動を取れば、違和感を抱かれ、他人の注視を引く。ただでさえ蓮は目立つ。

その話は蓮にもして、彼も理解を示し、同意した。

だが、頭で理解しても、本音の部分では納得できていないのだろう。おそらく無意識の所作なのだと思うが、あの手この手で愛情を確認しようとする。

公に認められる関係ではないからこそ、折につけて自分たちの絆を確認したい気持ちもわからなくはない。

今日の、ルシアナに誘われた件でも、手を変え品を変え、自分の口から「行くな」という言葉を引き出そうとしていた。

蓮なりの拙《つたな》い駆け引きは手に取るようにわかるし、彼がなにを望んでいるのかも痛いほど承知している。わかった上で、うかつに挑発に乗ることはできない。

自分が制御しなければ、若い蓮は歯止めが利かず、欲望のままにどんどん突っ走ってしまうのが目に見えているからだ。

——その代わり、キスして。

さっきもそうだった。密室で二人きりならともかく、『パラチオ　デ　シウヴァ』のエントランスであんなことを言い出すとは。

唇と唇のキスは、頭を撫でたり、腕に触れたりのスキンシップとはわけが違うのだ。男同士でそれをすれば、特別な意味合いを帯びてしまう。

そのあたりの境界線認識が、蓮はいま一つ曖昧な気がする。だから前回の休日の夜のように、感情に任せて突然、街中でキスをしたりするのだ。

子供の頃から知っている自分と、年の離れた兄弟のように過ごした延長線上で恋愛関係になったので、ラインが引きづらいのかもしれない。

(もう一度きちんと話し合う必要があるな)

厳しい表情を浮かべた一瞬後、鏑木は唇を歪めた。

別れ際の、自分の台詞《せりふ》を思い出したからだ。

——きちんと礼儀正しくな。レディを傷つけないように。

余裕ぶった自分が滑稽《こっけい》で、苦笑いが漏れる。

蓮が自分を選んだからいいようなものの、もしルシアナを選んでいたら、嫉妬で一晩身を焦《こ》がしていたくせに。

こうなってみて初めて知った。自分という男が自覚していた以上に嫉妬深く、独占欲が強いことを。

これまでの恋愛経験から、そういうタイプではないと思い込んでいたが……。

蓮の成長のためには、幅広い人間関係に身を置くことが肝要だ。できるだけ多種多様な人間と接して見識を広げるべき。

頭ではそうわかっているが、感情は別だ。蓮が自分以外の誰かに笑いかけるだけで、胸の奥が不穏に波立つ。ルシアナと楽しそうにメールのやりとりをしている蓮を横目に、苛立ちを隠すのが精一杯の自分。

（まったく……十代のガキか）

己の心の狭さに嫌気が差した鏑木は、渋い顔で空のグラスを振ってみせた。

「同じものを」

うなずいたマスターがグラスを引っ込める。少しして、カシャッサと氷が入ったグラスがコースターに置かれた。新しいグラスに手を伸ばした鏑木の左側から声がかかる。

「待ったか？」

声がしたほうを向くと、隣のスツールに男が腰掛けるところだった。カウンターの天井から吊り下がるペンダントライトに、銀の髪が反射する。

「こんなところに呼び出してどういうつもりだ？」

やっと登場した待ち合わせ相手に低い声で問うた。

今朝――自宅で身支度をしていた鏑木は、携帯に届いたメールの送信者名を見て、眉をひそめた。

ガブリエル・リベイロ。ソフィアの婚約者。

有事に備えてメールアドレスの交換はしてあったが、今朝方までガブリエルからのメールを受け取ったことは一度もなかった。そもそもプライベートでメールをやりとりするような仲ではない。

突然のメールに不審感を抱きつつ、開いた文面には、このバーの名前と夜の九時という時間だけが記されていた。

素っ気ない、暗号のような文面だ。

呼び出しであることはわかった。呼び出しの用件が、公の場では話せないものであることも。

その文面を見た瞬間に芽生えた不吉な予感——それは今日一日胸の片隅に居座り続け、消えることはなかった。それどころか、遅れて現れたガブリエルを前にして、水に落としたインクのようにじわじわと膨張していく。

今夜のガブリエルは、ノーネクタイでシャツの第一ボタンを外していた。ジャケットも羽織らず、ベストのみを身につけている。シャツの腕にはアームバンドをしているが、洒落者《しゃれもの》のこの男に限って袖丈が合わない既製品を着ることなどあり得ないから、ファッションアイテムだろう。

総じて、いつもの彼に比べれば、ずいぶんとくだけた装いだ。TPOをわきまえたのかもしれない。そうしたところで男の際立った美貌は人目を引く。もっとも鏑木も、バーに入る前にネクタイは外した。場にそぐわない服装で悪目立ちしたくなかったからだ。

「私も同じものを」

鏑木のグラスを指してオーダーする男を、横目で窺う。

カウンターに肘をついた彼は、普段と異なるスタイリングのせいか、どことなく夜の匂いを纏っているように見える。

以前から鏑木は、一見して優美で紳士的に見えるこの男に、そこはかとない「違和感」を覚えてきた。

具体的に言葉にして、どこがどうおかしいとは指摘できない。ソフィアとの婚約に際して行った身上調査においても、これといって怪しい経歴は見つからなかった。

いま現在、婚約者のソフィアとは仲むつまじく暮らしているし、アナのことも実の娘のようにかわいがっている。『パラチオ　デ　シウヴァ』のスタッフともうまくやっており、蓮の信頼も勝ち得ている。

立ち居振る舞いもクレバーで、パーティではホスト役を難なくこなす。たくさんの事業を切り盛りしているところを見ると、仕事もかなりできるようだ。

問題がないどころか、そつがなさ過ぎるほどで、そこが逆に引っかかるのかもしれない。まるで上書きしたかのように、瑕疵《かし》一つないパーフェクトな履歴……。

「きみとは一度ゆっくり呑んでみたかった。前からそう言っていただろう？」

カシャッサが届くと、ガブリエルは鏑木に向かってグラスを掲げた。

「乾杯」

「…………」

しかし、鏑木はそれに倣《なら》うことなく、ガブリエルを黙って見据える。冷ややかな視線を受け止めて、ガブリエルが軽く肩を竦めた。

「記憶障害になったきみをレンがジャングルで療養させている間、私とソフィアでシウヴァを支えた。少しくらい感謝してもらっても罰は当たらないと思うが？」

口許に薄い笑みを刻み、痛いところを突いてくる。鏑木は渋面を作った。

「その件に関してはすでに礼を言ったはずだが……もちろんいまでも感謝している」

「もっと言えば、ギャングからきみの命を救ったこともある」

間髪容《かんはつい》れずに追い打ちをかけられ、苦しい声を出す。

「……わかっている」

共に不可抗力だったとはいえ、ガブリエルに借りを作ってしまったのは事実だ。それによって、シウヴァの懐《ふところ》深《ふか》くに入り込まれてしまった感は否めない。

乾杯は諦《あきら》めたのか、ガブリエルがベストの内側に手を入れ、シャツの胸ポケットから煙草のパッケージとライターを取り出した。細巻きのシガーに火を点ける。

「吸うのか？　知らなかった」

「たまにね。ご婦人方が嫌がるから屋敷では吸わない。ああ……きみも吸わなかったか」

そう言いながらも遠慮する気配はなく、形のいい唇に煙草を銜《くわ》えた。火を点け、美味そうに煙を吸い込み、ふーっと吐き出す。空調の流れのせいか、紫煙がもろに流れてきて、鏑木は顔をしかめた。だが、ガブリエルは頓着せずに吸い続ける。マナーも気配りも完璧な紳士は、そこにはいなかった。

アナに「王子様みたい」と言われ、スマートで洗練されたイメージが強いガブリエルが、今夜はどことなく妖艶で、悪辣《あくらつ》な空気を漂わせている。いつもとは真逆だが、鏑木にはこちらのほうが男の「素《す》」に近いように感じられた。今夜のほうが違和感がない。

とはいえ、なにを考えているのかは摑めない謎めいた横顔に、いま一度水を向けた。

「もったいぶらずにさっさと用件を話せ。本気で俺と呑みたいわけじゃないだろう」

「せっかちだね。煙草一本も待てないのか」

苦笑を浮かべたガブリエルが、灰皿を引き寄せ、半分までに減った吸い差しの先端を押しつけた。煙草の火を揉み消し、ふたたび胸元に手を入れる。ポケットから抜き出した長方形の白い紙を、鏑木のほうにすっと滑らせて寄越した。

「なんだ？」

怪訝な表情でその紙を手に取り、裏返す。刹那《せつな》、鏑木は息を呑んだ。

「……………っ」

「望遠レンズで撮影した写真を出力したものだ。暗闇でもよく撮れているだろう？」

自慢げな物言いにも、とっさにリアクションが取れなかった。

呼吸を止めて食い入るように見つめる視線の先で、自分と蓮がキスをしている。

正しくは、蓮が自分に抱きつく形で、唇に唇を押しつけていた。

つば付きのキャップに黒のカットソー、スキニージーンズ。蓮の服装には覚えがある。三週間前の、サッカー観戦の夜だ。

確信と同時に、ドクンと心臓が大きく跳ねた。それを機に一気に脈が速くなる。額の生え際が、噴き出した汗で濡れた。

男同士のキスシーンから無理矢理視線を引き剝がした鏑木は、ガブリエルを睨《ね》めつける。

「これは……どういうことだ」

絞り出した声は、意図せずしゃがれていた。

「三週間前の日曜日。きみとレンはサッカー観戦をした帰りに、人気のシュラスコ店に寄った。レンはピ

ッカーニャとクッピンがお気に入りで、それぞれ二度リピートした。この写真は店を出たあと、道端でのワンショットだ。時間は夜の十時二十分。レンはテキーラをグラスで三杯呑んで、少し酔っていたようだね」

店内でオーダーしたものまで把握されていることにショックを受け、ごくりと喉が鳴った。飲み込んだ唾を苦く感じる。

「大好きなきみとのデートでテンションが上がっていたのかもしれないが、往来で男とキスをするなんて、シウヴァの当主としてあるまじき軽率な行動だ」

ガブリエルが、ややわざとらしく眉をひそめて苦言を呈した。

「たとえ人通りがなかったとしても、どこから誰が見ているかわからない」

「尾行したのか」

「私ではない。興信所の所員がね」

悪びれることなく、しれっと回答が返ってくる。

「彼らはプロだ。きみたちが彼らの尾行に気がつけなくても恥ではない。なおのことデート中では、普段よりガードが緩むのは仕方がない」

そんなフォローは、なんの慰めにもならなかった。

カウンターの下で膝頭をぐっと握り締める。

「ちなみに、当然のことながら写真は一枚だけではないよ。この写真はキャップのつばの陰になって不鮮明だが、その他の写真にはレンの顔がはっきりと写っている。もちろん、きみの顔もね。自分たちではないという言い逃れは不可能だ。必要ならば、後程きみのアドレスに画像データを送ろう」

先回りで退路を塞いだガブリエルが、冷たく光る目で、鏑木の強ばった顔をじっと見つめた。

「なぜ？　どうしてこんなことを？　と言いたげだね。ジャングルから戻ってきてからしばらくして、きみたちの関係に変化が生じたのを感じた。とても微妙な変化だ。ソフィアもアナも気がついていない。その点、きみはとても用心深く、周囲に覚られないよう細心の注意を払っていた。だがそれでも私は、きみたちの間に流れる空気が変わったことに気がついた。だから以降、見張らせてもらっていたんだ」

ジャングルから戻ってきてからしばらくして――ということはつまり、最低でも二ヶ月は、興信所を使って尾行されていたということだ。急激に喉の渇きを覚える。

そんなに長い間、監視されていたことに、気がつかなかった。気がつけなかった。いくら相手がプロとはいえ。

（くそっ）

胸の中で悪態をつく。この場で自分の首を絞め上げたい気分だった。

自分も蓮も、想いが通じ合った当初は、もっと気を張って周囲にも目を配っていた。しかし日が経つにつれ、二人の時間を過ごすことが当たり前になって、少しずつ緊張の糸が緩み始めていたのは否定できない事実だ。

警戒心が薄れているのを実感し、今日まさに気を引き締め直そうと思っていた矢先――。

「もっと決定的な証拠もある。きみたちが使用したシーツだ。ランドリーに出す前のものを回収したところ、二人分の精液が検出された」

「……マドレミーオ」

食いしばった歯の間から呪詛《じゅそ》が漏れる。鏑木は思わずガブリエルの顔に顔を近づけた。感情の見えない青い瞳を間近から睨みつける。

「スタッフを買収したのか」

「『パラチオ　デ　シウヴァ』の使用人は大多数が雇用主に忠実で、教育も行き届いている。報酬だって充分に受け取っているはずだ。そうであってもごく少数は、なんらかの事情によって金銭的な困窮に陥《おちい》る者が出現する。これは確率の問題だ。どんなに選《え》りすぐった珈琲豆《コーヒーまめ》にも、虫食い豆が数粒混じっているように、落伍者の発生は防ぎようがない」

ガブリエルがしたり顔で滔々《とうとう》と、肯定するのと同義の持論を語った。

「なにが望みだ」

長期に亘って興信所の調査員を雇えば、相応の経費がかかる。その上に『パラチオ　デ　シウヴァ』のスタッフを買収までして、証拠を摑もうとしたガブリエルの意図が読めなかった。

「なぜこんなことをする」

「ヴィクトール、私はきみが男を愛そうが、同性と肉体関係を持とうが、非難するつもりはない。だが、その相手がレンとなれば話は別だ。きみとレンの関係は、ゆくゆくシウヴァを滅ぼす元凶となる。きみが側にいる限り、レンは結婚しないだろう。シウヴァの当主の結婚は、エストラニオおよび周辺諸国の重大な関心事だ。単なる男女の婚姻じゃない。それによって家と家が強く結びつき、勢力分布図が変わる――政《まつりごと》の一環なんだ」

そんなことは、今更わざわざ他人に指摘されるまでもない。

何十回、何百回となくみずからに言い聞かせ、だからこそ長い年月、自分を抑えてきた。

蓮だって理解している。

それでも──その上で、自分たちはお互いを選んだ……。茨の道を選んだのだ。

憮然とする鏑木を尻目に、ガブリエルは手許のパッケージから煙草を一本抜き出し、フィルターの部分をカウンターにトントンと打ちつけた。

「レンがきみを恋愛対象として見ていることは、かなり前から気がついていた。しかし、彼からは同性愛者の匂いがしない。おそらくそうではないだろう。きみに恋をしたのは、一種の刷り込みだろうね。思春期になり、常に自分の側にいるきみに恋をしていると錯覚した。自分を護ってくれる忠実な騎士《ナイト》に」

煙草の先端を鼻先に突きつけられ、鏑木はぴくっと眉を動かす。

鏑木自身、その疑惑はかねてより抱いており、いま現在でも否定し切れていなかった。

蓮の気持ちが「刷り込みではない」という証明はできない。だが、逆を言えば「刷り込みである」と証明することもできない。

「私はね、レンがどんなに熱烈なアプローチをしても、きみのほうが相手にしないだろうとタカをくくっていたんだ。だってそうだろう。シウヴァを護るという使命を帯びたきみが、レンの気持ちを受け入れるわけがない。シウヴァを滅亡に導くはずがないと思っていた」

ガブリエルの発した「滅亡」という言葉が、鋭い刃のごとく胸に突き刺さる。疼痛《とうつう》を覚えた鏑木は、わずかに顔を歪めた。その可能性を自覚してはいたが、第三者に言われるとインパクトが違う。

「ところが私の読みは外れ、きみはレンの求愛を受け入れた。記憶を失っていた間に、レンから『自分たちは恋人同士だった』と虚偽を吹き込まれ、信じてしまったのかもしれないね。それについては、きみに非があるわけではないが、記憶が戻ってからも関係を断ち切れなかったのは問題だ」

鋭い洞察力と推理力に、内心で舌を巻いた。

頭が切れる男だとは思っていたが、ここまでとは。

「念願のきみを手に入れて、現在のレンは幸せの絶頂にある。レンからきみに別れを切り出すことはないだろう。だとすれば、きみが蓮のもとを去り、みずからの手で幕を引くべきだ。そうでなければ、私はきみたちの関係を公にせざるを得ない」

そう告げるガブリエルの声は、ぞっとするほど冷淡だった。青い目も氷のように冷え切って、鏑木を冷たく見据えている。

「……………っ」

話の流れから大方の予想はついていたが、はっきりと口に出されれば、少なからず衝撃が走った。

もし自分たちの関係を写真付きで公表されたら——想像しただけで血の気が引く。

マスコミは飛びつき、民衆も騒ぎ立てるだろう。エストラニオ有数の名家を襲ったスキャンダルとして、南米中に広まるのは時間の問題だ。

エストラニオの上層部は保守的だし、敬虔《けいけん》なクリスチャンも多い。一部の先進国のように同性同士の関係を受け入れる土壌はまだ出来上がっておらず、どうしたってマイナスのイメージは拭《ぬぐ》えない。ただでさえ、ニコラスの死やグスタヴォの死、イネスが駆け落ち先で病死したことなどから、「シウヴァは呪われた一族だ」と、まことしやかに囁《ささや》かれているのだ。

このスキャンダルが表沙汰になれば、まず間違いなく、蓮は社会的な信頼を失い、上流社会から締め出されるだろう。シウヴァの名声も地に塗《まみ》れる。

（蓮とシウヴァが受けるダメージは計り知れない……）

これまでも何度かシミュレーションしてきた最悪の展開を、いま一度脳裏で反芻《はんすう》した鏑木は、低音で確認を迫った。

「それは脅《おど》しと取っていいのか」

片方の眉を上げて「脅し？」と鸚鵡返《おうむがえ》しにする男を、鋭い眼光で射貫《いぬ》く。

「何ヶ月も俺たちを見張り、写真まで用意するとはただごとじゃない。おまえの狙いはなんだ」

「人聞きが悪いな。すべてはシウヴァのためだよ」

「とぼけるな。たかだか半年余りのつきあいのシウヴァに、そこまでの義理はないだろう。蓮に対してもそうだ。あえて嫌われ役を買って出るほど、蓮に忠誠心があるとも思えない。魂胆を吐け」

鏑木が殺気の籠《こ》もった声音で迫ると、ガブリエルはふっと唇の片端で笑った。酷薄な笑みを口許に刷《は》いたまま、弄《もてあそ》んでいた煙草を二つに折る。真ん中から引きちぎり、紙と葉をバラバラにした。解体した煙草をカウンターに撒き散らして、肩を竦める。

「まぁね。わかっていたよ、忠実な軍用犬くん。きみは『シウヴァのため』なんていう綺麗事で丸め込める相手じゃないってね。わかった。正直に言おう。――きみが邪魔なんだよ、ヴィクトール」

ついに本心を口にした男に、鏑木は険しい眼差しを据えた。

「きみはレンやソフィア、アナと違って、私に信頼を置いていない。この先もことあるごとに私を疑惑の目で見るだろう。レンにも『私を信じるな』と忠告する。以前、私とレンのデートを阻止したようにね」

憎々しげにガブリエルが吐き捨てる。

確かに数ヶ月前、ガブリエルとプライベートで出かけようとする蓮を「行くな」と制した。

完全に信用できるまでには至っていないガブリエルと蓮が、自分の目の届かない場所で会うことに危機感を覚えたからだ。当時は蓮との関係がぎくしゃくしていたから、余計に不安を掻き立てられ、強引に阻止しようと試みた。

結果として、その日が来る前に、自分の記憶障害というアクシデントが起こり、二人の外出の予定は流れたが……。

「私がシウヴァの中で生きていくためには、きみの存在は障害――有《あ》り体《てい》に言って目障《めざわ》りなんだ。だから消えてもらう」

エゴイスティックな本性を剝き出しにしたガブリエルが、氷の美貌にえも言われぬ凄みを湛《たた》えて宣告した。

「理由はなんだっていい。シウヴァの幹部会に辞表を提出して側近を辞めろ」

「蓮が納得しない」

上から抑えつけるような命令口調に、鏑木はつとめて冷静な声で反論する。卑劣な揺さぶりに屈するわけにはいかなかった。

「あいつの性格はわかっているだろう」

「わかっているよ。いまどきめずらしいくらいに一途で純真だ。彼はきみ以外の説得には応じない。だからきみが納得させるんだ。他の誰でもない〝きみが〟ね」

強調したガブリエルが、人差し指で鏑木の眉間を差す。

「………」

鏑木がじわりと眉根を寄せると、ガブリエルは人差し指を、今度は自分の眉間に置いた。

「そうだね……蓮には最近女友達ができた。めずらしく気に入って、メールのやりとりも続いているようだ。彼女を利用するのはどうだ？　きみの口から彼女との結婚を勧めればいい。やはり男同士のこんな関係は無意味だ、ルシアナと結婚するべきだとね」

「………っ」

満を持して登場したルシアナの名前に虚を衝かれる。ここに来て漸く、ガブリエルの目論見に気がついた鏑木は、慄然《りつぜん》とした。

「彼女を蓮に紹介したのは、このためだったのか……」

パーティ会場で、蓮にルシアナの連絡先を聞くように仕向けていたのを思い出す。あれも、自分と蓮を引き裂くための布石の一つだったのだ。

おそらくは『パラチオ　デ　シウヴァ』に居を移した時から、ガブリエルは自分たちを観察し、周到に罠を張り巡らせ、獲物を引き上げる時期を窺っていた。

（そして俺は、その罠にまんまとかかった）

「ルシアナならば家柄も申し分ない。年頃も合うし、なにより子供が産める」

ルシアナを利用することに、いささかの呵責《かしゃく》も感じていない口ぶりに、ぐっと奥歯を噛み締める。黙り込む鏑木とは対照的に、ガブリエルの口調は軽やかだった。

「それでも蓮が納得しなければ、きみもナオミと結婚すると言えばいい。ナオミのためにも不毛な関係を終わりにしたい。近くにいればお互い未練が残る。関係を完全に絶つためには自分がシウヴァを去るしかないと言えば、レンもそれ以上はどうしようもないはずだ」

考え抜かれたシナリオを披露されても、すぐには反撃の糸口を見つけられない。

「言っておくが、口裏を合わせて別れた振りをして、私を謀《たばか》ろうとしても無駄だよ。レンは嘘が下手だ。真実を知れば必ず顔と態度に出る。彼が嘘をついているのが判明した翌日には、タブロイド紙の一面に、きみたちのスキャンダラスな写真が載る。見出しは『シウヴァの王子と従者の不適切で淫らな関係』がいいかな」

残酷なゲームのルールを楽しそうに語る男を、鏑木はあらん限りの憎悪を込めて睨みつけた。

「向こう半年、マスコミはこの話題で持ちきりだろうね。ニコラスやグスタヴォの件で真実を知らされなかった彼らは、飢えたハイエナだ。今度こそ、骨までしゃぶり尽くす勢いでレンを追い回すだろう。どこへ逃げようとも執拗にパパラッチに狙われる。スキャンダルに襲われて苦しむのはレンだけじゃない。ソフィアも、アナもだ」

婚約者とその娘が苦しむ未来を予言するガブリエルの顔には、あろうことか、アルカイックな微笑が浮かんでいる。

「悪魔め」

鏑木は唸《うな》った。

「今更なにを言っても隙を見せたきみの負けだ、ヴィクトール。……レンの誘惑に負けて、きみは自滅したんだ。どんなに熱く求愛されても、どれだけ魅惑的でも、きみはレンを受け入れるべきではなかった」

すっと目を細め、ガブリエルが低い声で告げる。その顔にはもはや笑みすらなかった。

「主従のルールを破ったからには、潔く負けを認めて、ゲームから去りたまえ」

IV

その話が蓮《れん》の耳に届いたのは、日曜の夜だった。

ピルルル、ピルルル。

夕食も口にせず、エルバと寝室に籠《こ》もっていた蓮は、鳴り出した携帯の着信音に、黒い毛並みに埋《うず》めていた顔を上げた。

(鏑木《かぶらぎ》?)

とっさに思い浮かんだのは恋人の顔だ。メール着信ならジンやルシアナの可能性もあるが、ローテーブルの上の携帯から聞こえているのは電話の着信音だった。

ピルルル、ピルルル。

「グルォオ」

着信音に反応してエルバが唸《うな》り声《ごえ》を発する。ソファでエルバの首筋を抱き締めたまま、蓮は鳴り続ける携帯を睨《にら》みつけた。

(やっと、今頃?)

本来ならば今日は一ヶ月ぶりのデートのはずだった。それを鏑木は直前になってキャンセルしてきた。

しかも、メールで、一方的に。

今週いっぱい、鏑木は一度も蓮の部屋に立ち寄らなかった。親族関係でトラブルがあって、その対処に仕事以外の時間を充《あ》てなければならないという説明だった。

そういう理由であれば仕方がない。鏑木は自分の側近だけど、鏑木家の当主でもあるから、親族になんらかのトラブルが発生した場合、率先して対処に当たらなければならないのは理解できる。なので、説明を受けた時にもダダをこねずに「わかった」と承諾した。当主の責務は身に染《し》みてわかっているつもりだったし、それに平日を我慢すれば楽しい休日が待っている。

日曜は、一日中恋人を独り占めできる。思い切り甘えて、この一週間寂しい思いをした分を取り戻すつもりでいた。

あれもしたい、これもしたいと、暇さえあれば、二人の時間をどう過ごすかを妄想した。昨晩は興奮のあまりに眠りが浅かったくらいだ。

なのに、今朝になってメールが届いた。

【悪いが、今日は会えなくなった。すまない】

わずか数行を何度も読み返した。目が滑って内容が頭に入って来なかったからだ。五回読み返してやっとドタキャンされたのだとわかり、失望と怒りがこみ上げてきた。

カッとなってすぐさま鏑木に連絡を入れるも、携帯が繋がらない。ますます苛立ちが増し、【どういうことだよ？　理由を説明してくれ】と抗議のメールを入れたが、それに対する返信もなかった。

結局、鏑木と連絡がつかないまま、持って行き場のない苛立ちを抱えて、『パラチオ　デ　シウヴァ』の館内で午前・午後と過ごした。夜になっても鏑木から連絡はなかった。業を煮やしてメールを三度送ったし、都合十回以上電話したから、着信履歴に自分の名前がずらりと並んでいるはずだ。それでも、レスポンスはなかった。

腹が立ったのとがっかりしたので食欲が湧かず、昼も夜も食事をスルーして、蓮は部屋に閉じ籠もった。タイミング悪く、こういう日に限ってジンは出かけていて愚痴る相手もいない。仕方なくエルバのあたたかい毛並みに体をくっつけ、傷心を癒していたところで、携帯が鳴ったのだ。

一瞬、このまま無視しようかと思った。それぐらい臍《へそ》を曲げていたのだ。首を長くして、いまかいまかと鏑木からの連絡を待ち続けていたくせに、いざとなるとあっさり電話に出るのがシャクだった。

だが、携帯はしつこく鳴り続ける。

ふと、嫌な予感がした。

なにか大きなトラブルがあったとか？　鏑木自身、もしくは身内が事件に巻き込まれて、連絡すらできない状態だったのかもしれない。よく考えてみたら、あの責任感の強い鏑木がドタキャンなんて変だ。

そう思ったとたんに、不安がじわじわとこみ上げてくる。

「エルバ、ごめん、ちょっと」

蓮はエルバを軽く押しのけ、ローテーブルに手を伸ばした。取り上げた携帯のディスプレイを見て、眉をひそめる。そこに表示されていたのは恋人ではなく、秘書の名前だった。

鏑木じゃない？

肩透かしを食らったような気分と同時に、違和感を覚える。

(休みの日に？)

過去に、秘書が休みの日に連絡をしてきた記憶はない。蓮個人の携帯の番号は、念のために知らせてあるが、実際にかかってきたことはなかった。鏑木と違って、秘書と蓮はオフィシャルのみの繋がりだ。

彼が休日の夜八時過ぎに電話をかけてくる理由が思いつかず、蓮は困惑の面持ちで通話ボタンを押した。

「はい、もしもし？」

『レン様ですか？　お休みの日の夜に大変申し訳ございません。どうしても本日中にお話ししたい案件がございまして……』

秘書の声から、彼の緊迫した心情を感じ取り、心臓がドクンと跳ねる。

どうやらいい知らせではないようだと察しがつき、顔が強ばった。

「なにかトラブル？」

『はい――実は』

口籠もった秘書が、一拍後、意を決したかのように告げる。

『セニョール・カブラギがシウヴァの幹部会に辞表を提出されました』

「…………」

すぐには反応できなかった。秘書の言葉の意味がわからなかったからだ。

鏑木が……辞表を出した？

脳内で反芻《はんすう》してもなお、ぴんと来ない。

どういう意味だ？　秘書はなにを言っている？

『レン様？　聞こえていますか？　レン様？』

耳許で繰り返され、はっと我に返った。

「あ……うん、聞こえている」

『ご存じでしたか？』

「いや……初耳だ」

答えている自分の声が遠く聞こえる。なんだか他人事《ひとごと》のような口調。リアリティがない。

『やはり、そうでしたか』

秘書が沈痛な声音を零した。

『突然のことで驚かれたかと思います。私もついさっき幹部会からのメールで知ったところです。休日でオフィスに数名しかおらず、たまたま本部にいた人間が辞表を受領したらしいのですが、その後、幹部会メンバーに連絡が回って大変な騒ぎになっていると聞きました』

秘書の説明を耳にしても実感が湧かず、ぼんやりと「まさか」とつぶやく。

そんなわけがない。鏑木がシウヴァを辞めるなんて、そんなわけがない。

鏑木家は代々シウヴァ家当主の側近を務めてきた家柄だ。鏑木のお父さんも、お祖父《じい》さんもシウヴァに仕えてきた。もはや仕事というより家業――生業のようなものだ。辞めるなんて選択肢はないはず。

(それに……辞めるってことは、俺の側近を辞めるってことで)

そんなことを鏑木がするわけがない。

強く否定したかったけれど、否定し切れない自分がいた。いまにして思えば、こうなる予兆が多々あったと気がついたからだ。

ここ最近、鏑木の様子は変だった。この一週間は蓮の部屋に立ち寄らなかったし、今日だって本当は会う予定だったのを突然キャンセルした。

それだけじゃない。

よく考えてみたら、口数は少なく、表情も硬く、どことなくよそよそしくて……。

親族のトラブルのためというエクスキューズを信じていたけれど。

（嘘だったのか？）

急激な体温の低下を感じ、体が震える。蓮は震える手で携帯をぎゅっと握り直した。思わずソファから立ち上がって、うろうろと歩き出す。心臓が不規則に乱れ打ち、とてもじゃないが、一つところに留まっていられなかった。

『レン様には、辞表の受理が正式になされて以降、幹部会からお知らせするという話でしたが、いずれにせよ週明けにはわかることですし、だとしたら一日も早くお知らせすべきではないかと思いまして、私の独断でご連絡を差し上げた次第です』

秘書にとっても、鏑木は長く一緒に蓮を支えてきた仲間だ。相棒とも言える鏑木の唐突な辞意に、受けた衝撃は相当なものだっただろう。だが即座に冷静さを取り戻し、これは早急に蓮に伝えるべき案件だという判断に至ったらしい。秘書の声が比較的落ち着いていたので、蓮もむやみに取り乱さずに済んだ。

「理由は？」

ソファの前を忙しなく行ったり来たりしながら、蓮は尋ねた。

『それが、「一身上の都合」としか記されていなかったようです』

「そんな理由で幹部会が承諾するわけがない」

『無論、幹部会も慰留すると思いますが、最終的にはセニョールの意思です。本人が辞めたいと言っているものを、無理に引き留める権限はシウヴァにありません。離職の自由は、エストラニオ国憲法による基本的人権で認められています』

生真面目に諭され、唇を噛み締める。

「とにかく鏑木と直接話してみる。連絡してくれてありがとう」

礼を言って通話を終了した。携帯を手に、しばらく呆然と立ち尽くす。

電話中は、強いて冷静であることをみずからに課してやりとりをしていたが、通話を切ったとたんに、抑えていた感情がぶわっと堰《せき》を切って溢れ出してきた。

頭が混乱して、考えがまとまらない。

「信じられない。嘘だろ？」

心も千々に乱れ、どうにもじっとしていられず、ふたたびうろうろと歩き始めた。蓮の心情に共鳴したエルバも、不安そうに髭《ひげ》をぴくぴくさせてあとをついてくる。主室を三周したのちに、蓮は足を止めた。

信じられないし、信じたくない。

けれど、秘書が嘘をつくわけがないし、つく理由もない。公私の分別を弁《わきま》えた彼が、わざわざ休日に連絡してきたことから鑑《かんが》みても、これは紛うことなき事実だ。悪夢でも白昼夢でもない。

（……現実、なんだ）

認めた瞬間、ショックで目の前が暗くなる。絶望の黒い波が押し寄せてきて、鼻の奥がつーんと痛くなった。目頭が熱を持つ。

眉間《みけん》に力を入れて涙を堪《こら》えても、瞳が濡れるのはどうしようもなかった。

「なんでだよ?」

唇がわななき、掠《かす》れ声《ごえ》が零れ落ちる。

なんで?　なんで急に?　相談もなしに?

仮に、いかんともしがたい事情があったのだとしても、自分に相談もなく一人で決めて、一言の断りもなく勝手に辞表を提出するなんてひどい。

(ひどすぎる)

自分たちの八年に及ぶ関係はそんなに脆弱《ぜいじゃく》なものだったのか?

鏑木のシウヴァへの忠誠心は、その程度の安っぽいものだったのか。

そんなはずない。こんな仕打ち、鏑木らしくない。自分が知っている鏑木はそんな男じゃない。

絶対に変だ。おかしい。

こんなの納得できない!

いますぐ、鏑木の本心を知りたい。

狂おしい気持ちに急き立てられ、携帯を持ち上げた蓮は、鏑木のナンバーをリダイヤルしかけた指を途中で止めた。

(どうせ電話したって出ない)

今日一日、返信がなかったのは故意だったのだと、いまは蓮もわかっていた。

辞表を出せば、早晩秘書から自分に連絡がいくことを予測して、あえて電話に出ず、メールも返さなかったのだろう。

連絡がつかないのなら、自分のほうから会いに行くしかない。

直接会って、鏑木に真意を確かめなければ――。


手早く外出着に着替えた蓮は、リムジンを手配するようロペスに命じた。

「こんな時間にどちらへお出かけになるのですか?」

「鏑木の家に行く」

「ヴィクトール様のお屋敷ですか?」

ロペスが不思議そうな顔をする。それも当然で、八年に及ぶつきあいの間、蓮は鏑木の自宅を一度も訪問したことがなかった。

ほぼ毎日、鏑木のほうが『パラチオ　デ　シウヴァ』に来てくれていたので、訪ねる必要がなかったからだ。また、鏑木から自宅に招かれたこともなかった。

「どうしても今夜、鏑木と話したいんだ」

まだロペスには辞表の件は話さないほうがいいと判断し、自分の要望だけを告げる。

ようは自分が鏑木と会って、辞意を撤回するように説得すればいい話だ。高齢のロペスにストレスを与えずに済むならば、それに越したことはない。

「それは、明朝では間に合わないのでしょうか」

「うん、今晩中に話がしたい」

「お電話では済まない用件ということで？」

「そうだ」

表情から、蓮の決意が固いと覚ったのだろう。ロペスが「かしこまりました」と応じた。日程に組み込まれていない夜の外出は極めて稀《まれ》なイレギュラーだが、行き先が鏑木の家ならば問題ないと考えたようだ。

「ただし、ボディガードを同乗させていただくことになりますが、よろしいでしょうか」

それはしょうがないと思ってうなずいた。ボディガードを帯同せずに外出して、もし不測のアクシデントに巻き込まれた場合、ロペスに責任が及んでしまう。

「では、リムジンをエントランスに回すように手配いたします。準備が整い次第、お迎えにあがりますので、それまでお部屋でお待ちくださいませ」

三十分後にロペスが部屋に迎えに来て、蓮はリムジンに乗り込んだ。同乗するボディガードは二名。急な呼び出しを内心どう思っているのかわからないが、少なくとも顔には一切感情を表さず、黙って蓮の左側と後ろの座席に座った。

「お気をつけて行ってらっしゃいませ」

「何時になるかわからないから、待たなくていい」

実のところアポなしで向かうので、鏑木が在宅しているかどうかはわからない。だが、たとえ留守であっても、帰宅するまで待たせてもらうつもりだった。どうしても今夜中に話をしたい。そのためには徹夜だって覚悟の上だ。どのみちこのままじゃ眠れない。

「先に休んでいてくれ」

「かしこまりました」

ロペスはそう答えたが、たぶん寝ずに自分を待つだろう。

行き先をロペスから知らされているらしい運転手が無言で車を出した。蓮が話さなければ誰も口を開かないので、走行中の車内は沈黙に支配されていた。

鏑木の自宅までは、車で十五分ほどだった。初めて訪れたが、意外に近所であったことに驚く。鏑木家の初代が、火急の際にできるだけ早く駆けつけられるように、シウヴァの本邸のほど近くに居を構えたのかもしれない。

その『パラチオ　デ　シウヴァ』には及ばないにせよ、長く伸びる塀から推し量るに、それなりの敷地面積がありそうだ。世間一般の感覚からすれば「お屋敷」と呼んで差し支えないであろう立派な邸宅だった。

「少々お待ちください。レン様の訪問を告げて、門を開けてもらいます」

鏑木邸の外門の前にリムジンを停《と》めた運転手が、そう言って車を降りる。制服の運転手がインターフォンでやりとりする後ろ姿を、蓮は車窓から見つめた。

果たして、鏑木は在宅しているのだろうか。

ドキドキしながら待っていると、運転手が戻ってきた。

「鏑木はいるって？」

「はい、ご在宅だそうです」

その返答を聞いて、鼓動がひときわ速くなる。

（いる……！）

両開きの外門がギギギと音を立てて開いた。リムジンが門を抜け、樹木に囲まれた私道を進む。建物へと続くアプローチの途中に、ライトアップされた大きな蓮池《はすいけ》が見えた。そういえば以前鏑木が、自宅は地元民に『蓮の家』と呼ばれているのだと話していたことを思い出す。この池がその名称の由縁なのだろうか。

玉砂利が敷き詰められた車寄せでリムジンが停まった。降車した運転手がさっと回り込み、後部ドアを開く。足を下ろした靴の下でジャリッと音がした。

リムジンから降り立った蓮は、その場で鏑木邸をぐるりと見回す。建物はスクエアなフォルムで、伐《き》り出《だ》した御影石《みかげいし》を使用した外観のせいか、ストイックな印象を受けた。足許の玉砂利もそうだが、竹で組まれた柵や石が点々と置かれた前庭など、随所に日本情緒が漂う。

（ここが……鏑木の家）

こういった事態でなければ、もっとじっくり見て回りたいところだが、いまはそんな心の余裕もない。

ほどなく玄関のドアが開き、一目で日系とわかる中年男性が出てきた。

「レン様」

「久坂《くさか》さん」

鏑木の遠縁筋にあたり、鏑木邸を預かる人物だ。鏑木の両親はすでに他界していて、兄弟も家を出て独立しているので、現在この屋敷の住人は当主の鏑木のみ。その鏑木も留守がちなため、使用人は雇っておらず、久坂が住み込みで身の回りの世話をしていると聞いていた。

鏑木が記憶障害になった際は、彼が入院先に必要なものを届けてくれて、蓮もほぼ毎日顔を合わせていた。

「夜分に突然すみません。……鏑木はいますか？」

「朝から外出していたのですが、一時間ほど前に帰宅しました。どうぞお上がりください」

どうやら門前払いはされないようだ。

ほっとした蓮は、運転手とボディガードに「車の中で待っていてくれ」と告げた。相手が鏑木であるという信頼故だと思うが、ボディガードは異議を唱えることなく「了解しました」と応じる。

久坂の案内で、蓮は屋敷の中に入った。シックな外観と同様、内装も落ち着いた風合いでまとめられている。ところどころに壺《つぼ》や日本画、和簞笥《わだんす》など、ジャパニーズテイストの調度品が飾られているのは、鏑木家の始祖が日本からの移民であることと関係があるのだろうか。

動揺を紛らわせるためにつらつらと思い巡らせていると、先を行く久坂が足を止めた。装飾のないフラットな木のドアを開けて、「どうぞ」と蓮を通す。

応接間なのか、天井の高い広々とした空間だった。正面の窓からは美しい日本庭園が見え、左手に暖炉《だんろ》と応接セット、右手の壁は一面の書架で埋まっている。

応接セットの肘掛け椅子から、長身の男が立ち上がった。白いシャツにネクタイは締めず、ジャケットも羽織っていない。下衣は濃紺のトラウザーズといったシンプルなスタイルだ。しかしその表情は、重大な覚悟を決めたかのように厳しく引き締まっている。

自分を見ても驚く様子がないのは、早晩押しかけてくることを予想していたからだろう。

「鏑木……！」

蓮は思わず恋人の名前を呼んだ。駆け寄りたかったが、久坂の手前、ぐっと我慢する。

鏑木は黙って蓮を一瞥《いちべつ》すると、久坂に視線を向けた。

「案内をありがとう。珈琲《コーヒー》は持って来なくていい。二人にしてくれ」

久坂は従順に「わかりました」と言って退室する。ドアが閉まるバタンという音を聞くやいなや、蓮は鏑木のもとへ詰め寄った。一歩手前で足を止め、彫りの深い貌《かお》を睨みつける。

「どういうことだよ⁉」

言いたいことは山ほどあったが、まず口をついた第一声はこれだった。声を出したことを端緒に、秘書からの電話以降、胸の奥に押し込めていたもやもやが爆発する。

「なんで俺に断りもなく勝手に辞表なんて出したんだ！」

その剣幕に動じるでもなく、鏑木はただ黙って蓮を見下ろしてくる。これだけ自分にストレスを与えておきながら、申し訳なさそうな表情一つ浮かべない恋人に、いよいよ頭に血が上った。

「なんとか言えよ！　辞表の件を黙っていた理由を説明しろ！」

「おまえに言えば反対されると思ったからだ」

冷静な声で返され、ぴくっと肩を揺らす。

「あ、当たり前だろっ」

肩を怒らせ、蓮は声を張り上げた。

「俺たちは単なる仕事上のパートナーじゃない。俺とおまえとの間には主従を超えた深い繋がりがある。それをこんな形で裏切るなんてっ」

「そうだな。だから言えなかった」

「……っ」

低音の独白に息を詰める。

「どういうことだ?」

「おまえと特別な関係になって以降、俺は悩み続けてきた」

普段よりもワントーン低い声音で、鏑木がつぶやいた。

「おまえのことを誰よりも大切に想う気持ちに偽りはない。だが、おまえと会っている間じゅう、罪の意識が体に絡みつき、心につきまとう。この三ヶ月、それを拭《ぬぐ》い去《さ》ることができなかった」

「……鏑木」

「おまえの人生の選択肢が、自分の存在によって狭められているという事実。シウヴァの行く末に暗雲をもたらすのが自分であるという現実。それが、どうしても受け入れられなかった」

ここまでは感情を表さなかった鏑木が、つと眉根を寄せる。

「本当にこれでいいのか。このままでいいのか。何度も迷い、立ち止まり、自分に問いかけた。しかし……答えは出なかった」

苦悩を宿した顔で苦しい胸のうちを明かされ、蓮は言葉を失った。

それはもう乗り越えたハードルなのだと思っていた。乗り越えた上で、一緒に生きていくことを選択したのだと。

でも、違ったのか？

自分が鏑木と特別な関係になれた幸運に舞い上がっていた時、鏑木は悩んでいた？

幸せだったのは自分だけで、鏑木は陰で二人の関係にずっと苦しんでいた？

しかも、自分はそのことにまったく気がつかず、一人で有頂天になって……。

「そんな時にルシアナが現れた」

じわじわと俯《うつむ》いていた蓮は、唐突に鏑木が発した名前に驚き、顔を振り上げた。

「ルシアナ？」

ふたたび無表情に戻った鏑木がうなずく。

「ルシアナは、これまでおまえに近づいてきた女性たちとは違う。純真で気立ても良く、家柄も申し分ない。おまえは、彼女と結婚するべきだ」

淡々と紡がれる言葉に衝撃を受け、蓮は顔を引《ひ》き攣《つ》らせた。

「結婚って……」

側近を辞めるばかりか、鏑木が恋人関係の解消までも視野に入れていることを悟り、ざーっと血の気が引く。

自分がルシアナとアドレスを交換したりしたから？

初めてメル友ができたことがうれしくて、頻繁にメールをしたから?

彼女を利用して鏑木の気持ちを試すような真似をしたから?

醜い性根を見透かされ……愛想を尽かされた?

青ざめた蓮は無意識に一歩を踏み出し、鏑木の腕を摑んだ。

「も、もし、気に入らないのならメールのやりとりをやめる! メールアドレスを消して、ルシアナとは二度と会わない。いままでのことは反省して謝る。だから……っ」

「蓮、そうじゃない」

鏑木が重々しく首を横に振った。

「そういうことじゃないんだ」

「じゃあ、なんなんだよ!?」

「俺が辞表を出した理由は一つだけじゃない。おまえの将来についての危惧はもちろん大きな問題だが、それとは別に俺自身の問題もある」

「鏑木自身の問題?」

虚を衝かれた心持ちで、蓮は目を瞠《みは》る。

「俺の人生は、鏑木家の跡継ぎとしてこの世に生を享《う》けた瞬間から道筋が定まっていた。子供の頃から父に『いずれシウヴァに仕えてその身を捧げることが、おまえの使命だ』と言い聞かされて育ち、父亡きあとはその遺言に従ってシウヴァの当主に仕えてきた。日常のすべてがシウヴァのための研鑽《けんさん》であり、ファーストプライオリティはいつだってシウヴァだった。言ってみれば、シウヴァという巨大な運命に縛られた人生だ」

「縛られた……？」

生まれた瞬間から、シウヴァに縛られた人生。

鏑木の口から発せられた言葉が、鋭利な銛《もり》となって胸に深々と突き刺さる気がした。

十歳で出会った時、鏑木はすでに祖父グスタヴォの側近だった。祖父が亡くなってからは、当然のように自分の側近となった。

だから、鏑木が側近の職にあることはフィックスで、主と従の関係は、自分たちどちらかが引退するまで続くものだと思っていた。

鏑木の人生に、他の可能性があるなんて考えてみたこともなかった。

シウヴァへの——自分への忠誠を当たり前のように受け止め、それらが鏑木の犠牲的精神の上に成り立っていることを深く考えようとしなかった。

でもよくよく考えてみれば、身体能力、経験値、頭脳のすべてにおいて自分より秀でた鏑木が、自分の配下に甘んじている必要はないのだ。

鏑木なら、どんな組織のトップにだってなれる。それだけの力量を持っている。いつでも独立できる。

自分より何倍も優れた彼が補佐という立場にあったのは、あくまでも鏑木が「そうしたい」と思ってくれていたからで……。

「これが鏑木家の長子に生まれた自分の宿命だと受け入れて、最善を尽くしてきたつもりだ。だが心の片隅には拭いがたく、自分の意思で人生を選び取っていない違和感があった。このままではいつの日か行き詰まり、破綻するのではないか。そんな危惧を抱いていたところに、おまえとの新たな関係が始まり——一緒に過ごした三ヶ月で、折に触れて考えるようになった。一度、おまえやシウヴァから離れ、自分を見つめ直す必要があるのではないか、と」

もうすでに充分に悩み、考え抜いた末の決断なのだろう。声に感情を乗せることなく、淡々と経緯《いきさつ》を語っていた鏑木が、導き出した結論を口にする。

「俺はエストラニオを出る。当分、戻って来ないつもりだ」

「………ッ」

蓮の全身に、スタンガンを押しつけられたようなショックが走った。背筋を貫いた強い電流が、手足の指先まで震わせる。

エストラニオを出る？

つまり、鏑木は、本当にいなくなる？

(そんな……)

鏑木の腕を摑んでいた手がだらりと下がる。指先はまだビリビリと痺れていた。

突然辞表を提出し、自分にルシアナとの結婚を勧め、あまつさえエストラニオを出ると言う。

次々と襲いかかる大波に吞み込まれ、震えて立ち尽くすことしかできない蓮に、鏑木は「俺の話は以上だ」と告げた。一方的に話し合いを終わらせようとする気配を感じる。

「これ以上話しても意味はない。おまえは明日も予定がたくさん入っている。もう帰って休め」

言い含めるような物言いに、蓮は「いや、だ」と首を左右に振った。

「いやだ。そんなのいやだ。絶対いやだ！」

理論的に反論を試みるような心の余裕はなく、ただ頑是《がんぜ》ない子供のように叫ぶ。それでも鏑木が表情を変えないのを見て、蓮は体当たりで縋《すが》りついた。

「鏑木っ……お願い！」

硬い体にしがみつき、必死に懇願する。

「お願いだから行かないで！　俺を見捨てないでくれ！」

みっともなく追い縋っている自覚はあった。

振られたのに。いままさに捨てられようとしているのに。

でも、プライドなんかにこだわっている場合じゃなかった。そんなのどうでもいい！

このままでは鏑木が行ってしまう。自分から離れていってしまう！

「お願いだからっ」

「蓮、俺はもう決めたんだ」

その言葉のとおり、頭上から腹を据えた声が落ちてくる。

「おまえがどんなに泣こうがわめき散らそうが、気持ちは変わらない」

きっぱりと言い切るのと同時に、二の腕を掴まれて体を引き剥がされた。懸命に取り縋ったが、抵抗も虚しく離される。距離ができて目と目が合った。暗く沈んだ灰褐色の瞳に、お願い！　と訴える。

だが、鏑木の双眸《そうぼう》は揺らがず、彼が次に口にした言葉は無情なものだった。

「もう帰ってくれ」

「いやだ！　帰らない！」

嫌がる蓮を鏑木がやや乱暴に引っ立てる。踏ん張ったが、力ではとても敵わず、ずるずるとドアまで引き摺られてしまう。

鏑木が片手でドアを開け、部屋から蓮を引き摺り出した。

「離せ！　離せってば！　馬鹿っ」

騒ぎを聞きつけてか、廊下の向こうから久坂が駆け寄ってくる。主人と蓮の様子を見て顔色を変えた。

「いかがされました？」

「話は終わった。運転手を呼んで、蓮を送り届けるように言ってくれ」

指示を出す鏑木に焦燥が募る。

「そんなの駄目だ！　まだ話は終わってない！」

大声でわめく蓮を、鏑木は冷ややかに見据えた。

「おまえの許可は必要ない。ここは俺の家だ。それに俺はもうおまえの側近じゃない。シウヴァとは関わりのない人間だからな」

「………っ」

冷たく突き放されて言葉を失っていると、鏑木が久坂に告げる。

「久坂、蓮を頼む」

痛ましげな表情で蓮を見ていた久坂が、はっと息を呑み、神妙な声音で請け負った。

「わかりました。ヴィクトール」

「レン」

手すりに摑まり、大階段を上がっていた蓮は、名前を呼ばれてのろのろと顔を上げた。

「こんな時間にどこ行ってたんだ？」

二階の踊り場に立ったジンが、こちらを見下ろしている。蓮が出かける際は屋敷にいなかったが、鏑木の家まで行って戻ってくる間に外出先から帰館していたらしい。

ジン自身は昼夜を問わずにしょっちゅう出歩いているが、蓮が夜に外出することは稀なので、意外に思ったようだ。

こちらをじっと見つめていたジンが、つと眉をひそめる。

「おまえ、顔真っ青だぞ……」

「………」

自分でもわかっていた。帰りの車中でもずっとショック状態を引き摺ったままで、小刻みな体の震えが止まらなかったから。

「青いっつーか、白いっつーか。どうしたんだよ？　幽霊でも見たか？」

訝《いぶか》しげな声を出しながらジンが階段を下りてきて、二段上から、蓮の強ばった顔をまじまじと覗き込む。

唇をぱくぱくさせたが、首に輪っかを嵌《は》められたみたいに、喉が締まって開かなかった。体も鉛を呑み込んだみたいに重くて、階段をここまで上るのに、ものすごく時間がかかった。

「……か……」

「え？」

「ぶらぎの……い……え」

かろうじてやっと、途切れ途切れに掠れ声を零す。

「カブラギサンちに行ってたのか？」

ジンの確認にこくりとうなずいた。

「彼氏に会って来たにしちゃ浮かないツラじゃん。なに？　なんかあっ……」

とそこで不意にジンが口をつぐむ。その顔が、みるみる陰りを帯びた。険しい表情で、考え込むように顎に手をやる。

「そっか、例の件か」

意味ありげなつぶやきを、蓮は聞き咎《とが》めた。

「例のって？」

「うーん……辞表の件、だろ？」

ジンの答えを聞いて、蓮は思わず階段を一段上がる。

「知っていたのか⁉」

詰め寄られたジンが、気まずそうに「まぁな」と認めた。

「じゃあなんで！」

言わなかったのかと続けようとして「口止めされてた」と先に答えを明かされる。

「口止め？　鏑木にか？」

「ん。もっとも俺が聞いたのも三日前だけどな。三日前の夜に、あの人の家に呼び出されて」

その説明で、三日前の夜遅くにジンが外出していたのを思い出した。つまり三日前の夜、鏑木は『パラチオ　デ　シウヴァ』まで自分を送り届けたあと、家に戻ってジンと会っていたということだ。密会が自分にばれないよう、わざわざ自宅にジンを呼びつけて。

経緯を知り、改めて血の気が引く。

三日も前から、鏑木は辞表提出を決めていた。それをジンにだけは知らせていた。

決めてからも三日間、何食わぬ顔で自分の横にいた……。

小刻みに震える手をぎゅっと握り締め、蓮は低い声で尋ねた。

「……鏑木の家で、なにを話した？」

「だから、近く辞表出してシウヴァを辞めるって話。あと、しばらく旅に出るから、おまえをよろしく頼むって」

「それだけか？」

ジンが肩を竦めて「それだけ」と答えた。

「それでおまえはなんて言ったんだ？」

問い詰める声が自然と凄みを帯びる。

「わかったたって言うしかねーだろ」

「なんで反対しなかったんだよ！」

八つ当たりとわかっていても自分を抑えられなかった。苛立ちをぶつける蓮に、ジンが「反対なんかできねーよ！」と怒鳴り返してくる。ぐっと顔を前に突き出し、間近から蓮を睨みつけた。

「シウヴァ命で責任感の塊《かたまり》みてーなあの人が辞めるって言い出すの、すげーことだぞ。思いつきや気まぐれなわけねーだろ。血反吐《ちへど》吐くくらい悩んで、苦しんで、おまえから離れるって決めたんだ」

「……っ」

ドスの利いた声に蓮がびくっと震えると、眼光を緩ませ、自嘲めいた物言いをする。

「そこまでの決意に、俺ごときがなにを言えるんだよ。なんも言えねーよ」

階段を一段下りたジンが、蓮の横に並んだ。逆向きのまま、口を開く。

「あの人さ、生まれた時からシウヴァの側近になるって決まってたんだろ？　おまえは十歳まで、なんにも知らなくて自由だったじゃん。でも、あの人は物心ついた時から自分の役割をわかってて、実際、そのとおりに生きてきて……ずっとすごい重圧と闘ってきたんじゃねーの？　ただでさえプレッシャーすげーのに、おまえとのことがあって、相当悩んだんだと思う。辞めるっていうのは、俺らからしたら急だし、突拍子もないように思えるけど、あの人からしてみたら考えに考え抜いた末に辿り着いた結論なんだって気がする。張り詰めていた糸が、なんかのタイミングでぷつっとキレたんじゃねーかな」

ジンの見解を聞きながら、先程の鏑木の台詞《せりふ》がリフレインする。

——これが鏑木家の長子に生まれた自分の宿命だと受け入れて、最善を尽くしてきたつもりだ。だが心の片隅には拭いがたく、自分の意思で人生を選び取っていない違和感があった。

鏑木は、みずからの人生に、自分との関係に、拭いがたい違和感を覚えていた……。

結局、自分たちの想いは嚙み合っていなかった。

「いつか……」

蓮がぼそっと低音を落とし、ジンが「え？」と聞き返す。

「こんな日が、来るんじゃないかって……」

「レン」

わかっていた気がする。

幸せの絶頂にあっても、どこか安心し切れず、心の片隅に不安の影がちらついていたのはそのせいだ。

求めたのは、いつだって鏑木からじゃなかった。自分のほうからだった。

「好きだ」と言ったのも、「おまえが欲しい」と言ったのも、「抱いて欲しい」と言ったのも、全部自分からで、鏑木からのアプローチではなかった。

鏑木はいつだって拒んでいた。主従としての適切な距離を置こうとしていた。

それを自分が体当たりで、強引に押し切ったのだ。

恋人関係になってからも、公人と私人の立場の矛盾に苦しむ鏑木から、その懊悩《おうのう》から、目を逸らし続けた。

直視してしまったら、せっかく手に入れた恋人としての鏑木を手放さざるを得なかったから。

どうしても、手放したくなかったから……。

全部、自分が蒔《ま》いた種だ。自分の強欲が、鏑木を遠ざけたのだ。

（こうなったのは自業自得だ）

身から出た錆《さび》だと思い知らされ、奥歯をきつく噛み締めた。

泣き出しそうなのを必死に堪えていると、ジンがくるりと回転して肩に手を回してくる。

「いまはさ、おまえらには距離が必要なんだよ。少なくとも、あの人はそう思ってる」

「………」

「あの人に一人で考える時間を与えてやれよ。おまえも欲しがるばっかりじゃなくて、与えることも覚えなきゃ」

大人びた声で諭されて嗚咽《おえつ》が漏れそうになり、蓮は唇を引き結んだ。

「でも……もう二度と帰ってこない……かも」

自分で自分の言葉に傷つき、じわっと涙が滲《にじ》む。

「それはわかんねぇけど……」

ジンが蓮の肩をぽんぽんと叩き、その後、励ますようにぎゅっと摑んだ。

「一人になってじっくり考えた結果、もう一度おまえのところに帰ってくるかもしれない。いまはそう信じて待つしかねーだろ」


その夜は一睡もできなかった。

心配したジンが「一緒にいてやろうか」と申し出てくれたが、蓮は「エルバがいるから大丈夫だ」と断った。ジンは気がかりそうな顔をしつつも、「そっか。なにかあったら携帯で呼べよ」と言い残して自室に引き揚げた。

自分の部屋に戻った蓮は、携帯を握り締めたまま、ソファで夜明かしをした。もしかしたら鏑木の気が変わって、連絡がくるんじゃないかという淡い期待からだ。

あれからよく考えて辞意を撤回することにした。旅の計画も取りやめる。やっぱりおまえの側にいることにしたよ、蓮。

そんな、自分に都合のいい電話がかかってくる妄想をして、携帯の画面を見つめ続けたが、結局朝まで着信はなかった。

まんじりともせずに夜が明け、窓から差し込む朝日を背に受けた蓮は、充血した目で主室のドアを見つめた。いつも鏑木が入ってくるドアだ。

——おはよう、蓮。

お決まりの朝の挨拶はもう聞けない。あのドアから鏑木が入って来ることは二度とないのだ。

そう頭ではわかっていても、まだ実感が湧かない。天国から地獄への落差が、あまりに急転直下過ぎて、リアリティがなかった。

ただ一つ確かなのは、蓮にとって鏑木の辞職が世界の終わりに等しいダメージであっても、普通に朝が来て、また一週間が始まるということ。

昨夜はなにもやる気が起きず、バスも使っていない。

（シャワー……浴びないと）

蓮がよろよろと立ち上がると、ソファの足許に寝そべっていたエルバが顔を上げた。

「グォオオ」

心配そうな唸り声を出す。普段は寝台の足許で眠るのだが、昨夜は蓮が寝室を使わなかったので、彼も主室で夜明かしをしたのだ。

蓮の精神状態にシンクロしたらしく、エルバも一晩中落ち着かない様子だった。うろうろと室内を歩き回り、時折ソファに上って来ては、蓮の顔をざりざりと舐《な》め、鼻先を手や足に擦りつけた。エルバなりに慰めようとしてくれたのだろう。

「エルバ、つきあわせちゃってごめん。ありがとう」

弟分の首筋を撫でてから、蓮はバスルームへと向かった。

一睡もしていなかったけれど、不思議と眠くない。昨日一日なにも食べていないのに、空腹感もない。ぼんやりしていてシャワーのコックを捻《ひね》り間違え、頭から水を被ってしまったが、冷たいとも感じなかった。しばらく水のシャワーを浴びてからやっと「あ……水だ」と気がついたくらいだ。

ストレスの負荷が大き過ぎて、自律神経がおかしくなっているのかもしれない。

感情もいま一つ希薄だ。

とても大きなものを失ったのだから、もっと泣き叫ぶほどに悲しいとか、死にそうに寂しいとか、激情に駆られてもいい気がするが、思いの外《ほか》フラットで淡々としている。

（麻痺しているのか？）

よくわからなかった。頭の働きも停止しているらしく、物事を深く考えられない。

思考停止した蓮は、体に染みついた機械的な動作で、濡れた髪を乾かした。

パウダールームから出て主室に移動すると、ドアの向こうで鍵を開ける音がする。ほどなくロペスがワゴンを押して入ってきた。バスローブ姿で立ち尽くしている蓮に気づき、肩を揺らす。

「レ、レン様」

めずらしく取り乱した様子を見せたロペスが、ワゴンから手を離し、蓮の顔色を窺《うかが》う素振りをした。

「……おはよう、ロペス」

「おはようございます。ひょっとして、昨晩は寝室でお休みになられなかったのですか」

「……うん」

肯定する蓮に物憂げな表情を浮かべ、「さようでございますか」と相槌《あいづち》を打つ。その顔つきから、昨日の顚末《てんまつ》をすでに知っているのだとわかった。

「ロペス……鏑木のこと」

「はい。昨夜、お部屋に下がらせていただいてから、ヴィクトール様よりお電話がありました」

どうやら蓮を帰したあとで、鏑木はロペスに電話をしたらしい。

「そうだったんだ……。鏑木はなんて言っていた？」

「レン様を頼むと、そうおっしゃっていました」

それを聞いても、蓮はなにも感じなかった。胸の奥がしんしんと冷え切って、感覚がない。

鏑木は、ジンにもロペスにも自分から連絡した。そうしなかったのは自分にだけだ。

当時者の自分に対しては、もう話すことはないとばかりに自宅から追い払った……。

「レン様」

ロペスが近寄ってきて、蓮の手を取った。長いつきあいだが、なんらかの補助のために接触する以外で、ロペスが故意に自分に触れてくるのは初めてのことだ。

「ロペス？」

驚く蓮を、灰色の目がじっと見つめてきた。

「老いた私にヴィクトール様の代わりが務まるものでもありませんが、今後は、いままで以上にレン様のお役に立ちたいと思っております」

真剣な表情で告げ、皺深《しわぶか》い手でぎゅっと蓮の手を握る。

灰色の目には哀切の情が浮かんでおり、心から自分を案じているのが伝わってきた。蓮がこの『パラチオ　デ　シウヴァ』に来た時から、八年の歳月を共に過ごしてきたロペスは、蓮にとって鏑木という存在が特別であることを、誰よりもわかっているのだ。それが恋情であるとは知らないにせよ。

「ですから、どうかお気兼ねなく、このロペスをお頼りくださいませ」

そう言ってくれる気持ちはとても有り難かったけれど、ロペス自身が自覚しているように、鏑木の代わりは務まらない。

いや、ロペスだけじゃない。

（誰も……鏑木の代わりはできない）

心の中でつぶやいた蓮は、ロペスに「ありがとう」と言って、その手を握り返した。

「心強いよ」

ロペスが悲しげな微笑みを浮かべる。やがて気を取り直したように尋ねてきた。

「お紅茶はソファでお飲みになりますか?」

「うん」

うなずいたが、ミルクティの甘い香りを嗅《か》いでも、いつものように飲みたいという欲求は起こらず、少しだけ口をつけるにとどめた。朝食は「ごめん、食べられない」と辞退する。ロペスは気遣わしげな表情を浮かべたが、無理強いすることなく、「かしこまりました」と朝食を下げた。

身支度を終えたところで、コンコンコンと主室のドアがノックされる。

「っ」

スーツでソファに座っていた蓮は、びくりと肩を揺らした。反射的に息を呑む。

ロペスがちらっと蓮を窺い見たのちに、ドアに歩み寄り、ガチャリと開けた。

そこに立っていたのは――。

「おはようございます」

正面の蓮と目が合った秘書が、どことなく緊張した様子で挨拶をする。

(鏑木じゃない)

わかっていたことなのに、失望の感情に支配される自分を抑えられなかった。まだ心のどこかで、土壇場で鏑木の気が変わる可能性に縋っていたのだと思い知る。

でもやっぱり、奇跡の大逆転は起こらなかった……。

秘書が入り口に所在なさげに立ち尽くしているのに気がついた蓮は、喉許まで迫《せ》り上《あ》がってきていた嘆息を押し戻し、「おはよう」と返した。

「中に入ってくれ」

アタッシェケースを提げて主室に入ってきた秘書が、緊張の面持ちでソファの蓮の前に立つ。

「本日より、セニョール・カブラギの代役を務めさせていただきます。至らぬところも多々あるかとは思いますが、精一杯職責を果たす所存です。どうかよろしくお願いいたします」

かしこまった口調でそう言うなり、ぴんと背筋を伸ばした。鏑木の辞意に関して、彼にはなんの落ち度もない。それなのに多大なプレッシャーを背負わせることになってしまい、申し訳ない気持ちになる。

顔を強ばらせた秘書に、蓮はリラックスを促すように微笑みかけた。

「急なことで迷惑をかけるけれど、よろしく頼む。頼りにしているから」

ねぎらいの言葉をかけられた秘書が、ぎこちない笑みを返してくる。幾分か緊張が緩んだようだ。

「鏑木の記憶障害の時にも代行してもらったし、あなたなら対処できると思っている」

皮肉なことに、鏑木の記憶障害が予行演習になってしまった。

「ありがとうございます。実は今朝、こちらに伺う前にシウヴァの本部に立ち寄ってパソコンをチェックしてきたのですが、私が円滑に業務を代行できるように、セニョールが万全の準備をしてくださっていました」

「鏑木が？」

「はい。これまで共有していた情報以外にも、ご自分が管理していたデータをすべて、私のパソコンからもアクセスできるシウヴァのクラウドサーバーに上げてくださっていて……しかも、それらのデータはすぐに活用できるよう分類と整理が済んでおり、さらにはクライアントごとの注意点やアドバイスも書き込まれていました。ご自分が抜けたあと、業務に支障が出ることのないように配慮してくださったのだと思います」

秘書の説明を聞きながら、蓮の気持ちはゆっくりと沈んだ。もう充分に底だと思っていたけれど、まだ下があった。

突然に思えたけど、そうじゃなかった。

三日どころか——きっともっと前から、鏑木の中でシウヴァを辞めることは既定路線となっていて、それを実行に移すために、水面下で着々と準備を進めていたのだ。

自分が気づかなかっただけ。

一番側にいたのに、誰より近くにいたのに、彼の真意に気がつけなかった。

あんなに「好きだ」「愛している」と口では言っておいて、実際は鏑木のことを、なにもわかっていなかったのだ。

週明けのその日、蓮は業務に身が入らず、一日じゅう上の空で過ごした。

目立った失言や失敗こそなかったが、頭の中はずっと業務とは別のことで占められていて、秘書に誘導されるがまま、操り人形のごとく動いていただけだ。

スケジュール自体は滞りなく、危惧していたようなトラブルも発生せず、順調にこなすことができた。

それというのも事前に鏑木が、自身の離職について各所に連絡を行き渡らせておいてくれたので、さしあたっての混乱がなかったからだ。

鏑木らしいぬかりのない手回しに、秘書は感謝していたが、蓮の心中は穏やかでなかった。

ことがスムーズに運ぶに従い、鏑木の離職が周知されてしまうことへの危機感が募ったからだ。

みんなが決定事項として受け入れてしまうと、いざ鏑木が戻りたいという希望を持った時、ポストがなくなってしまうのではないか。

それは困る。

蓮自身は、まったく諦《あきら》めていない。鏑木はいつか帰ってくると信じている。

蓮が現在、かろうじて自分の足で立っていられるのは、その希望があるからだ。

——あの人に一人で考える時間を与えてやれよ。おまえも欲しがるばっかりじゃなくて、与えることも覚えなきゃ。

ジンの台詞をリフレインする。

確かにこれまでの自分は、鏑木から受け取るばかりで、なにも与えてこなかった。

だから、ジンに諭されたとおり、いまは距離を置きたいという鏑木の要望を受け入れる。

鏑木がどうしてもそうしたいと言うならば、辛いけれど、受け止めるしかない。

今日一日、業務そっちのけで考えに考え、どうにかそこまで気持ちを立て直した。

その代わり、希望は捨てない。いつかまた、自分のもとに帰ってきてくれるという希望は絶対に捨てない。

――一人になってじっくり考えた結果、もう一度おまえのところに帰ってくるかもしれない。いまはそう信じて待つしかねーだろ。

信じて待っていれば……いつか自分のもとに帰ってくる。

そう信じる。信じて待つ。

結論が出てからは、自分に繰り返し言い聞かせ続けて――かろうじて一日のタスクを遂行した蓮は、帰路のリムジンの中で手許の携帯を見つめていた。スリープモードのディスプレイは、もうずいぶんと長く沈黙したままだ。

今日一日、プライベートの携帯を肌身離さず持ち歩き、暇さえあればチェックしていたが、鏑木からの着信はなかった。メールも来なかった。

昨夜からいまに至るまで、自分から連絡してはいけないと我慢し続けてきた。本当は電話したかったけれど、自制していた。鏑木が嫌がると思ったからだ。

(でも)

もう一度、いまの自分の気持ちを伝えるべきなんじゃないか。

昨日は予想外の展開に取り乱し、子供のように「そんなのいやだ。絶対いやだ！」と騒いで鏑木に追い払われた。あの時は、鏑木の主張を受け入れられなかった。だけどその後、ジンやロペスと話したことで少し冷静になり、鏑木がそうしたいのならば、彼を待とうという心境になった。

鏑木が、自分で自分の道を見つけるまで。

もう責めないし、わがままも言わない。待てと言うならばいつまでも待つ。

その覚悟を直接伝えたい。

一度そう思ったら、居ても立ってもいられない気分になる。屋敷に戻って自分の部屋でかけるのがベストだと頭でわかっていても、あと三十分が待てない。

蓮はちらっと傍《かたわ》らの秘書を窺い見た。真剣な顔でノートパソコンと睨み合っている。ボディガードはいつものように視線を絶えず動かし、前後左右に気を配っていた。静かな車内で電話をすれば、彼らに声が聞こえてしまうが、私用電話においては、聞いていないふりをするのが暗黙のルールになっている。それに自分の声だけなら、会話の内容まではわからないはずだ。

自分へのエクスキューズで躊躇《ためら》いをねじ伏せた蓮は、携帯を操作して鏑木のナンバーをタップした。いつもより速い鼓動を意識しながら、携帯を耳に当てる。すぐに回線が繋がった。

【この電話番号は現在使われておりません】

流れてきた音声ガイダンスに耳を疑う。

「えっ……」

蓮が声を出したので、秘書がこちらを見た。訝しげな視線を感じたが、蓮はそれどころではない。触れる場所を間違えたのかと思い、一度通話を切り、正確にタップし直してから携帯を耳に当てた。だが、ふたたび同じガイダンスが流れる。

【この電話番号は現在使われておりません】

無意識に通話終了ボタンに触れた蓮は、携帯の初期画面を見つめてフリーズした。

(モバイルが解約されている？)

「いかがされました？」

秘書に声をかけられ、彼の顔を見る。

「鏑木のモバイルが通じない」

「本当ですか？」

眉をひそめた秘書が「私もかけてみます」と携帯を取り出し、操作した。耳に当てていた携帯をほどなく離すと、蓮に向かって首を横に振る。

「確かに通じません」

「…………」

いやな予感がした。

あんなことがあったあとで鏑木と連絡がつかないという状況は、蓮をひどく不安にさせた。尾《び》てい骨《こつ》のあたりがむずむずして、首筋がちりちり粟立つ。

もはや平静を装うこともできず、蓮は切羽詰まった表情で「鏑木の家に行く」と言った。

「このまま直接ですか？」

秘書が面食らった顔で聞き返す。

「そうだ。鏑木邸に向かってくれ」

「……かしこまりました」

それ以上は異論を挟まず、秘書が運転手に行き先変更を告げた。

ふたたび車内に沈黙の帳《とばり》が下りる。

心臓の不規則なリズムを持て余し、蓮は車窓に視線を据えた。流れる景色に意識を向けることで、少しでも気を紛らわせようと試みる。……無駄な足掻《あが》きだったが。

二十分後、鏑木邸にリムジンで乗り入れた蓮を、昨夜と同じく久坂が玄関口で出迎えた。

「久坂さん、鏑木は!?」

夜分遅くにアポイントなしで訪問した失礼を詫びる心の余裕もなく、いきなり詰問口調が飛び出す。

「鏑木のモバイルが通じないいんだ！」

蓮の叫びに、久坂はなんとも言いようのない複雑な表情を浮かべ、おもむろに口を開いた。

「主人は今朝早くに出発しました」

「出発!?」

声が上擦る。

「どこへ!?」

「わかりません。私も行く先は知らされていないのです」

主人同様のポーカーフェイスで久坂が答えた。

(行き先がわからない？)

「も、戻りはいつ？」

「それもわかりません。特に決めていないという話でした」

「そんな……」

「お力になれず、申し訳ございません」

深々と頭を下げる久坂を、蓮は呆然と見つめた。

ショックで、脳天がジンジンと痺れる。

もう、行ってしまった？

旅に出るとは聞いていたけれど、こんなにすぐだなんて思わなかった。だって昨日の今日だ。

(まさか、こんなに早く……)

予想外の展開に、指の先から力が抜けていく。

「な、……なにか伝言は？」

残る最後の力を掻き集め、藁《わら》にも縋る思いで尋ねたが、久坂は首を左右に振った。

伝言は、ない。

暗い失望が、冷え切った体全体にひたひたと広がっていく。

どこに行ったのかもわからない。なにも言い残してくれなかった。

さよならの言葉一つ……。

これまでも、鏑木と蓮の道行きには、様々なハードルが待ち受けていた。

祖父の死、アナの誘拐、鏑木の記憶障害もあった。

気持ちの擦れ違いで、鏑木の存在を遠く感じたこともたびたびあった。

けれど、本当に存在自体が遠くなってしまったのは――。

（初めてだ）

足許の地面が砂のように崩れ落ちていく錯覚に囚われた蓮は、そのまま体のバランスを崩し、二人のボディガードに両側から支えられた。

V

翌日の火曜日を、蓮《れん》はどうにか乗り切った。

無論「きちんとやり切った」とは到底言いがたい。単にスケジュールに穴を開けなかっただけだ。

目的地もよくわからないままにリムジンで運ばれ、気がつけば会議に参加していた。秘書が事前に用意してくれた原稿を読み上げ、夕方からはタキシードに着替えてパーティに顔を出す。外交用の仮面を装着して、先方から挨拶されれば機械的に返し、必要最低限の会話を交わした。

思考を停止し、感情を封印し、ひたすらロボットのようにタスクをこなした分、帰館してからの疲労感はひどいものだった。

服を脱ぐのもバスを使うのも億劫《おっくう》で、バタフライタイすら解《ほど》かず、ソファにだらしなく体を預けて、天井をぼーっと眺める。

日曜、月曜と肌身離さず持ち歩き、ことあるごとにチェックしていた携帯は、部屋に入る前に電源をオフにしてローテーブルの上に放り投げた。

もはや鏑木《かぶらぎ》にかけることはできないし、向こうから連絡が入ることもないとわかっていたからだ。ルシアナからは日中にメールが届いていたが、返事をする気になれずに放置してあった。

ルシアナの存在が、鏑木が自分から離れた要因の一つだと思うと、とてもレスポンスする気持ちになれない。

彼女が悪いわけじゃないとわかっているけれど。

いまはルシアナのことを考えられない。

鏑木を失った喪失感でいっぱいいっぱいで、他のことはなにも考えられなかった。

頭も働かなければ体も動かない。バスを使って横になれば、たとえ眠れないにせよ、疲労回復できるとわかっていたが、一連の動作がどうしてもできなかった。

結局、タキシードのまま朝までソファで過ごす。

翌朝、寝室を使わなかったことがロペスにばれ――その夜からロペスは自室に下がらず、蓮の帰館を待つようになった。高齢のロペスの負担を案じて、「これまで同様、先に休んでいていいから」と言い聞かせても、「そうは参りません」と、彼にしてはめずらしく頑《かたく》なに譲らない。

傷心の蓮を陰ながら支えるという使命を帯びたロペスによって、水曜日の夜は帰館するなりすぐさまスーツを脱がされ、バスを使わされた。ロペスが見張っているので、仕方なく寝台に横たわる。だが暗闇で目を瞑《つぶ》っても、いっかな睡魔は訪れなかった。

一睡もできずに朝を迎えた。赤い目の蓮を見て、ロペスは顔を曇らせたが、眠れたかどうかを問《と》い質《ただ》すことはなく（一目瞭然だったからだろう）、「せめて朝食は摂《と》ってください」と真剣な表情で頼み込んできた。

要望はなるべく聞き入れたかったけれど、食欲はまったく湧かない。しかしこれもロペスが監視しているので、味のしないヨーグルトをスプーンで口の中に押し込み、無理矢理呑み込んだ。ジュースや流動食はまだしも、パンやソーセージ、卵などの固形物はどうがんばっても無理だった。

悲しげなロペスを残し、迎えに来た秘書と出かける。

ここしばらく寝ていないのと、ろくに栄養を摂取していないせいで、この日が一番体力的にきつかった。蓮は移動のリムジンの中で横になり、ずっと目を瞑っていた。目を閉じたところで眠れるわけではないが、幾分かは楽だったからだ。

疲労がピークに達した一日をどうにか終え、『パラチオ　デ　シウヴァ』の自室に戻ると、ロペスに加えてジンが待っていた。

「ひっでーツラ」

蓮を見るなり、ジンが露骨に顔をしかめる。

「目は真っ赤だわ、肌はパサパサだわ、クマはすげーわ。せっかくの色男が台無しじゃん」

「………」

言い返す気力もない蓮に、ジンが宣言した。

「明日からおまえについていくから」

一方的な申し渡しに面食らい、「えっ？」と聞き返す。

「さっき、ロペスさんと話して決めた」

すると神妙な面持ちのロペスが、「ジン様がご自分から申し出てくださったのです」と経緯《いきさつ》を明らかにした。

「私はお屋敷を離れることはできませんが、ジン様がレン様のお近くにいてくだされば安心ですので、どうかお願いしますと申し上げました」

鏑木が付き添わなくなってからの蓮の様子を数日間観察した結果、側近の抜けた穴をフォローする身内が必要であると、二人の見解が一致したようだ。

「ま、付き人みてーなもん？　秘書の人は業務をこなすので手一杯で、細かいところまでは気が回んねーだろうからさ。俺がおまえをちょいちょいフォローすると」

みずからの役割を説明したジンが、ふと、真面目な顔つきになる。

「俺がついてったところで具体的になにができるわけじゃねーし、カブラギサンの代わりなんて百万年早《はや》えーってわかってる。けど、おまえが空腹と寝不足で倒れそうになった時、後ろから支えることくらいできんだろ」

なんでもないことのようにさらりと言われて、蓮はじわじわと瞠目《どうもく》した。

「……ジン」

「三食昼寝付きの立派な部屋を与えてもらって、高《た》っかいワイン飲み放題にさせてもらってんのに、家賃タダってのが気になってたから、ちょうどよかった」

「そんなの気にしなくていいのに」

「借りは作らない主義なんでね」

出会った二年前と同じ台詞《せりふ》をジンが口にする。

「とりあえずおまえが元気になるまでってことで」

そう言って肩を竦めた。

どう考えても得意とは思えない役割を引き受けたのは、借りを返したいという理由だけじゃないはずだ。

おそらく、鏑木に直接「蓮を頼む」と言われたことが無関係ではないはず。頼まれた以上、ジンなりに責任を感じているのだろう。

みんなに心配をかけ、負担を強いている自分が腑甲斐《ふがい》なくて、蓮は俯《うつむ》いた。

「ありがとう……心配かけてすまない」

力のない声を床に落とす。

「ジン、おまえにはいつも励まされてばかりで……」

「キツい時はお互い様だろ。俺がヤバくなった時はおまえとロペスさんに遠慮なく助けてもらうから、そん時はよろしく」

元気づけるように明るい声を出したジンが、鏑木の真似をして、蓮の頭をくしゃっと掻き混ぜた。

鏑木が蓮のもとを去って一週間が過ぎた。

この一週間、優秀な側近が抜けたことによる混乱や問題がまったくなかったといえば嘘になるが、鏑木の周到な根回しや秘書の奮闘、また幹部会のバックアップが功を奏して、幸いにも大きなトラブルには発展しなかった。

蓮自身、業務に身が入らず、抜け殻のようではあったけれど、少なくとも体だけは現場に移動して、会議や視察、イベント、パーティをこなした。

鏑木が抜けたあとに自分まで寝込んでしまったら、本当にシウヴァが崩壊してしまう——それは鏑木が望むところではない——その一念でおのれを奮い立たせ続けた。ただでさえ多大なプレッシャーを背負っている秘書に、これ以上の心労はかけられないという思いもあった。

四日目からはジンがサポートについてくれるようになり、精神的にかなり楽になった。食事の席にジンが一緒にいると、彼の旺盛な食欲につられ、蓮も少し食べることができた。

リムジンの中でも冗談を言ったり、軽口を叩いたり、滅入りがちな蓮の気を紛らわせようとしてくれているのがわかる。ジンは業務に関わるわけではないが、事情をわかっている身内が側にいてくれるだけで心強かった。

もちろん、鏑木の代わりというわけにはいかなかったけれど……。

永遠にも思えた——長くて辛い一週間が漸《ようや》く終わり、迎えた日曜日。

その日ジンには、夕方からサッカー観戦の予定が入っていた。

「別にキャンセルしてもいいぜ？」

自分を一人にすることに気が咎《とが》めるのか、ジンはそう言ってくれたが、蓮は首を横に振った。

なにものにも囚われることのない自由人のジンが、慣れないスーツを着てネクタイを締め、一日中蓮に付き添ってくれているのだ。平日に堅苦しい思いをしている分、オフの日くらいのびのびと羽を伸ばして欲しかった。

「俺のことなら大丈夫だから。夜はエルバとゆっくりするよ」

それでもまだジンは躊躇《ちゅうちょ》していたが、蓮が「ただの試合じゃない。ダービーマッチだろ？　サポーターは一人でも多いほうがいい」と背中を押すと、やっと吹っ切れたように「わかった」と言った。

「んじゃ、行ってくる」

「楽しんできてくれ。ただし明日は朝が早いから、あんまり呑み過ぎないようにな」

「了解」

ジンを見送ったあと、エルバと部屋に残った蓮の口からは、覚えず深い嘆息が零れた。

このところ就寝時以外は必ず人が側にいたので、こうして一人――エルバはいるが――になるのはひさしぶりだ。

そう、まるで自分を一人にしないと取り決めているかのように、常に誰かがいた。

休日の今日は、アナとソフィア、ガブリエルが本館に顔を出し、ジンも含めて五名でランチを摂った。

たぶんアナたちは、鏑木の件で蓮が落ち込んでいると思い、元気づけるために顔を出してくれたのだろう。

ランチ終了後も、蓮の両側に座ったアナとソフィアはおしゃべりを続け、なかなか席を立たなかった。食堂から引き揚げたのちも、「サロンに行きましょう」と誘いをかけてきて、二人でピアノを弾いてくれた。一生懸命、自分を励まそうとしてくれているのがわかった。

アナとソフィア、そしてガブリエルも、当然のことながら鏑木の辞意に驚き、ショックを受けたようだ。行く先も告げずに旅に出たこと、連絡がつかないことにも困惑していた。

「ヴィクトールのことだから、こうなったのには、なにか理由があるに違いないわ」

ランチの最中、ソフィアは自分に言い聞かせるようにそう言っていた。

「彼の中で問題が解決したら、ここに戻ってくるわよ。彼にとってシウヴァは特別ですもの」

鏑木なりの事情を慮《おもんぱか》った上で、前向きに捉えているようだ。

だからそれまでは、鏑木の代わりに蓮をサポートするのが自分たちの役目だと思っているのが、今日の様子からも伝わってくる。

傷心の自分を案じて、気遣ってくれる気持ちは有り難い。しかし同時に重たくも感じてしまう。

みんなが心配してくれているのに、そんなふうに感じる自分に落ち込んだ。

みんなのために、早く元気にならなければ。そう思えば思うほど、心が、体が、固く、重くなっていく。

蓮はよろよろとソファに近づき、崩れるように腰を下ろした。エルバが黙って、足許に蹲《うずくま》る。

(やっと一週間)

だが蓮の感覚としては、もっと長く感じた。

その感覚とは裏腹に、鏑木との蜜月は短かった。

わずか三ヶ月。

まだ意識していなかった頃を含めれば何年も片思いし続け、幾度も振られ、たくさんのハードルを乗り越えた末に漸く手に入れた鏑木との幸せな日々は、たったの三ヶ月しか続かなかった。

蓮にとっては初めての恋。初めての恋人。最初で最後と思い詰めた恋。

なのに……。

最愛の恋人との突然の別離、さらに側近としての鏑木をも失った二重のダメージは、この一週間、蓮を打ちのめし続けた。

苦しくて。苦しくて。苦しくて。

鏑木への恋情を自覚してから、想いが叶わなかった時間も苦しかった。手を伸ばせばすぐ触れられるほど側にいるのに、自分のものにならない歯がゆさに悶々《もんもん》と苦しんだ。

でもいまの、泥沼をのたうち回るような苦しさに比べたら、あんなものは苦しみのうちに入らない。

一度手に入れたものを失うほうが、何倍も苦しいと初めて知った。

つい一週間前まで鏑木は、自分の横に当たり前のようにいた。傍《かたわ》らに寄り添い、騎士《ナイト》よろしく蓮の身を護り、的確に業務をサポートしてくれていた。

プライベートでは自分を抱き締め、愛を囁《ささや》き、キスをして、共に眠ってくれた。

自分をあたためてくれた体温が消えてしまった喪失感。

当然あるべきものがない欠落感。

人生の張り合いと喜びを失った虚脱感。

体の半分を無理矢理引きちぎられたような激痛。

それらがいっぺんに襲いかかってきて、蓮を失意の奈落に突き落とす。食欲や睡眠欲といった、生きていくための最低限の意欲を根こそぎ奪う。

鏑木が与えてくれた「熱」を失ってから、蓮の体は冷え切ったままだ。血の巡りが滞り、常に手足の先がひんやり痺れて感覚がない。全身がかじかんだみたいに動きも鈍かった。

ふと気がつくと、「なぜ?」「どうしてこうなってしまったんだろう?」「なにが悪かったんだろう?」

という疑問符を、順繰りに頭の中で反復している。

自分が強欲で。

自分のことばかり考えて。

鏑木の苦しみに気がつかなかったから。

疑問に答えが出たら出たで、今度は後悔の念がどっと押し寄せてくる。

刻一刻と募る自責の念に胸が押し潰され、ひしゃげて、息が苦しい。

ジャングルで嘘をついた罰が当たったのかもしれない。

ナオミから許婚《いいなずけ》を奪った報いかもしれない。

そもそも鏑木を騙《だま》して手に入れた恋だったから、長続きしなかったのかもしれない。

たぶん、どれか一つが正解ということはなく、すべてが合わさった罪に天罰が下ったのだ。

因果応報。自業自得。身から出た錆《さび》。

自傷行為のように自分を傷つける言葉ばかりが頭に浮かぶ。自分を責めても鏑木は帰ってこないとわかっているのに、やめられない。

自分を責めずにはいられない。せっかく乾き始めた傷口に爪を立て、新しい血が噴き出すのを確認する自虐を止められない。

自分を責めていないと、精神の均衡を保っていられなかった。

責めて責めて、懺悔《ざんげ》して懺悔して、自分を責める言葉も尽き、疲れ切って浅い眠りにつく。

夢の中で、鏑木は蓮を抱き締める。笑いかけてくれる。キスをして「愛している」と囁く。

蓮も鏑木に抱きついて、「ずっと一緒にいてくれ」と懇願する。

もう離れないで。二度とどこにも行かないで。お願いだから。

夢の中で泣きながら縋《すが》る。

しかし現実では、なぜか泣くことができなかった。泣けたら楽だとわかっているのに、涙が出ない。胸のあたりで涙の塊《かたまり》が閊《つか》えてしまっている。

たぶん、泣いて楽になる自分を許せないからだ。誰が許しても、自分が許せない。

楽になったりしちゃいけない。もっともっと苦しむべきなのだ。

これは——罰なんだから。


コンコンコン。

虚空を見つめ、物思いに沈んでいた蓮は、室内に響くノック音で我に返った。

「グルゥウウ」

足許のエルバが唸《うな》る。

(誰だろう)

ジンは出かけているし、ロペスも今夜は下がらせた。

以前なら彼ら以外にも一人、ここを訪ねてくる可能性のある人物がいた。

だがいまはもう……いない。

考えても心当たりを見出せなかった蓮は、「誰？」とドアに向かって問いかける。

「私だ」

返ってきたいらえに眉をひそめた。ビロードのように滑らかで特徴的な声の持ち主は——。

「ガブリエル？」

「ああ」

三時間前、ソフィアたちと一緒に別館に戻っていったガブリエルが、なぜ自分の部屋を訪ねてきたのか。

そもそも自分たちは、お互いの部屋を往き来するほど打ち解けた仲ではない。初めて会った時を除けば、二人きりで会ったことすらないのだ。

過去に一度、二人で出かけようとガブリエルに誘われ、蓮もＯＫしたが、約束の日が来る前に鏑木の記憶障害というアクシデントが起こり、結局実現しなかった。

（それが、なんで？）

ソフィアの婚約者が自分の部屋に足を運ぶ理由が思い浮かばないまま、蓮は立ち上がった。戸惑いの表情を浮かべてドアに歩み寄るその後ろから、エルバがついてくる。

「やぁ、夜分に失礼」

開けたドアの向こうに、すらりと長身の美丈夫が立っていた。濃紺のスーツに白シャツ、ジャケットの胸ポケットに白いチーフというスタイリングは、三時間前に別れた際と同じ。特段飾り立てているわけでもないのに、華やかな印象を人に与えるのは、彼自身が持つオーラのせいだろう。そのゴージャスオーラには、銀の髪とサファイアの瞳も一役買っている。

「ガブリエル、どうしたんだ？」

来訪の意図を問う蓮の足許で、エルバが唸《うな》り声《ごえ》をあげた。見ればガブリエルに向かって赤い口を開け、牙を剝いている。

「ウゥウウ」

「どうやらきみの弟は私のことが嫌いらしい」

ガブリエルが美しく整った貌《かお》に苦笑を浮かべた。

「ごめん。エルバ、こら、お客さんに失礼だろ」

蓮がたしなめても、エルバはウウウと唸り続ける。

「行儀よくできないのなら寝室に行っていろ」

それでもエルバが動かないので仕方なく、「エルバ！　行け！」と強く命じた。

「グルゥウ」

尻尾《しっぽ》をパタンと打ちつけたエルバが、くるりと身を返して寝室に向かっていく。その後ろ姿は、見るからに不服そうだ。本来野生動物であるエルバは警戒心が強いが、ガブリエルとは何度も会っているのに……。

自分の精神状態に共鳴して、エルバもナーバスになっているのだろうか。

「入っても？」

ガブリエルに伺いを立てられ、「あ、ああ」と蓮はうなずいた。

「どうぞ」

ドアの前から身を引くと、ガブリエルが「失礼する」と言って入室してくる。主室の中程まで歩を進めて、周囲を見回した。

「いい部屋だね。さすが当主の部屋だ」

「ありがとう。……よかったら座ってくれ」

蓮は客人にソファを勧め、自分はバーカウンターに近寄る。

「なにか飲む？」

「いや、私は結構だ。お構いなく」

うなずいた蓮は、ミニバーから自分用のミネラルウォーターのボトルを取り出して、ガブリエルのもとへ戻った。ローテーブルを挟んで、ソファと向かい合わせの肘掛け椅子に腰を下ろす。冷えた水を一口含んで喉を潤し、ボトルをローテーブルに置いた。

「それで？　わざわざここまで来るなんて、なにか特別な用があるのか？」

長い脚を組み、両手を膝の上に乗せた正面の男に問いかける。

ガブリエルはすぐには答えなかった。宝石のような青い目で、蓮をじっと見つめてくる。まともに凝視を浴びた蓮が、居心地の悪さを感じたタイミングで口を開いた。

「痩《や》せたね」

その指摘に、ぴくっと肩が揺れる。

「もともとシャープな輪郭の持ち主だったが、ここまでではなかった。頬に陰ができるほど痩せるのは健康的じゃない。目の下のクマは睡眠不足が原因かな?」

遠慮会釈もなく言い当てられ、奥歯を噛み締めた。

「ヴィクトールを失ったのは、きみにとって大きなダメージだったようだ」

訳知り顔をされて、むっとする。事実ではあったけれど、だからといって、部外者のガブリエルに上から目線でコメントされる筋合いはない。

「あんたには関係な……」

「きみをサポートしたい」

最後まで言い切る前に、言葉尻を奪うように被せられた。

「えっ……」

意外な申し出に意表を突かれ、目を瞠る蓮を、ガブリエルはまっすぐ見据えてくる。

「きみが業務を円滑に遂行できるよう、私がサポートにつく。秘書もがんばっているが、冷静に考えてヴィクトールの代役には力不足だ。きみだってわかっているだろう?」

とっさに反論ができなかった。

もともと秘書は、鏑木という存在ありきのサポートメンバーだった。シウヴァの幹部会との橋渡しはできても、必要とあらば幹部会に意見が言えた鏑木の代役は務まらない。それは秘書自身が、誰よりもよくわかっているはずだ。

「最近はジンも同行しているようだが、友人としてきみに寄り添うことはできても、業務のフォローまでは及ばない。その点私は、きみとヴィクトールがジャングルで過ごしていた二週間、ソフィアと共にきみたちの代役を務めた。すでにシウヴァの幹部会のメンバーとも面識を得ているし、またエストラニオのみならず、南米の富裕層にコネクションがある。ヴィクトールの代わりができるのは私だけだ」

確信に満ちた物言いで自分を売り込んでくる男に気圧《けお》され、蓮はわずかに体を後ろに引いた。

（ガブリエルが鏑木の代わりを務める？）

肘掛け椅子のアームを指で叩き、その可能性を検討する。

確かに、適任ではあるだろう。頭脳、経験値、ルックスも含めた男としての器量、すべてにおいて二人は互角だ。それは認めざるを得ない。

「あんただって自分の仕事があるだろ？」

「私の事業はすでに軌道に乗っている」

ガブリエルが自信満々に答えた。

「もはや私が毎日オフィスに通う必要はない。私の仕事は、優秀な部下がまとめ上げてきた事業報告書に定期的に目を通し、決裁を下すことだけだ。それならば場所を選ばず、どこでもできる。それと同じくらい重要な業務として、セレブリティとの社交があるが……正直なところ、パーティに出てシャンパンを呑むソーシャルにはやや飽きがきている」

「だから俺のサポートを？」

「どのみちソフィアと結婚した暁《あかつき》には、シウヴァと関わることになる。それが少しばかり早まるだけの話だ。それに、私がきみのサポートをした結果シウヴァが安定すれば、長い目で見てソフィアとアナの利益になる。逆に、シウヴァの根幹が揺らげば、彼女たちにもマイナスの影響が出る」

「…………」

ソフィアとアナのため？

いま一つ男の言葉がしっくりこず、蓮は黙り込んだ。するとガブリエルが、これまで見せたことがないような真剣な顔で告げる。

「ヴィクトールのことは一日も早く忘れたほうがいい。それがきみのためだ」

「………っ」

蓮のリアクションを待つことなく、ガブリエルが畳みかけてきた。

「私から言わせれば、彼の一連の行動はあまりに身勝手だ。責任ある立場の者として許されるものではない。こんなふうに突然きみとシウヴァを放り出し、行く先も告げずに旅に出るなんて言語道断だ。彼を信頼していたきみとシウヴァ、友人たちを裏切る行為だ」

鏑木に対する批判を、まるで自分が攻撃されているかのように感じて、木製のアームをぎゅっと握る。

蓮自身、鏑木を恨めしく思う気持ちがまったくないかと言えば、それは嘘になる。こうなる前に、なぜ一言言ってくれなかったのかと思うこともある。だからといって、それを第三者に言われたくはなかった。

背もたれに預けていた上半身を前に倒し、目の前の白い貌を睨《にら》みつける。

「あんたに、本人のいないところで鏑木を非難する権利はない」

「私はシウヴァの身内だ。ヴィクトールはシウヴァに不利益をもたらした」

「あんたはまだ身内じゃない！」

叩きつけるように断じると、ガブリエルは片方の眉を上げ、「いまはまだね」と言った。

あっさりと認めたガブリエルを睨《ね》めつけたまま、蓮はみずからに言い聞かせるような声を出す。

「それに……鏑木はちゃんと戻ってくる」

「果たしてそうだろうか。私にはそうは思えない」

冷静な声音で否定されて、カッと頭に血が上った。憤《いきどお》りに任せ、椅子を蹴るようにして立ち上がる。

「あんたとは意見が合わないことがわかったので、せっかくだがサポートの申し出は辞退させてもらう。これ以上話しても、あんたを嫌いになるだけだ。完全なる決裂は、できればソフィアとアナのために避けたい。今夜はもう引き取ってくれ」

一気にそこまで言い切って対応を待ったが、ガブリエルはソファから腰を上げなかった。底が見えないサファイアの瞳で、しばらく無言で蓮を見つめていたが、おもむろに口を開く。

「きみがヴィクトールの件で、必要以上に感情的になる理由を私は知っている」

「理由？」

「きみたちは主従関係を越えた特別な関係だった。もっとはっきり言おうか？　恋人同士だった。そうだろう？」

衝撃発言に蓮は息を呑んだ。

（いま、なんて言った？）

「上手く隠しおおせているつもりだった？」

尋ねるガブリエルの顔は、蓮がよく知っている彼とどこか違って見えた。背中一面に冷たい汗が噴き出す。

「だが残念なことに、きみは自分で思っているより隠し事が上手くないんだ」

(知っている……！)

心臓がドクンッと大きく跳ね、それが合図であったかのように、ものすごい勢いで走り出した。

知られていた。関係がばれていた！

内心の衝撃が顔に出てしまうのを堪《こら》え、懸命に無表情を装う。

絶対に認めちゃ駄目だ。ガブリエルはカマをかけているだけかもしれない。シラを切り通せ！

そう思ったのに——。

「……なにを言っているのかわからない」

喉から押し出した声が、上擦ったように掠《かす》れていて、舌打ちしたくなる。

「シラを切っても無駄だよ」

案の定、冷ややかな声でぴしゃりと断じられた。

「きみが彼に恋をしているのはずいぶん前から気がついていた。きみのヴィクトールを見る目は、完全に恋する者特有の熱を帯びていたからね」

——彼が好き？

いつだったか、パーティでのガブリエルの問いかけが脳裏に蘇った。

——でもいくら好きになっても無駄だ。あの軍用犬はきみを愛したりしないよ。

まだ自分ですら意識していなかった鏑木への恋情に、あの時すでにガブリエルは気がついていたのか。

男の観察眼に舌を巻くのと同時に、わかりやすい自分を呪いたくなる。

「一方、ヴィクトールのほうはきみのアプローチを拒んでいた。彼の立場からすれば当然だろう。しかし、どうやらヴィクトールの記憶障害というアクシデントを経て、ジャングルで潮目が変わったようだ」

なにもかもお見通しといったしたり顔で言い当てられ、頬が引《ひ》き攣《つ》った。

記憶障害がきっかけになったこと、ジャングルでの経緯まで読まれている……。

「ショックを受けているね？」

ガブリエルがうっすらと微笑む。

「でも安心してくれ。ソフィアもアナも気がついていない。私だけだ」

（ガブリエルだけ？）

安堵の息が漏れそうになるのを我慢していると、ガブリエルが安心させるようにうなずいた。

「誰にも言っていないし、この先言うつもりもない」

誰にも言わない？

本当だろうか？

蓮は疑わしげな目で、ガブリエルを見つめる。

「だが、私が明かさずとも、早晩周囲に気がつかれる可能性は充分にあった。『秘密』とはそういうものだ。どこからともなく漏れ、浸水のごとくじわじわと広まり、いずれ周知の事実となる。そのことをヴィクトールはわかっていた」

「………」

現にガブリエルにこうしてばれてしまっている以上、否定したくてもできなかった。

「私が先程、彼は戻ってこないと言った根拠は、きみたちの特別な関係だ。ヴィクトールは、きみとの関係に危機感を持っていた。一歩間違えば、シウヴァを崩壊させかねないという危惧を抱いていた。かといって、主従関係を維持しつつ恋人関係を清算するのは容易なことではない」

確かにそうだ。もし仮に鏑木が別れたいと言っても、自分は絶対に受け入れなかった。

「思い悩んだ末に、物理的な距離を置く選択をしたのだろう。無論だからといって、さっきも言ったように、彼のやり方には賛同できない。早晩離職するにしても、これほどの強硬手段を用いる必要はなかった。もっと時間をかけて慎重にことを進めるべきだった」

ガブリエルは、鏑木の「やり方」に問題があると言っているが、蓮に言わせれば問題はそこじゃなかった。

時期が早かろうが遅かろうが、ハードランディングであろうがソフトランディングであろうが、鏑木が自分のもとから去るという結果が同じならば、ダメージは変わらない。

胸の痛みが和らぐわけでもない。

大切なものを失った喪失感が早く癒えるわけでもない――。

「……戻ってくる」

気がつくと、蓮の口からは独り言のようなつぶやきが零れていた。

「きっと戻ってくる」

両の拳《こぶし》を握り締め、繰り返す。

最後に会った時、鏑木は「当分戻ってこない」と言った。

だから期間はわからない。鏑木にだってわからないのだろう。

だけど「もう帰らない」とは言わなかった。あの物言いからは、はっきり約束しないまでも、いつかは戻ってくるつもりだというニュアンスが感じ取れた。

蓮にとってはそれが一縷《いちる》の希望で……。

「たとえ戻ってきたとしても、きみとの関係は元に戻らない」

耳に届いた静かな声に、蓮はぎゅっと目を瞑った。

薄々わかっていたけれど、第三者であるガブリエルにこうして言葉にされると、それが事実であることを思い知らされる気分だった。

鏑木に戻ってきて欲しい。

生まれ故郷のエストラニオに帰ってきて欲しい。

彼に故郷を失って欲しくない。

でも鏑木が戻ってくるとしたらそれは、彼が旅先で自分を見つめ直し、〝答え〟を出した時。

そして、その〝答え〟はおそらく……。

導き出した結論に、瞼《まぶた》の下の眼球が熱く潤むのを感じる。

鼻の奥の痛みを意識しながら、蓮はゆっくりと目を開いた。正面のガブリエルと目が合う。青い瞳を見つめ、かすかに震える声で「それでもいい」と告げた。

「それでもいいから、シウヴァに戻ってきて欲しい。鏑木にとって、シウヴァは特別なものだ。鏑木の人生そのものだ。だから……」

彼からシウヴァを奪いたくない。

それと引き替えに、この想いを封印しなければならないとしても。

想いが通じ合う以前の関係に戻るとしても。

鏑木がそれを望むなら、彼の求めに応じる。

自分の強欲が鏑木を追い詰めたのだから、すべての欲望は封じ込める。

戻って来てくれたなら、もうそれ以上はなにも望まない。

ただ、側にいてくれるだけでいい……。

蓮の悲愴な決意を感じ取ったのか、ガブリエルが痛ましげに眉をひそめた。

「それではきみが苦しいだけだろう」

「苦しくてもいい。鏑木からシウヴァを奪いたくない」

涙の膜が張った瞳で正面の貌をまっすぐ見据え、きっぱりと言い切る。ガブリエルがゆるゆると瞠目した。いつも余裕綽《よゆうしゃくしゃく》々な彼にはめずらしい、虚を衝《つ》かれたような表情で蓮を見つめる。やがてソファから立ち上がり、ローテーブルを回り込んで近づいてきた。

蓮の傍らに立ったガブリエルが、少し体を捻《ひね》って顔を覗き込んでくる。

「私はきみを誤解していたかもしれない。いつも騎士《ナイト》に護られているだけの王子様だと思っていた。——だが、違ったようだ」

クールなはずのサファイアの瞳の奥に、これまで見たことのない熱が透けて見えた。

「いまのきみは、みずからの苦しみと引き替えにヴィクトールを護ろうとしている。きみは……強いね」

そう言って、ガブリエルが眩しいものを見るように目を細める。

嗚咽《おえつ》が漏れないよう奥歯を食いしばり、蓮は首を左右に振った。

強くなんかない。

強がったところで体の反応は正直で、いまにも涙が溢れそうだ。

女々しい自分を見られたくなくて俯いたが、引き続き、頭頂部にガブリエルの視線を感じる。

「なるほどそうか……。ヴィクトールを愛して強くなったのか」

感じ入ったような声が聞こえた次の瞬間、蓮の肩に腕が回ってきた。

「レン」

名前を呼び、ガブリエルが蓮の上半身を引き寄せる。ひさしぶりに接する他人の体温にびくりと震え、反射的に逃げようとしたが、片手でホールドされてしまった。ガブリエルが耳許に口を寄せる。

「あまり自分を追い詰めるな。きみはシウヴァの当主である前に一人の人間だ。辛い時は、辛いと言っていいんだ」

「…………」

「泣いて楽になっても、誰もきみを責めはしない。それどころか、みんな安堵する。きみが我慢しているほうが辛いから」

耳許から流れ込んでくる、宥《なだ》めるような声音に、心が揺さぶられる。二の腕をやさしくさすられて、強ばっていた体から少しずつ力が抜けていく。

「みんなきみを案じているし、ソフィアもアナも……もちろん私も……きみのことが大好きなんだよ」

長く胸の途中で閊えていた熱い塊《かたまり》が、じりじりと迫り上がってくるのを感じた。鼻腔《びこう》がひりつき、舌の付け根が痙攣《けいれん》して喉が震える。嚙み締めた歯の隙間から、声にならない嗚咽が漏れた。

もう……駄目だ。

「涙を我慢するな。楽になれ」

駄目押しのように促され、目頭に溜まっていた涙の粒がついに弾けた。熱い水分がつーっと頰を流れ落ちる。

「ふ……うっ」

ぎゅっと目を閉じて堰《せ》き止《と》めようとしたが、涙は次から次へと溢れ出て、すぐに顔がびしょびしょになった。顎《あご》を伝って首まで濡らす。

これまではどうしても泣けなかった。泣く自分を許すことができなかった。

堪えに堪えてきた反動だろうか、一度ストッパーが外れてしまうと、もはや抑えが利かない。抑制心など、あっという間に激情の波に押し流される。

「う……あ……あ……ぁ」

噎《むせ》び泣《な》く蓮を、ガブリエルが両腕でしっかりと抱き込んだ。

「レン……大丈夫だ……気が済《す》むまで……いくらでも泣いていいから」

その腕に縋り、胸に顔を埋め、蓮は泣いた。

ガブリエルのシャツを濡らしながら泣いて泣いて——自分の中が空っぽになってしまうまで、泣き続けた。

鏑木が蓮のもとを去って、さらに一週間が過ぎた。

この間に新たにガブリエルがメンバーに加わり、蓮を取り巻くサポート体制は格段に安定した。

――ヴィクトールの代わりができるのは私だけだ。

そう言い切った自信を裏付けるように、ガブリエルは献身的に蓮に尽くした。毎日ではないが、要所要所を押さえる形で蓮に付き添い、会議や会食、パーティにも顔を出した。

業務内容に関して、ガブリエルにくどくど説明する必要はなかった。すでにシウヴァについて大筋を把握しており、彼自身が言っていたように、幹部メンバーとも面識もあったからだ。むしろこちらが望む前に、先回りして準備してくるほどだ。頭の回転が速く、先読みの能力に長《た》けているのが、その言動からわかる。一緒に組んで仕事をするようになってから、秘書はすっかりガブリエルのファンになってしまったようだ。

とりわけ社交において、彼の手腕は際立った。

鏑木も手堅く社交をこなしていたが、ガブリエルは華やかな外見と洗練された物腰、卓越したコミュニケーション能力で、ソーシャルをぐいぐい引っ張った。パーティ会場では彼の周りをゲストが取り囲み、機知に富んだ話に耳を傾ける。この一週間、エストラニオ社交界の中心は、ガブリエルだった。かつて「社交界の華」と謳《うた》われたイネスさながらのカリスマ性を存分に発揮している。

振り返ってみるに、これまでのガブリエルは、あれだけの容姿を持っているにしては、パーティ会場であまり目立たなかった。自分から誰かに話しかけることはほとんどなく、ソフィアに紹介されれば会話に加わるといった程度で、そつはなかったが、積極的とは言いがたかった。

それがいまは、みずから率先して挨拶をして回り、気の利いた会話で場を盛り上げている。水を得た魚のごとく、煌《きら》びやかなオーラを全開にしてパーティ会場を優雅に泳ぎ回る姿を見れば、これまではあえて目立たないように力をセーブしていたのではないかと勘ぐりたくなるほどだ。

だがその変わり身に、蓮自身は助けられた。とてもじゃないが、上流階級の面々に愛嬌《あいきょう》を振りまく気分にはなれなかったからだ。

もともと社交全般が苦手というのもあったが、いかんせん鏑木を失ったダメージが大きく、日々のタスクを消化するだけで精一杯だった。消耗がピークになる夜のパーティ会場では、なるべく知り合いに見つからないよう気配を消して、壁際にひっそり佇《たたず》んでいることが多い。

そんな状態だったから、ガブリエルがみんなの視線を引きつけてくれるのには、間接的に助けられた。

秘書から聞いた話によると、シウヴァの幹部会も、ガブリエルの働きに満足しているようだ。

このまま上手くいけば、取り決めの一年よりも前倒しで、ソフィアとの結婚に承諾が下りるかもしれない。

逆を言えば、ソフィアとの結婚を少しでも早めたいというモチベーションが、ガブリエルを意欲的にさせているのかもしれなかった。もしそうだとしたら、ガブリエルの献身的なサポートは、ソフィアのおかげということになる。ソフィアには助けられてばかりだ。彼女の幸せのためにも、一日も早くガブリエルとの結婚が認められることを蓮も願っている。

一週間前――ガブリエルの胸で泣いてしまった。

あとで我に返り、恥ずかしくなったが、いまとなっては必要なことだったのだと思える。ガブリエルに促され、胸に溜めていたものを涙と一緒に放出したことで、だいぶ楽になった。あの時泣かなかったら、そう遠からず、駄目になっていただろうとも思う。なんとか一週間保《も》ったのは、あれがあったおかげだ。

弱っている自分をさらけ出したせいか、あの夜以来、ガブリエルは蓮の言動に目を配り、さりげなくフォローしてくれるようになった。以前は皮肉を口にしたり、鏑木をネタに揶揄《やゆ》してきたりすることがあったが、いまはもうそんなことはしない。やさしく、そして親身になった。

時折、ふと視線を感じて振り向くと、まるで保護者のような眼差しをこちらに向けたガブリエルと目が合うことがある。そんな時は、少し前までガブリエルのポジションに鏑木がいたことを思い出し、複雑な気分になった。

――きみが彼に恋をしているのはずいぶん前から気がついていた。きみのヴィクトールを見る目は、完全に恋する者特有の熱を帯びていたからね。

ガブリエルには、鏑木との関係を知られてしまっている。

彼と「秘密」を共有する仲になったことが、果たして吉と出るのか、凶と出るのか。

(いまはまだ、わからない)

一週間分のタスクをかろうじて遂行し終わった土曜日の夜、蓮はくたくたに疲れ切った体をバスタブに沈め、目を閉じていた。

ロペスは下がらせたので、部屋にいるのはエルバだけだ。

最近、一人になると自然と目を閉じることが多くなった。目を閉じれば、眼裏《まなうら》に映り込む鏑木と会えるからだ。

よく思い浮かべるのは、ジャングルでの鏑木だ。

生き生きと明るく、おおらかで、笑顔が絶えなかった鏑木――。

現実の鏑木とは、二週間会っていない……。

（二週間）

鏑木が辞職してから、もう二週間。やっと二週間。

一瞬だったような気もするし、永遠のようでもあった。

相反する感慨が胸に同居している。

いずれにせよ、蓮にとっては、かつて経験したことがないような試練の日々だった。

鏑木が旅立つ前に準備してくれた「遺産」がまだ残っているせいもあるが、ジンのサポート、秘書の献身、さらにガブリエルの参加で、ここ最近は業務が以前とほぼ変わりなく進むようになった。自分をサポートするためのそれぞれの役割分担が決まり、連携もスムーズになってきたように感じる。

みんなで力を合わせて鏑木の穴を埋めたことによって、現在進行形のプロジェクトや組織運営に支障が生じる可能性が小さくなったのはいい傾向だ。自分が抜けたせいで業務が滞ることは、鏑木も望んでいなかっただろうから。

だが、蓮は単純には喜べなかった。

鏑木がいなくてもスケジュールが回るようになり、彼抜きの体制が日常化し始めている。

そのうちに、鏑木の不在が当たり前になってしまうのではないか。

鏑木が帰ってくる場所がなくなってしまうのではないか。

当初も抱いた不安が、日を追って大きくなっていく。

最近は——蓮を気遣ってのことかもしれないが——誰も鏑木の名前を口に出さなくなった。それでも問題なく日々が過ぎていくことに、いよいよ切迫した焦りを覚える。

引き摺っているのは自分だけなのか。

みんなはすでに、去って行った者にいつまでも執心していても仕方がないと割り切り、新しいフェーズに舵《かじ》を切り替えて歩き出しているように思える。

足踏みをしているのは自分だけ?

鏑木が戻ってくると信じているのは自分だけなのか?

真に鏑木のことを思えば、みんなのほうが正しいのだろうか。

未練を断ち切って、シウヴァから解放してやるのが鏑木のためなのか。

鏑木のために諦めるべき?

考え出すとわからなくなる。頭が混乱して、なにが正解なのかわからなくなる。

(……疲れた)

考えることを放棄した蓮は、バスタブの湾曲面に沿って背中をずるずる滑らせ、下唇のすぐ下まで湯に浸かった。

この一週間、日、一日と、自分の中から生気が失われていくのを感じていたが、今日はとりわけ疲れがひどい。目の奥がジンジン痺れ、熱いのを通り越して、ズキズキと痛む。瞼が重くて目を開けられない。手も脚も、むくんで怠《だる》かった。

鏑木の辞職という最大の危機から二週間、どうにか日常業務がスムーズに回るようになって、極限まで張り詰めていた緊張の糸が緩んだせいかもしれない。

ガブリエルの胸で思い切り泣いたことで、いったんは「ガス抜き」され、一週間はなんとか保った。でもその間も、ダメージは着実に蓄積され続けていたのか。睡眠も途切れ途切れにしか摂《と》れていないし、食事もロペスに見張られているので仕方なく、必要最低限を摂取しているだけだ。直視したくなくて体重計には乗っていないが、ウェストがだいぶ緩くなり、ロペスがあわててトラウザーズを直しに出した。

この二週間の自分は、シウヴァの当主としての責任感だけに突き動かされていた。

鏑木という屋台骨を失った分、自分ががんばらなければ。

鏑木が戻って来たいと思った時に、きちんと迎え入れられるように。

ここで崩れるわけにはいかない。倒れるわけにはいかない。支えてくれるみんなのためにも。

その一心で踏ん張って、いまにも砕け散りそうな心と体を持ちこたえさせてきた。

アクセルを限界まで踏み込み、かろうじて走り続けてきたのが、ここにきて急激にパワーが落ちつつあるのを感じる。

思えば、前もそうだった。

子供の頃に重度のホームシックにかかった時も、鏑木の記憶が戻って代わりにジャングルでのすべてを忘れてしまったと知った時も、本当の意味で体に不具合が出たのは、少し時間が経ってからだった。

ギリギリまで気を張って、痩せ我慢をした挙げ句、時間差でダメージが現れるパターン。

とりわけ今回は、過去のトラブルの数倍、いや数十倍、精神的打撃が大きい。

だって、鏑木を失ったのだ。

(鏑木を……失った)

心の中で繰り返した直後、出し抜けに、その実感が胸に迫ってきた。

いままでだってわかっていたつもりだった。でもどこかで無意識のストッパーがかかり、現実と向き合っていなかったのかもしれない。

直面したら、一歩も動けなくなるとわかっていたから。

必ず帰ってくると信じる気持ちとは裏腹に、頭の片隅ではうっすら気がついていた。

直視するのが怖くて、目を逸らしていた事実。

あの責任感の強い鏑木が、現場の混乱を承知の上で離れていったのだ。自分の人生にも等しいシウヴァを断ち切ったのだ。それはよほどのことだ。

不退転の覚悟で臨《のぞ》んだに違いない。

「………」

湯に浸かっているはずの体がシンシンと冷えていく。まるで氷の中に閉じ込められた魚みたいに、小刻みな震えが止まらない。

帰って来てくれさえすれば、関係が元に戻らなくてもいいと思っていた。

でも。

もう帰って来ないかもしれない。

永遠に失ったのかもしれない。

(二度と、会えない)

雨期のアマゾン川の濁流のような絶望が押し寄せてきて、抗う間もなく呑み込まれる。心が悲しみ一色に塗り潰される。

気がつくと涙が頬を伝っていた。

「……かぶら……ぎ」

嗚咽混じりに名を呼んだ。

「かぶ……らぎ……」

眼裏の鏑木に呼びかける。

帰って来て。お願いだから。戻って来てくれ。

俺を置いていかないで。一人にしないでくれ。

おまえに去られたら俺は、どうすればいいのかわからない。

おまえを本当に失ったら、この先生きていけない。

「ふっ……うぅ……ううっ……」

もはや涙を止める力も残っていない。止めどなく流れるのに任せるしかなかった。

「つふ……ふ……あ……あ……あ」

忍び泣きが、やがて慟哭《どうこく》へと変わっていく。

バスルームに共鳴するような声で、どれくらい泣いていたのだろう。

気がつけば、湯はすっかり冷め、凍えるほどに水温が下がっていた。

「………………」

泣き疲れ、水の中でぼんやりと放心する。

自分の中からすべてが流れ出てしまったように感じられた。――空っぽだ。空洞。

（もう……なにもない）

鏑木を失った自分には、なにも残っていない。

奥歯を摺り合わせ、ざらついた虚無感を噛み締める。

カリッ、カリカリカリ、カリッ。

力なく項垂《うなだ》れる蓮の耳が、浴室のドアを引っ掻く爪音を捉えた。水から出ている肩をぴくりと震わす。

「……グゥウウウウ」

ほどなく、今度は唸り声が聞こえてきた。

（エルバ？）

自分があまりに長時間バスルームから出てこないから、心配しているのかもしれない。いつもはこんなに長風呂をしないから。

カリッ、カリカリカリ、カリッ。

「……グォウウウウ」

バスタブから出て、エルバを安心させないと。それに、いつまでも水に浸かっていると風邪をひく。

遠ざかっていた理性が漸く戻ってきて、自分の成すべきことに思い至った蓮は、ずっと閉じていた目を開こうとした。だが涙が乾いてまつげが張りついてしまったのか、なかなか目を開けられない。目の周りの筋肉を意識的に動かして、重い瞼を無理矢理持ち上げた。

白いタイルの壁が見えるはずだった。

なのに、そこにあったのは闇。漆黒に塗り潰された暗闇だった。

開いたつもりで、まだ開けていなかったのだろうか。そう思って、瞼を開閉させた。

だけど、闇は消えない。確かに目を開いているのに暗いままだ。

「な……に？」

わけがわからなくて、掠れたつぶやきを漏らす。

どうしたんだ？　なんで暗いんだ？　照明の電球が切れた？

電球が切れたのならば、人を呼ばなければ。

とりあえずバスルームの外に出ようと思い、バスタブの縁に手をかけて立ち上がる。ざばっと水が溢れる音がした。縁を摑んだ状態でゆっくり慎重に水から出て、タイルの床に立つ。

ジャングル育ちの自分は夜目がきくほうだと思っていたが、見渡す限り、あたりは真っ暗闇だ。本当になにも見えないので、記憶と勘を頼りに出入り口へ向かい、手探りでドアノブを握った。捻《ひね》ってドアを開ける。

暗い。

バスルームに留まらず、パウダールームの照明も落ちているようだ。

もしかして、この部屋のブレーカーが落ちたのか？

こんなことは過去八年間で初めてだったが、それはそうとして対処するほかなかった。

まずバスローブを見つけ、携帯電話を探し当てて、ロペスに連絡しよう。もう休んでいたらかわいそうだが、不測の事態なので仕方がない。

（とにかくバスローブを探さないと）

全身からぽたぽたと水を滴らせ、壁伝いに歩き出した時、脹《ふく》ら脛《はぎ》になにか温かいものが触れた。短い毛をすりすりと擦りつけられる。

「エルバ？」

「グォルルル」

「電気が消えて不安だっただろう。……おまえは暗くても見えるから大丈夫か」

話しかけてしゃがみ込んだ。エルバの舌が、ざりっと蓮の手を舐《な》める。ぴんと張った髭《ひげ》が手首に当たり、熱い吐息を感じた。

「心配かけてごめん」

「グゥウウ」

濡れた手で弟分の首筋を撫でながら、ふと、違和感を覚える。

（なんだか変だ）

しばらく暗闇で眉をひそめていた蓮は、やがて違和感の理由に思い当たった。

エルバの眼が見えない。

パウダールームと寝室の間のドアは開けっ放しにしてあった。たとえブレーカーが落ちていたとしても、寝室の窓から月の光や外灯の明かりは入ってくる。わずかな光さえあれば、夜行性動物であるエルバの眼は、それを反射して光るはずだ。夜のジャングルで生き延びるために、その仕組みが生まれつき備わっている。

そう思って目を瞬《しばたた》かせた。

しかし何度パチパチと開閉しても、視界が映し出すのは漆黒の闇。

無意識に手のひらを顔の前に持って来た。どんどん顔に寄せて、息がかかる距離まで近づけたが、なにも見えない。周囲を見回したが、やはり暗闇に閉ざされている。

おかしい。

そもそも、窓から差し込む薄明かりを感じ取れないのはなぜだ？

立ち尽くして考え込み、回答に辿り着いた——刹那、心臓が凍りつく。恐怖に支配され、全身が小刻みに震えた。

「う……そだ」

唇がわななき、呻《うめ》き声《ごえ》が漏れる。

信じられない。信じたくなかった。

鏑木を失っただけでも充分にむごい仕打ちなのに……！

その上、視力を失ったなんて。

「そんなの……信じられな……」

喉から悲鳴を絞り出した直後、蓮は頽《くずお》れるように、エルバの傍らにしゃがみ込んだ。

VI

「お目覚めでございますか、レン様」

ロペスの呼びかけで朝が来たことを知る。シャッとカーテンが開かれる音。本来ならば寝室が明るくなり、目を閉じていても、窓から光が差し込んできたことがわかるはずだった。

でもいまの蓮《れん》にはわからない。

ゆるゆると瞼《まぶた》を上げ、目を開けても、朝の光は見えなかった。

光だけじゃない。なにも見えない。寝台の天蓋《てんがい》の模様も、ロペスの顔も。

今日が晴れか、曇りか、あるいは雨であるかもわからない。

「…………」

闇に閉ざされた世界に、覚えず喉から嘆息が漏れた。

次に目が覚めたら視力が戻っているかもしれない——一縷《いちる》の希望に縋《すが》って目を開いたのに、今朝もその期待が裏切られたからだ。

「おはようございます」

耳許の挨拶に、「……おはよう」と返す。

ロペスが心配するから、失望が声に出ないようにしなければと思っていても、どうしても声のトーンが低くなってしまう。

また暗闇の中での一日が始まるのだと思うと、気分が落ちるのはどうしようもなかった。

視力を失って六日間が過ぎた。

目が見えなくなった当日の夜は、家具の配置の記憶を頼りに、手探りでなんとか寝台まで移動し、這い上がってデュベに潜り込んだ。以前は廊下の要所要所に交代制で警備のスタッフが立っていたのだが、鏑《かぶら》木《ぎ》と夜を過ごすようになってから、蓮は彼らの任を解いていた。鏑木が明け方、部屋に戻る姿を見られないようにするためだ。それが今回、仇《あだ》になってしまった。

朝になればロペスが来る。それだけを心の支えにデュベの中で裸の体を丸めて、育ての母からもらった十字架を握り締め、震えながら朝を待った。

自分の目はどうなってしまったのか。これからどうなるのか。

まさか、このままずっと？

不安とショックで一睡もできず、体の震えと涙が止まらなかった。蓮にシンクロしたエルバも落ち着かない様子で、一晩中、低く唸《うな》っていた。

時間の感覚もなくなり、永遠に朝が来ないのではないかと絶望に駆られた頃、やっと主室のドアが開く音が聞こえる。ロペスがワゴンを押しながら寝室に入ってきた。

『グォオオッ』

エルバの昂《たかぶ》った唸り声から異変を感じ取ったらしいロペスが、『エルバ、どうしましたか？』と問いかける。蓮はデュベの中から顔を出して叫んだ。

『ロペス！』

『レン様？　いかがなさいました？』

『目が見えない！』

『いまなんとおっしゃいましたか？』

『目が見えない』

『まさか、そんなことが……』

絶句するロペスに、『本当なんだ』と訴える。

『真っ暗でなにも見えない。おまえの顔も……』

『い、いつからでございますか？』

『昨日の夜……バスタブの中で目を瞑《つぶ》っていて……次に開けたら見えなくなっていた』

ロペスが近づいてくる気配がして、視線を顔に感じる。じっくり観察した結果、蓮の主張が真実であると悟ったようだ。

『おお……神よ。……なんということでしょう』

呻《うめ》き声《ごえ》が聞こえる。衝撃に声も出ない様子で、ロペスはしばらく言葉を失っていたが、ややあって気を取り直したようだ。放心している場合ではないと思い至ったのか、緊迫した声をかけてきた。

『かかりつけ医に連絡を取りますので、先生がいらっしゃるまで、レン様は横になってお待ちください』

蓮を寝台に寝かしつけたあとで、慌ただしく部屋から出て行った。

医者が来るまでの間に、ロペスが秘書に緊急事態が起きた旨を知らせ、知らせを受けた秘書はすぐに幹部会に報告を上げ、蓮の一時的な体調不良を理由に当日の予定をすべてキャンセルした。

『いま私が診《み》た限りでは、原因と思われる疾患は特定できません。とにかく、一刻も早く設備が整った病院で検査をしたほうがよろしいでしょう』

かかりつけ医の診断を待って、蓮はヘリコプターでシウヴァが運営する総合病院へと搬送された。

その日と翌日に亘《わた》り、泊まりがけで全身をくまなく検査したが、脳にも体にも特定の疾患は見当たらなかった。

『至って健康体です。あらゆる数値が基準値内にあり、超音波検査、ＣＴ、ＭＲＩにおいても、有意な所見は出ませんでした』

そうなると、残るはメンタルということになる。医者も最終的に、『おそらくは、強度のストレスがかかったことによる脳の機能障害かと思われます』という診断を下した。

目の機能としてはなんら問題がないのに、脳がエラーを起こして「見えないと錯覚している」らしい。

『心因性視力障害といって、目の心身症です。通常は、視力低下、色覚異常、眼瞼痙攣《がんけんけいれん》、複視、眼球運動障害などが主で、今回のように視力を完全に失うといったケースはめずらしい。脳がよほど強いストレスを感じているのかもしれません。心当たりはありますか？』

おおいに心当たりはあったけれど、詳細を口にすることはできなかった。

『このような場合は、精神科的なアプローチで改善に繋がる場合があります。ただし、結果が出るまでに時間がかかります。心療眼科でカウンセリングを受け、必要であれば投薬を続けながら、原因となっている精神的苦痛を取り除いていくのが目下の治療法です』

原因となっている精神的苦痛を取り除く。

そのためには鏑木が必要だ。恋人関係に戻れなくても、せめて彼がシウヴァに帰ってきてくれれば、ストレスが緩和され、自分の目も元通りになるかもしれない。

だが、それが難しいこともわかっていた。

現実問題として、鏑木と連絡がつかない。従って蓮の状態を知らせることができない。そうであれば、「当分、戻らない」と言っていた鏑木が近々戻ってくる可能性は低い。

診断を下されて以降の蓮は、心因性の疾患が厄介であることを、身を以《もっ》て知ることとなった。

外科的手術で処置することも、投薬で治すこともできない。せいぜい精神安定剤と睡眠薬の服用が関の山だ。カウンセリングも、蓮の場合は役に立たなかった。

原因がはっきりわかっているにもかかわらず、物理的にその精神的苦痛の要因を取り除くことができないからだ。

一時的なもので、いつかは治るのか。

それとも……このままずっと治らないのか。

いくら考えても答えなど出ない疑問を、性懲りもなく胸中で繰り返していると、「レン様」と声をかけられた。

「どうぞお掴まりください」

ロペスに促され、蓮は差し出された腕に掴まる。支えてもらって寝台から下りた。

「こちらへ」

手を引かれて、車椅子に腰を下ろす。高齢のロペスに支えてもらって歩くのは限界があり、一緒に転んだりしては元も子もないので、車椅子を使用することにしたのだ。

そのまま車椅子でパウダールームに移動し、ロペスの補助のもと、顔を洗って歯を磨く。歯ブラシもコップもタオルも、ロペスがタイミングよく差し出してくれるものを使った。

その後は朝食を摂《と》るためバルコニーに移動。食欲はなかったが、ロペスが心配するので仕方なく食べる。

この食事も、自分一人では食べることも飲むこともできないので、すべてロペスにサーブしてもらう。ジュースを飲ませてもらい、ヨーグルトをスプーンで口許に運んでもらい、パンをちぎって口の中に入れてもらう。蓮は咀嚼《そしゃく》して呑み込むだけだ。

手がかかることこの上ないが、ロペスは文句一つ言わず、甲斐甲斐《かいがい》しく世話を焼いてくれる。思えば、鏑木がジャングルでの蜜月を忘れてしまったことに衝撃を受けた蓮が、自分の殻に閉じ籠《とこ》もって休眠状態《スリープモード》に入った時も、同じように面倒をみてくれた。

一日中付き添って生活のすべてをサポートしてくれるロペスには、感謝と同時に、申し訳ない気持ちがこみ上げる。

あの時は三日で体力の限界を迎え、自然とスリープモードが解除されたが、今回はこの状態がいつまで続くのかわからない。口や態度には出さないものの、ロペスも内心では暗澹《あんたん》たる心持ちだろう。

（一体いつまで……）

終わりが見えないことが、こんなにも人を不安にさせるのだと初めて知った。

今日が何日で、光を失ってから何日経ったかまではかろうじてわかるが、一日の中での時間の感覚はもはや曖昧《あいまい》だ。終始暗闇の中にいる蓮にとっては、朝も昼も夜も同じで、区別がつかなかった。起こされたから朝で、昼食が運ばれてきたから昼、ロペスが医者の処方した睡眠導入剤を飲ませたから夜——といった程度の認識しか持てない。

悪夢を見るから本当は眠りたくないのだが、自分が寝ないとロペスが自室に戻れないので、仕方なく睡眠導入剤を飲む。

薬の力を借りても、眠れるのは三、四時間がいいところだ。眠っていても、エルバが身動きする際の鎖の音など、ちょっとした物音で目が覚めてしまう。視力を失った分、聴覚が敏感になっているようだ。

蓮自身が底なし沼に引き摺り込まれたり、鏑木が旅先で何者かに襲われて命を落としたり……恐ろしい悪夢を見て、叫びながら飛び起きることもしばしばだった。

悪夢で飛び起きたあとは、震える手で十字架を握り締め、祈りを捧げる。

神様。お願いです。どうか鏑木をお守りください。

鏑木の命と自分の目が引き替えなら、それでも構わないから——。

「レン様、ヨーグルトです」

「……うん」

スプーンで運ばれたヨーグルトを、気乗りしないまま口の中に迎え入れていると、「お邪魔していいかな?」と声がかかった。姿は見えないが、特徴的な声で誰であるかはわかる。蓮の足許で生肉に齧《かじ》りついていたエルバが「グゥウウ」と唸り声をあげた。

「ガブリエル様、おはようございます」

ロペスの挨拶に男が「おはよう、ロペス」と応える。

「ドアをノックしたけれど返事がなかったから、勝手に入らせてもらったよ」

「気がつきませんで、失礼いたしました」

「いいんだ、気にしないでくれ。時間的に食事中だとわかっていたからね」

フランス窓が開く音が聞こえ、声の主がバルコニーに出てきた。こつこつと靴音を響かせて蓮の車椅子の背後に回り、耳許に「おはよう、レン」と囁《ささや》きかける。

「……おはよう」

「今朝の調子はどう?」

「昨日と変わらない」

「……そうか」

愁《うれ》いを帯びた低音を落としたガブリエルが、蓮の両肩に手を置いた。

「心因性の疾患は、心の重荷を下ろしてリラックスすることがなにより大事だと聞いた。そう簡単にはいかないかもしれないが、少なくとも業務に関しては、私とソフィアに任せて肩の荷を下ろしてくれ」

そう言って、肩を揉《も》み解《ほぐ》すようにマッサージする。

「…………」

現時点で蓮の心因性視力障害を知る者は、シウヴァの上層部でもごく少数に限られ、機密事項《トップシークレット》として、箝口令《かんこうれい》が敷かれていた。

長年側近を務めた鏑木が辞職したことだけでも、すわシウヴァ帝国の内紛かと、マスコミの注視を引くには充分だ。その上に当主の蓮の心因性視力障害が外部に漏れた日には、憶測を交え、あることないことを書き立てられるのは火を見るより明らかだった。企業活動においても政治活動においても、代表者の健康障害はマイナス要因として受け取られる。とりわけ蓮の目は、手術や投薬で治癒できる類《たぐい》のトラブルではない。

この件が公になれば、シウヴァにとってのダメージは計り知れないと、幹部会が判断したのだ。とはいえ数日ならば、一時的な体調不良で予定を見合わせることができるが、以降もずっととなるとそうはいかない。決定権を持つ代表者の不在というイレギュラーな状態が続けば、業務に支障を来すばかりか、周囲に不安を抱かせる。

かといって、目が見えていないことを隠したまま、蓮が業務を遂行するのは不可能だ。

蓮の目のトラブルが心因性のものであり、治癒に時間がかかるという医者の診断が下った時点で、シウヴァ幹部会による緊急会議が招集され、その場で蓮の代役をソフィアに依頼することが決定した。

ソフィアは幹部会の依願を快諾してくれた。蓮の視力障害の元凶となるストレスが、鏑木の辞職と無縁ではないと察しているからかもしれない。

『これまで、私とアナは、あなたとヴィクトールに支えてもらってきた。今度は私があなたを支える番。記憶を失ったヴィクトールのジャングル療養の際に、あなたが休暇を取って付き添った時も代行したし、まったく初めての経験というわけじゃないわ』

見舞いがてら、ガブリエルと一緒に蓮の部屋を訪れ、代役の承諾を直接伝えたあとで、ソフィアは蓮の手を握った。

『だからあなたは、ゆっくり休んでストレス緩和に努めてちょうだい』

『ソフィア……迷惑かけてごめん』

『迷惑なんかじゃない。あなたとシウヴァの役に立ててうれしいのよ。ガブリエルもサポートについてくれるから安心して任せて』

『ソフィアの言うとおりだ』

ガブリエルも、婚約者の言葉に同意した。

『きみは先代の死後、シウヴァの新当主という大任を果たしてきた。無意識のうちにも疲労が蓄積しているのだと思う。目のトラブルは、きみの体が発しているシグナルだ。そのシグナルを受け止め、この際じっくりと心と体を休めるべきだよ』

二人の申し出は有り難かったし、あらゆる面から考えてベストなピンチヒッターだと思った。

鏑木が去り、自分がこうなってしまった現在《いま》、シウヴァを任せられるとしたらこの二人以外にいない。

秘書も加えて話し合い、ソフィアが蓮の、ガブリエルが鏑木の業務をそれぞれ代行し、二人の補佐を秘書が担うこととなった。蓮の付き人だったジンはサポートメンバーを抜けた。任務から解放されたせいか、最近はよく外出しているようだ。

新しいシフトを敷いて三日が経過した。ガブリエルは一日の終わりに蓮の部屋に立ち寄り、業務報告をしてくれるが、いまのところ目立ったトラブルは起きていないようだ。

「ガブリエル様、お茶をいかがですか？」

「ありがとう、ロペス。だが、私はそろそろ行かなければならない。ソフィアがリムジンで待っているからね」

そのやりとりを耳に、蓮は以前も似たような応酬があったことを、ぼんやり思い出した。

――ヴィクトール様、お茶をいかがですか？

――ありがとう。だが、日程が立て込んでいてあまり時間の余裕がないんだ。

（……鏑木）

――スケジュールに関しては車の中で話す。もう出られるか？

――大丈夫だ。

いまはもうここにはいない、愛する男の顔を思い浮かべ、当時は当たり前だったやりとりを切なく反芻《はんすう》していると、背後から「レン」と呼ばれた。

「本日の戻りは夜の九時の予定だ。遅くとも九時十五分には報告のためにここに立ち寄る。問題ないか？」

「就寝は十時だから大丈夫だ」

「そうか。なるべく早く顔を出すよ。では行ってくる」

「気をつけて。ソフィアにもよろしく伝えてくれ」

「わかった。伝えておくよ」

請け負ったガブリエルが、蓮の頰に指先で軽くタッチして、車椅子から離れる。

「行ってらっしゃいませ」

ロペスが声をかけ、蓮は見送るつもりで、ガブリエルの足音のする方角へ顔を向けた。

フランス窓が開閉する音が響き、バルコニーからガブリエルの気配が消える。

以前は、鏑木が部屋まで迎えに来て、彼と一緒に出かけるのが毎朝の習慣だった。

その鏑木がシウヴァを去り、いまの自分はここで待つことしかできない。

永遠に続くものだと無邪気に信じていた日常は、もうない。

(たった数週間で、なにもかもが変わってしまった)

「レン様、お茶のおかわりはいかがですか?」

「もういい……朝食も下げてくれ」

「かしこまりました」

どこか寂しそうな声音でロペスが応じた。

また、長い一日が始まる。

暗闇に閉ざされた、長い長い一日だ。

虚空を見つめて、気持ちがゆっくりと沈んでいくのを感じていると、「お部屋にお戻りになりますか?」と訊かれる。

「……うん」

ロペスが後ろに回って車椅子を押した。

いまの自分は、人の手を借りなくてはなにもできない。部屋の中を移動するのだって、こうしてロペスの手を煩《わずら》わせる。

当主どころか、シウヴァの厄介者と成り下がった自分を思い知り、蓮は冷え切った指先で車椅子のアームをぎゅっと握った。


その夜。

就寝中の蓮は、ふっと覚醒した。

「…………」

寝る前に飲んだ睡眠導入剤が切れたのだろうか。薬が切れてどうしても眠れない場合のために、ベッドサイドテーブルに予備の薬とペットボトルが置いてある。

もう一錠、薬を飲もうか。でも自力で眠れるならそのほうがいい。

そもそもいま何時だろう。

夢うつつの中でぼんやり考えていると、唸り声が耳に届いた。足許のフットベンチから聞こえる。

「グルゥウ……」

蓮は目を開けた。開いたところで、なにも見えない。

相変わらずの闇だ。

「グゥウ……グゥウウ」

闇の中に、地を這うような低い唸り声が響く。エルバだ。エルバが何者かを威嚇《いかく》するような唸り声を出し続けている。

悪い夢でも見ているのだろうか。

蓮と精神的にシンクロ率が高いエルバは、このところずっと情緒が不安定だ。鏑木がいなくなって以降ずっとナーバスだったが、蓮の目が見えなくなっていよいよ落ち着きを失った。常に部屋の中をうろうろとうろつき回っている。餌《えさ》も日によって食べたり、食べなかったりだと、ロペスが嘆いていた。以前に比べて眠りも浅いように感じる。エルバは蓮のように睡眠導入剤を服用するわけにはいかないから……。

(本当は、ジャングルに戻すべきなんだよな)

エルバのためには、それがいいとわかっている。エルバは自分と一緒に暮らすために、野生動物にとってはアウェーである都会での生活を強いられているのだ。バカンスで帰省したジャングルで、生き生きと走り回るエルバを見るたびに、これこそが本来の姿なのだと思い知る。

「森の王」は、そのホームである森で暮らすべきだ。頭ではわかっている。

でも、この状態でエルバまで失ったら、自分は生きる支えをなくしてしまう。

わがままだって、エゴだってわかっているけれど……。

「エルバ……ごめん」

両手で顔を覆い、蓮は謝罪の言葉をつぶやいた。

謝って済むことじゃない。だけどいまおまえを失ったら俺は……。

「グゥウウ……グゥウウ」

エルバの唸り声は続いている。しかも、さっきよりも殺気立っているようだ。

「エルバ？」

エルバのただならぬ様子に違和感を抱き、蓮は顔から手を離した。ゆっくりと上半身を起こし、肘で体を支える。

「エルバ、どうし……」

「グォウッ」

突如エルバが吠《ほ》えた。

「ウーッ……フーッ……フーッ」

荒い息遣いが聞こえる。かなり興奮している。

じゃらじゃらと鎖が擦れ合う音に続いて、ガチッ、ガチッという金属音が響き、寝台が揺れた。寝台の支柱に嵌《は》まった楔《くさび》をエルバが引っ張っているのだ。しかし引っ張ったところで金属の楔が外れるわけもなく、囚われの身に苛立つように、唸り声がいっそう大きくなる。

ただ事じゃない。悪夢を見たくらいでは、ここまで騒がない。他に理由があるのか？

胸騒ぎを覚え、蓮はじっと聞き耳を立てた。やがてふと閃《ひらめ》く。

（誰か……部屋にいる？）

その誰かが蓮の様子を見に来たロペスならば、あるいはジンなら、エルバはこんなに騒がない。鏑木ならばなおのこと。

つまり、身内ではない「侵入者」が部屋の中にいるということだ。

導き出した回答に、ぞくっと背筋が震える。

厳重な警護をくぐり抜け、どうやって『パラチオ　デ　シウヴァ』内に侵入したのかはわからない。

でも、いまこの瞬間、侵入者が室内にいることは、もう間違いない気がした。

「誰だ？」

思い切って声を出す。だが、問いかけに返事はない。

侵入者が寝室にいるのはわかっているのに、その姿が見えないというシチュエーションは、これまで感じたことのない恐怖心を蓮に呼び起こさせた。心臓が早鐘を打ち、全身の産毛がちりちりと逆立つ。

「誰だ⁉」

恐怖と不安に背中を押され、さっきよりも大きく声を張った。変わらずいらえはなく、聞こえるのは、敵意を剝き出しにしたエルバの唸り声だけだ。

「グゥウウ……グゥウウ」

デュベをぎゅっと握り、見えない目を見開き、五感を研ぎ澄ませていると、ふわっと空気が動くのを感じた。

（すぐ近くにいる！）

リスクを冒して、わざわざこの部屋に忍んできたということは、目的は自分だろう。このままではなんらかの危害を加えられる可能性が高い。下手をすれば命を奪われる。なのにいまの自分は、ろくに抵抗もできない。鏑木に習ったセルフディフェンスも、相手が見えなければ役に立たなかった。

（どうする？　どうすれば……）

手のひらが汗でじっとりと濡れ、背筋をじりじりと焦燥が這い上がっていく。

そうだ——ベル！

ベッドサイドテーブルに、真鍮《しんちゅう》の呼び鈴があるのを思い出した。ロペスが「なにか御用向きの際は、これを鳴らしてください」と言って置いていったものだ。まだ一度も使ったことはないが、深夜のベルの音はかなり遠くまで届くはず。

テーブルに伸ばしかけた手を、いきなり何者かに摑まれた。

「……ひっ」

悲鳴が口をつく。

そのままぐっと引っ張られ、体の向きを変えられた。もう片方の腕も摑まれて、体の自由を奪われる。

「は、な……っ」

放せ！　と叫ぼうとした途中で唇を塞がれた。

「……っ」

（な……に？）

唇を覆っているものは、ひんやりと冷たく、少し湿っている。

なにが起きたのか理解できず、目を見開いてフリーズしていた蓮は、やがて自分の唇を覆っているものの正体に気がついた。

誰かの……唇だ。

（キス……されている？）

首を絞める、拳銃で脅《おど》すなどは、予想の範疇《はんちゅう》だった。だが、これは……。

すべての予想を裏切る行為に意表を突かれ、体を硬直させている間に、口腔《こうこう》に濡れた塊《かたまり》がぬるっと侵入してきた。

（舌……！）

自分の口の中に、知らない人間の舌がある。やにわに体内に侵入されたショックで、全身が冷たくなった。

（いや……だ！）

体を前後左右に揺らし、どうにか拘束から逃れようと抗ったが、強く両腕を押さえ込まれているせいで果たせない。

「むっ……んっ……うぅ」

同時に、口腔内でも攻防が繰り広げられる。蓮は必死に逃げを打ったが、相手は巧みだった。あっけなく追い詰められ、舌を搦《から》め捕《と》られてしまう。

「んっ……くぅ」

舌を蹂躙《じゅうりん》される生々しい感触にぎゅっと目を瞑った。唾液が入り交じるクチュクチュという水音が鼓膜に響く。嫌悪感がこみ上げてきて、きつく閉じた瞼の下に涙の膜が張った。

いやだ。いやだ。

鏑木以外の人間とこんなこと、耐えられない！

嫌悪感もさることながら、この先行為がエスカレートしていくかもしれない不安も、蓮をなおいっそう追い詰める。

もしこのままレイプされたら……。

頭に浮かんだおぞましい想像に、ぞっとした。

直後、黒く塗り潰された眼裏《まなうら》に鏑木の顔が浮かぶ。

これまで何度も窮地を救ってくれた——いつだって身を挺《てい》して自分を護ってくれた騎士《ナイト》。

だけどもう、鏑木はいない。自分を助けてはくれない。

助けてくれないのだ。

残酷な現実を突きつけられ、蓮はしたたかに打ちのめされた。眦《まなじり》に涙が滲《にじ》む。

（馬鹿。……わかっていたことだろ）

めそめそしている場合か。いつまでも鏑木に甘えるな。自分でなんとかしろ。自力でピンチから抜け出せ！

自分を叱咤激励して、腹をくくる。

両手の自由を奪われたこの状況下で、野蛮な舌を撃退する手立ては一つしかない。自分も傷つくかもしれないが、他に方法はなかった。

意を決し、自分の舌もろとも侵入者の舌を噛もうとした時、まるでその気配を察したかのように、舌の絡まりが解ける。唇が離れるのと同時に、両腕の拘束も解かれた。

一気に自由になった蓮は、肺に溜まっていた空気をぷはぁと吐き出す。

「はぁ……はぁ」

胸を大きく喘《あえ》がせて呼吸を整えた。顔が熱い。心臓が乱れ打っている。

「グルゥウ……」

エルバの心配そうな唸り声が耳に届いた。

「…………」

次の攻撃に備え、全方位に神経を張り巡らせて、ほどなく気がつく。

侵入者の気配は消えていた。


ひとまず難を逃れて安堵したものの、ふたたび侵入者が戻って来る可能性も否定できない。その前に呼び鈴を鳴らそうと思い、ベッドサイドテーブルの上を探したが、それらしきものは見つけられなかった。

仕方なく人を呼ぶのを諦《あきら》め、警戒しつつ、朝を待つことにする。

ロペスを待つ間に、寝台の中で先程の侵入者のことを悶々《もんもん》と考えた。

あれは誰だったのだろう。

侵入者は最後まで声を発しなかった。だから声を聞くことはできなかったが、二の腕を摑んだ手の大きさと、自分の抗いを封じ込めた力の強さから推測するに、おそらくは男だ。

鏑木じゃないのは確かだった。あの唇の感触は鏑木と違う。数え切れないくらい、何度も唇を重ね合わせたからわかる。

(だとしたら、誰だ?)

鏑木以外の男で、自分を性的な意味で襲うために部屋に忍び込んでくる人物など心当たりがなかった。

もし仮に、どこかで自分を見初《みそ》めた男がいたとしても、思いを遂げるために『パラチオ　デ　シウヴァ』に夜這いをかけるなんて、リスクが高すぎる。運よく警護の目をくぐり抜けられたところで、自分は男だ。無抵抗でいいようにされる可能性が低いことくらいわかるだろう。

今夜だって、目が見えていたらもっと抵抗したし、助けも呼べた。

そこまでつらつらと考えていて、はっと息を吞む。

もしかして侵入者は、自分が視力にトラブルを抱えていることを知っていた？

だから簡単にどうにかできると思って、夜這いをかけてきたのか。

しかも、エルバが夜間は鎖で繫がれていることも知っていた可能性がある。

普通は、心構えなく入った部屋に猛獣がいたら、驚いて悲鳴をあげるし、あわてて逃げ出すだろう。だけどさっきの侵入者は、エルバに驚いた様子もなければ、恐れてもいなかった。

あらかじめエルバが寝室にいること、かつ鎖に繫がれていることを知っていたとしか思えない。

(つまり……内部事情に詳しい人物ということだ)

条件に当てはまる人間はそう多くはない。心当たりをリストアップしていた蓮の脳裏に、ガブリエルの美貌が浮かんだ。

『パラチオ　デ　シウヴァ』の館内を自由に往き来できて、蓮が現在置かれている事情に詳しく、蓮の部屋がどのような構造であるかも熟知している。エルバのこともよく知っている。

ガブリエルならば、すべての条件をクリアする。

そう思い至った次の瞬間に、まさかと否定した。

ガブリエルはソフィアの婚約者だ。

現在進行形でシウヴァのために、尽力してくれている。今日だって業務を遂行したのち、疲労を押してわざわざこの部屋に立ち寄り、一日の報告をしてくれた。そうしたからといって、ガブリエルに直接メリットがあるわけではないのに、窮地の自分に手を差し伸べてくれている。

恩人でもあるガブリエルを、一瞬でも疑った自分に腹が立った。こんなことを考えるなんてソフィアに対しても裏切り行為だ。

そもそも、ガブリエルが深夜部屋に忍んでくる理由がない。会おうと思えばいつだって会えるのだ。

その彼が、自分を襲うために？

ない。ない。

心の中で首を振った。

ソフィアと深く愛し合っていて、婚約者との一日も早い結婚を望んでいるガブリエルが、自分に邪《よこしま》な想いを抱くわけがない。

(あり得ない)

ガブリエルではないという結論は出た。ではガブリエルでなければ、誰だったのか。ジン？　いよいよもってあり得ない。

リストを一人ずつ潰していったが、結局、犯人の目星はつかないまま、まんじりともせずに朝を迎えた。

そろそろロペスが来る頃かと待ち侘《まわ》びていると、カチャリ、ギィーと主室のドアが開く音が届く。

「おはようございます、レン様」

ほどなくして耳慣れた声が聞こえてきて、ほっと息を吐いた。一晩中、侵入者が戻ってくる可能性に身構え、気を張っていたので、緊張が解けた反動で脱力する。

(よかった。もう大丈夫だ)

ひときわ長かった夜が明けた。

シャッ、シャッとカーテンを開けたロペスが、寝台に近づいて来る。

「昨夜はよくお眠りになれましたか」

そう伺いを立ててから「おや」と訝《いぶか》しげな声を出した。

「呼び鈴の位置が変わっています。ここではお手が届きませんでしたでしょう。不自由はございませんでしたか？」

ロペスの言葉で、侵入者が呼び鈴を、蓮の手が届かない場所に動かしたらしいことを知った。その周到さに今更ながら驚く。

「レン様？」

「………」

昨夜の侵入者のことをロペスに話すべきだ。そうして警備を強化してもらう。二度とあんなことが起きないように。

迷う必要など微塵《みじん》もないはずなのに、蓮は躊躇《ちゅうちょ》した。

ロペスに言えば、ことは警備強化だけに留まらないだろう。警備担当者が警察に通報して、犯人を突き止める流れになる。警備を担う者としては見逃せない事態だから当然だ。

（警察が捜査した結果、もしあれが……ガブリエルだったら？）

一度打ち消したはずの懸念が、ふたたび浮かび上がってくる。

もしも――仮にもしも、昨夜の侵入者がガブリエルで、警察に逮捕されるようなことになったら、ソフィアとアナが悲しむ。

いや……逮捕されるような人間ならば、早いうちにわかったほうがいい。

そうだ。そのほうが、結果的にみんなのためだ。

理屈ではそれが正しいとわかっていたが、気持ちはそう簡単には割り切れなかった。

――レン……大丈夫だ……気が済むまで……いくらでも泣いていいから。

鏑木を失って泣く自分を慰めてくれた、やさしい声が蘇ってくる。

ガブリエルが、そんな男だと信じたくない。それに、ソフィアとアナが悲しむ姿を見たくない。

もし万が一、あれがガブリエルだったとしても、あんなことをしたのにはなにか理由があるはずだ。

外部の――警察の手を借りれば大事になる。マスコミに嗅ぎつけられればスキャンダルになる。

そうなったらソフィアが傷つくし、シウヴァにとっても瑕疵《かし》となる。

（まずは自分が直接、ガブリエルに確かめるべきだ）

それが当主である自分の務めだ。

結論に辿り着いた蓮は、答えを待っているロペスに偽りの申告をした。

「昨夜水を飲もうとして、呼び鈴に触れてしまったみたいだ」

「そうでしたか。では元の位置に戻しておきます」

ロペスが呼び鈴を動かす音が聞こえる。

「それから、エルバが落ち着かないようで、夜中にやたらと動き回るんだ。鎖の音で起きてしまうから、しばらく鎖に繋ぐのをやめようかと思う」

エルバのメンタルが不安定であることをよく承知しているロペスは、蓮の提案に反対しなかった。

「繋がなくとも、この部屋から出ることはありませんので、問題ないかと存じます」

「じゃあ今夜からフリーにしておいてくれ」

「かしこまりました」

侵入者の件をロペスに伏せた蓮は、直接ガブリエルに問《と》い質《ただ》すことを決めた。もちろん、いまでも犯人ではないと思っているが、念のためだ。もし彼が侵入者であったならば、そんなことをした理由も知りたかった。

できるだけ早く二人で話をしたかったが、日曜日ということもあって、ガブリエルは蓮の部屋に顔を出さなかった。

ロペスに探りを入れたところ、ひさしぶりのオフなので、ソフィアとアナと三人で観劇に出かけたようだ。観劇のあとで食事をするらしく、帰りは遅くなるとのことだった。

(今日は無理だ。明日の夜にでも話し合いの時間を持とう)

本日中の決着は諦めて、長い一日を一人で過ごす。

本を読むことも、映画を観ることも、インターネットを見ることもできない蓮にとって、現在の癒しは音楽を聴くことくらいだ。

横たわったエルバに凭《もた》れかかるようにして、オーディオでクラシック音楽を聴いていた蓮は、ふと、ルシアナのことを思い出した。一度だけ聴いたことのある、彼女の美しいソプラノが耳に還《かえ》る。

最後のメールに返事をしないまま、数週間が過ぎている。その間、一度もルシアナを思い出すことはなかった。立て続けにアクシデントが起こって、彼女のことを考える心の余裕などなかったのだ。

目が見えなくなってからは、どうせ使えない携帯を手にすることもなくなっていた。

不義理を謝罪しようにも、いまの自分は一人で電話もかけられなければ、メールを打つこともできない。

(きっと怒っているだろうな)

それかもう、自分のことなど忘れてしまったか。

せっかくできた初めての女友達だったけれど、失ってしまった。

放置した自分が悪いのだ。愛想を尽かされても仕方がない。

蓮は両腕で膝を抱えた。抱えた膝に顔を埋《うず》める。

(……さみしい)

今夜もジンは出かけているので、余計に孤独感が募った。

この世に、自分一人きりのような錯覚に陥《おちい》る。

自分だけがどこにも行けず、会う人もいない……。

（闇の中にひとりぼっちだ）

なにもすることがないせいか、時間が経つのが異常に遅い。視力を失ってから、一日を長く感じるようになった。

鏑木が恋人だった頃は、一緒に過ごす休日を一瞬に感じられた。

あっという間に日曜日が終わってしまうのが切なかった。

でもいまは、早く過ぎ去って欲しい。

明日になれば、ガブリエルに昨夜の件を問い質すことができる。

当主としてやるべきことがあるのが、いまの蓮のたった一つのよりどころだった。

やっと夜の九時になった。ロペスの手を借りて入浴し、寝間着を着て寝台に横になる。蓮に睡眠導入剤を飲ませたロペスが、「おやすみなさいませ」と言って寝室から引き揚げていった。

今朝約束したとおり、ロペスはエルバを鎖で繋がなかった。普段と違って自由な我が身に興奮気味のエルバが、寝室をうろうろしているのが気配でわかった。

「エルバ、用心棒役を頼むぞ」

寝台の上から声をかけると、任せろと言うように『グゥルル』と返ってくる。

昨夜の侵入者が内部の人間ではなく、警護の穴をくぐり抜けた外部からの侵入者であった場合（当然その可能性もある）、その穴を再度使い、今夜も忍んでくる確率がゼロとはいえない。なので対応策として、エルバを用心棒代わりに解き放ったのだ。

蓮自身も、できるだけ起きているつもりだったが、昨夜の睡眠不足と薬の効果が相まってか、さほど時を置かずに猛烈な眠気に襲われた。

(駄目だ。寝ちゃ……駄目だ……だ……め……)

言い聞かせながらも、いつしか墜落するように意識を失ってしまっていた——らしい。

「……っ」

ふっと目が覚めた。直後に異変を感じ取る。昨夜と同じ違和感。

(誰かいる！)

心臓がドクンと跳ね、額の生え際にじわっと脂汗が滲んだ。

見られている。

自分に覆い被さるようにして、じっと見下ろしている誰かの視線を感じる。

また昨日の男？

だとしたら、なんでエルバが騒がなかったのだろう。

まさか、エルバになにかしたのか？

暗い予感に襲われ、背筋が冷たくなった。

(エルバ！)

いますぐ飛び起きてエルバの無事を確かめたかったけれど、体が金縛りにあったみたいに動かない。喉が詰まって声も出ない。

このままじゃ、また昨日みたいに——。

(いやだ！)

恐怖心に駆られ、蓮は口をぱくぱくと開閉させた。硬直していた手の指を、必死に動かす。ぴくっと指が動いた瞬間、金縛りが解けて声が出た。

「エルバ！」

呼んだが、返事がない。ますます焦燥が募り、「誰か！」と叫んだ。

「誰か、助けてっ」

叫びながら起き上がろうとして、二の腕を掴まれる。昨日と同じだ。昨夜の恐怖がまざまざと蘇ってくる。

「放せっ……放せよっ！」

蓮はやみくもに暴れた。その勢いに虚を衝《つ》かれたように手が離れる。ほっとした刹那《せつな》、不意に抱き竦められた。

「……やっ」

強い腕で硬い胸に封じ込められて、悲鳴が飛び出る。

「やめろ！　はな……せっ」

大声で拒絶して腕を振り払おうとした蓮の耳に、低い声が囁いた。

「蓮」

（……え？）

「蓮、俺だ」

低くて深みのあるその声。

ここ最近は聞くことができなかった——けれど、絶対に忘れられない声。

自分の名前を呼ぶ、独特なイントネーション。

「俺だ。蓮」

「う……そ」

空耳だ。

自分の願望が聴かせている幻聴だ。もしかしたら、まだ夢の中なのかもしれない。彼がここにいるわけがないから。

だって彼は、去って行った。なにも告げずに旅立った。

さよならも告げずに、自分を拒んで。

蓮は首を左右に振った。激しく混乱していた。

「嘘……嘘だ……そんなわけ……」

「嘘じゃない。俺だ」

蓮に言い聞かせるその声は、包容力に溢れた懐《なつ》かしい男のものに思える。

本当に？

本当なのか。いま目の前に、彼が？

確かめられない自分が歯がゆい。この目さえ見えたら——。

「……蓮」

切なげな声で呼ばれた。大きな手のひらが両頬を挟み込む。

吐息がゆっくりと近づいてきた。

唇がそっと重なる。

その感触は、紛れもなく彼の唇。

夢にまで見た恋人のキス。

実感するのと同時に、熱い感情が間歇泉《かんけつせん》のように沸き上がり、蓮の見えない目から溢れた。

頬を濡らす涙を、恋人の唇が吸い取る。

「鏑木っ」

感極まった声で名を呼び、蓮はむしゃぶりつくように、帰ってきた恋人の体にしがみついた。

VII

自分を包み込んでいる体の大きさ、体温、筋肉の張り、抱き締めてくる腕の強さ。

体が、皮膚が、細胞が覚えている——恋人の抱擁《ほうよう》。

だからこれは鏑木《かぶらぎ》だ。自分を抱き締めているのは鏑木だ。

(帰って……きたんだ)

帰ってきた。自分のもとに。

帰ってきてくれたんだ！

ついさっきまでは、胸の真ん中がしんしんと冷たかった。鏑木を失った瞬間から感情の一部が凍りついてしまい、機能不全に陥《おちい》っていた。そのせいでこの三週間、うれしいとか、楽しいとか、ポジティブな感情が一切湧き出てこなかった。

でもいま、鏑木に抱き締められながら、恋人の体温がじわじわと伝播《でんぱ》してきて、凍りついていた感情がゆっくりと解け出すのを感じる。温《ぬる》んだ感情がひび割れに染《し》み込《こ》んで、乾きを潤し、胸いっぱいに満ちていく。

どうして急に帰ってきたんだ？　いままでどこにいたんだ？　どうやってここに？

訊きたいことは山ほどあったし、それ以前に、自分にさよならも言わずに旅立ってしまったことに対する悲しい気持ちもまだ残っている。ひどい仕打ちを、責めたい気持ちがまったく消えたわけじゃない。

けれど、そのすべてを、いまここに鏑木がいる喜びが包み込み、凌駕《りょうが》していく――。

こみ上げる歓喜を噛み締めていると、拘束が緩み、少し体を離された。目の縁にふたたび熱っぽい唇が触れ、涙を吸われる。

吸われるそばからあたたかい水分が溢れた。

うれしいのに、涙が止まらない。

涙でぐちゃぐちゃの顔を見られているのが恥ずかしくて俯《うつむ》こうとしたが、顎《あご》を摑まれ、持ち上げられてしまう。今度は目許ではなく、唇に唇が触れた。

慈しむように、上唇と下唇、口の両端を幾度も啄んでから、名残惜《なごりお》しげに唇が離れる。

恋人のキスの余韻にしばらく浸ったあとで、蓮《れん》はゆるゆると目を開けた。

おとぎ話では、王子のキスで奇跡が起こる。

少しだけ期待したけれど、奇跡は起こらなかった。視界は閉ざされたままだ。

気落ちしそうになるのをぐっと堪《こら》えた。欲張ってはいけない。鏑木が帰ってきてくれただけで充分だと思わなければ。

気を取り直し、鏑木の不在中に我が身に起きたトラブルを伝える。

「目が見えないんだ。一週間前に急に見えなくなった。医者は心因性のものだろうって」

心に受けた傷を隠して、なるべく平淡な声で事実のみを述べた。すぐにリアクションは返って来ず、数秒の沈黙ののちに沈鬱《ちんうつ》な声が告げる。

「……知っている」

（知っている？）

思いがけない返答に、蓮は見えない目を瞠《みは》った。

「おまえの目のことを知って、会いに来た」

遠く離れていたはずの鏑木が、どうやってそれを知ったのか。

疑惑が湧くのと同時に、昨夜の記憶が蘇る。

（もしかして）

「昨日の夜も、鏑木だった？」

エルバが不審者を威嚇《いかく》したこと、キスをされた時の唇の感触から、鏑木じゃないと思っていたけれど、実際に見て確かめたわけではないので、絶対に違うとは言い切れない。

たとえば――昨夜鏑木はサプライズのつもりで寝室に忍んで来たが、自分の様子から目が見えていないことに気がついた。少なからず衝撃を受け、また自分が暴れたせいもあって、いったんは引き揚げ、今夜再訪した――ということも考えられる。

だが蓮が立てた筋書きを覆し、怪訝《けげん》そうな声が「昨日の夜？」と聞き返した。

「昨日の夜もここに来なかった？」

「俺じゃない」

確認の問いかけを即座に否定される。

（違った）

鏑木じゃないと感じた自分の直感はやはり正しかったのだ。

胸の中で納得していると、逆に鏑木に問われる。

「昨夜、ここに誰か来たのか？」

「うん。エルバの唸《うな》り声《ごえ》で目が覚めたら人の気配がして」

「………」

鏑木が黙った。表情は見えないけれど、なんとなく空気が変わった気がした。湿気を含んだようにずっしりと重たく……。

「誰かはわからないのか？」

ほどなく、険を孕《はら》んだ声音で尋ねられた。どうやら苛立っているらしいと感じ取ったが、自分のなにが鏑木の不興を買ったのかわからない。困惑した蓮は、小声で答えた。

「見えないから……」

「声は？」

「一言もしゃべらなかった。でも、たぶん男」

「なぜわかる？」

詰問口調に違和感を覚えつつ、「手の大きさとか、力の強さとか」と返答する。

「腕を振り払おうとしても全然歯が立たなかったんだ。それで……」

「それで？　なにをされた」

言葉尻を奪うように畳みかけられ、息を呑んだ。これではまるで尋問だ。再会の喜びに涙したのは、つい数分前のことなのに。

「………」

「蓮、答えろ」

回答を要求する鏑木の声は、焦燥を無理矢理抑えつけているかのように低く、昏《くら》かった。

「答えろ」

凄みのある低音にプレッシャーを感じ、無意識に体を少し後ろに引く。

「蓮」

気迫に怯《ひる》んだ蓮は、消え入りそうな声で「……キス」と答えた。

鏑木がはっと息を呑んだ。いっそう空気が重たくなる。息をするのも苦しいくらいの重圧を感じる。

「……それだけか？」

数秒の間合いを置いて耳に届いた声は、さっきよりさらに低かった。鏑木から発せられる剣呑な気配に気後《きおく》れして、言葉を継げなくなる。

（怒っている？）

でも、したくてキスしたんじゃない。一方的だったし、どうしようもない不可抗力で。

ちゃんと弁解しなければと思うのに、喉が萎縮して声が出ない。唇をわななかせていると、不意に二の腕をぎゅっと握られた。

「いたっ……」

抗議の声をあげたが、力は緩まない。それどころか、じわじわと強くなっていく。

「いっ……た、ぃ」

「キスだけか？　他には？」

鬼気迫る声音で問い詰められ、蓮は堪らず「ないよ！」と叫んだ。

「ない！　それだけ！」

「本当か？」

「本当だよ！　鏑木に嘘つくわけないだろ！」

「…………」

大声で無実を主張し、やっと追及が収まった。が、依然として釈然としていないのは雰囲気でわかる。

「腕、痛い」

掠《かす》れ声《ごえ》の訴えに、ようやっと手が離れた。ジンジン痺れている二の腕をさすって、蓮は小さくつぶやく。

「……嫌だった」

「蓮？」

「おまえ以外の誰かにキスされるの、すごく嫌だった」

「……蓮」

鏑木が、まだ消化しきれていない憤《いきどお》りと哀れみが入り交じったような声を出した。

「だから、見えないなりに必死に抵抗して……なんとかそれ以上のことはされなかった」

蓮自身もやり切れない思いを抱え、手探りで鏑木の腕を掴む。

「だけどまだ、知らない男の舌の感触が残っている」

告白に、鏑木がぴくりと震える。

「忘れたいんだ……」

見えない目で、そこにあるはずの顔を見つめた。

「忘れさせて」

「………」

「おまえが……忘れさせてくれ」

鏑木は最後に会った時、自分やシウヴァから離れてみずからを見つめ直したいと言っていた。

そのために辞表を出し、誰にも行き先を告げずにエストラニオを発《た》った。

あれから三週間——鏑木がどんな答えに辿り着いたのか、自分にはわからない。

(でも、こうして会いに来てくれた)

自分の目のことを知って、旅先からわざわざエストラニオに戻り、会いに来てくれた。

たとえ、明日また旅立ってしまうのだとしても。

いや——そうであるならば、なおのこと。

抱き合いたい。鏑木を感じたい。この身に、その熱を刻みつけたい。

「鏑木、お願い」

必死の懇願に応じるように、背中に逞《たくま》しい腕が回ってきて、搔き抱くように引き寄せられる。気がつくと蓮は、鏑木の胸に強く抱き締められていた。

「……んっ」

奪うように唇が覆い被さってきたかと思うと、すぐさま口の中に舌が潜り込んでくる。

「ふ……んっ……ン」

熱くて獰猛《どうもう》な舌が、我が物顔で口腔《こうこう》をあまねく這い回る。はじめは圧倒されていたが、蓮も途中からおずおずと舌を絡ませ、愛撫に応《こた》えた。

クチュ、ヌチュ、と濡れた音が鼓膜に響く。硬くて厚みのある肉塊で、口の粘膜を掻き混ぜられる気持ちよさに、体から力が抜ける。

（ああ……これだ）

自分が求めていたものはこれだ。

他の誰かのキスじゃ満足できない。同じようにされても気持ちよくない。気持ち悪いだけだ。

身悶《みもだ》えるほどに欲しかったのは、鏑木の——恋人のくちづけ。

鏑木の舌は、自分こそが蓮のすべてを知り尽くしているのだと言わんばかりに、的確に性感帯を刺激してくる。舌裏の中央を走る筋に舌先を這わされて、ぞくぞくと背筋が震えた。上顎の裏をつつかれ、閉じた瞼《まぶた》の中がじわっと濡れる。さらに喉の奥ギリギリまで攻め入られて、腰がズクッと疼《うず》いた。

キスだけでイッてしまいそうだ。

それだけ、飢えていたのだと実感する。

今夜の鏑木は、記憶の中のどの彼より、愛撫が執拗《しつよう》だった。まるで、他の男の軌跡をみずから上書きするかのごとく、蓮の口腔を丹念に舌で辿る。上唇の裏側、歯列、歯茎《はぐき》、舌の付け根……余すところなく網羅された。

「……ンン……」

収まりきらない二人分の唾液が口の端から溢れ、顎を濡らし、喉まで滴り落ちる。舌を絡ませ合うのに熱中するあまりに、酸素不足で頭が朦朧《もうろう》としてきた。

気持ちよくて、少し苦しくて、溶けそうに熱くて。

とろとろになった舌同様、体も蕩《とろ》け始《はじ》めていた。体内のあちこちに、生まれたての台風みたいな小さな熱の渦が発生する。とりわけ下腹部にある渦は大きい。しかも秒速で大きくなっている。

(勃《た》って……きた)

明らかな変化を感じた。

キスだけでこんなふうになっている自分が恥ずかしかったけれど、一度反応してしまったものは、今更リセットできない。鎮めようと思えば思うほど、収まるどころか、どんどんそこに血液が集まっていく。

充血して、ジンジン疼いて、痛いくらいに硬くなってきて……。

たまらず、蓮はもぞっと下半身を蠢《うごめ》かした。弾みで股間が硬いものに当たる。

(……あ)

その硬い感触の正体が鏑木の漲《みなぎ》りだとわかり、カッと体温が上昇した。

鏑木も、欲しがってくれている？

キスで発情したのが自分だけじゃないとわかってうれしかった。うれしくて、欲望が一層ぐんっと角度を増す。

「……ふ……っ」

このまま食べられちゃうんじゃないかと錯覚するほど、執拗に蓮の舌を貪っていた鏑木が、やっと満足したのか絡まりを解いた。散々口腔を陵辱《りょうじょく》し尽くした舌が、ぬるりと出て行って唇が離れる。

「はぁ……はぁ」

蓮は胸を喘《あえ》がせ、浅い呼吸を繰り返した。すぐ近くで感じる鏑木の呼吸も荒い。

「……蓮」

自分を呼ぶ声も欲望に掠れている。ぎゅっと抱き締めて、鏑木が耳許に囁《ささや》いた。

「おまえは……俺のものだ。誰にも渡さない」

独占欲が滲《にじ》む掠れ声に、背筋がジンと熱く痺れ、完勃起したペニスの先端がじわっと濡れる。

「かぶら……ぎ」

自分を欲しがって反応してくれたこともうれしかったけれど、まだ自分に対する執着が残っているのだと知って、泣きたいくらいにうれしくなった。

黒目が潤み、先走りがまたとぷんと溢れたのを感じる。

キスと囁きでこんなに濡れるなんて。

鏑木が旅立ってしまってからは性欲自体が減退し、自分で慰めることさえなくなっていたから、びっくりした。

羞恥《しゅうち》に身を固くする蓮の耳に、ちゅっとキスを落とした鏑木が、ゆっくりと抱擁を解く。蓮をシーツに寝かせて、寝間着の下衣に手をかけた。ぐいっと一気に下ろされ、足首から抜かれる。

「あっ……」

狼狽《うろた》えた声が口から飛び出た。ぶるんと勢いよく、ペニスが勃ち上がったのがわかったからだ。脚を交差させて隠そうとしたが、その前に両膝を摑まれて固定されてしまった。

（見られてる！）

蓮は鏑木の顔を見ることはできない。けれどその分、感覚が研ぎ澄まされているようで、下腹部に纏《まと》わりつく視線をまざまざと感じた。

エレクトしたペニスの形、鈴口に滲み出た先走りまで、じっくりと観察されている。

視線でジリジリ灼《や》かれるような感覚に、欲望がぴくぴくと痙攣《けいれん》した。

見えないからこそ、より〝感じて〟しまう。

恋人の眼差しに反応した鈴口から、つぷっと、カウパーの雫《しずく》が盛り上がったのがわかった。

（また……濡れて……）

居たたまれず、顔を両手で覆った次の瞬間だった。

先端に熱い息がかかり、びくんっと腰が震える。直後に、濡れた粘膜に包み込まれた。

「ひぁっ」

喉の奥から上擦った声が飛び出す。

欲望を口に含まれたのだと気がつくまで、少し時間がかかった。その間に鏑木は、奥行きのある喉の奥まで、蓮の欲望をほぼ収めてしまっていた。先端から根元まですっぽりと包み込まれて、背筋を熱い痺れがジンジンと這い上がる。

「ふ……あ……」

（鏑木の……口の中）

ひさしぶりのフェラチオに、蓮はぶるっと身震いした。ブランクがあっても体は覚えている。

この先にどんな快楽が待っているかを——覚えている。

期待に圧《お》されて盛り上がった透明な粒を、鏑木の舌が舐《な》め取《と》る。ざらついた舌で、円を描くように亀頭を舐め回され、蓮は「あっ、あっ」と嬌声《きょうせい》をあげた。

鏑木が軸の根元を片手で押さえて舌を動かし始める。シャフトにねっとりと舌を這わせ、時に吸い、時に甘く歯を立てる。立て続けに種類の異なる刺激に襲われ、ぞくぞくと首筋が粟立った。さらには袋まで口に含まれて、玉を舌で転がされた。

「……、あぁっ」

蓮の弱いところを知り尽くしている鏑木は、巧みな愛撫で、的確に快感のツボを突いてくる。カリの下のくびれを舌先で擦られ、シャフト全体に唇で圧をかけられて、腰が浮き上がった。口の中に蓮を出し入れするたびに響く、ぬぷっ、じゅぷっという水音にも煽《あお》られる。

「はっ……あっ……ア」

あまりに気持ちよくて、頭がおかしくなりそうだった。ここのところずっと、存在すら忘れていた快感を引き摺り出されて身悶える。内股が痙攣し、無意識にも腰が前後にカクカク動いた。

「もっ……も、うっ」

ものの数分であっけなく限界が訪れる。

いまにも意識が飛びそうだ。蓮は手探りで鏑木の髪を掴み、前後左右、上下に動くその髪を、ただ一つの寄る辺のようにぎゅっと握り締めた。

「イッちゃ……うっ」

切れ切れに訴えたら、〝達《い》け〟と言わんばかりに先端の孔《あな》を舌先でぐりっと抉《えぐ》られ、強烈な刺激に「ひっ」と吐息が漏れる。下腹部からの突き上げるような疼きによってどんっと押し上げられた蓮は、背中を大きく反らして達した。

「……っ……ッ……」

久方ぶりの射精の余韻に、網の中の小魚みたいに全身をぴくぴくと痙攣させ、仰向けの状態で十秒ほど放心する。やがて、はっと我に返った。

(口の中に出してしまった！)

「ご、ごめんっ」

あわてて半身を起こして謝ると、「大丈夫だ」と落ち着いた声が返ってくる。

ほっと安堵の息を吐いた。見えないから、声のニュアンスで鏑木の感情を推し量るほかに術《すべ》がない。

(怒ってない？)

「それより……よかったか？」

確認の言葉に、コクコクとうなずいた。

「すごく……よかった」

「そうか」

こちらもほっとしたような声。

「気持ちよすぎて我慢できなくて……ごめん」

「おまえがよければそれでいい」

大きな手が蓮の頭をやさしく摑み、あやすように揺すった。その手を摑み、蓮は手首の内側にくちづける。愛おしむように、何度も、何度も唇を押しつけた。いまの自分が感謝の気持ちを表すためにできるのは、これくらいだ。

少しの間、黙って好きなようにさせていた鏑木が、頃合いを見計らってか、そっと手を引いた。かすかに衣擦れの音が聞こえたかと思うと、今度は逆に鏑木が蓮の手を摑み、ぐっと引き寄せる。導かれた先、指先が触れた「熱」に、びくっと身を竦ませた。蓮に〝それ〟を握らせた鏑木が、上から自分の手を重ねた。

（……鏑木の？）

すでに雄々しくそそり立っている屹立。

手のひらに、鏑木が発している「熱」が伝わってくる。

ついいましがた達したばかりなのに、逞しい漲りを握っているだけで、また下腹部が熱くなってきた。

〝中〟に入ってきた猛々しい充溢《じゅういつ》が、狭い肉襞《にくひだ》を荒々しく搔き回す。それによって引き出される悦楽。

身も世もなく乱れる自分を想像して、自然と瞳が潤んだ。体が火照って急激な喉の渇きを覚え、ごくりと唾を飲み込む。その生々しい響きに顔を熱くした時だった。

「怖くないか？」

気遣わしげな声色で尋ねられる。

質問の意味がわからずに戸惑ったが、間もなく思い当たった。視界が閉ざされた状態での、挿入を伴うセックスが怖くないかと案じているのだ。

「大丈夫。怖くない」

寸分の迷いもなく答える。

自分にとっても、鏑木にとっても、初めての体験だ。でも相手が鏑木ならば怖くない。

「おまえの目の状態を考えれば、我慢すべきだと理性ではわかっている。それでもどうしてもいま……おまえが欲しい」

思い詰めたような仄暗《ほのぐら》い、それでいて熱を帯びた声音で請われ、胸の中に歓喜がじわじわと広がる。

人一倍抑制心の強い鏑木が、理性をかなぐり捨てて、自分を欲しがってくれた。

（うれしい！）

蓮は鏑木の顔をじっと見つめた。視界に映し出されることこそなかったが、脳裏には、その精悍《せいかん》な貌《かお》がはっきりと浮かぶ。

「俺も、欲しい」

ありったけの思いを込め、かすかに震える声で告げた。

「蓮……」

噛み締めるように名前を呼び、「ありがとう」と囁いた鏑木が、ぎゅっと抱き締めてくる。ややあって抱擁を解き、蓮の額に唇で触れた。そのあとで、「俯《うつぶ》せになってくれ」と言う。

俯せになると、顔の下にすっと枕が差し込まれた。

「これを抱えていろ」

言われたとおりに枕を両手で抱え込む。続いて「腰を上げろ」と指示がきた。指示に従った結果、頭を低くして、背中を反らせ、尻を高く持ち上げる——といった猫が伸びをするような体勢になる。しかも突き出した尻は一糸纏《いっしまと》わぬ剝き出しだ。かなり恥ずかしかったけれど、いまの蓮は鏑木にすべてを委ねるしかない。

枕に顔を伏せて羞恥に耐えていたら、背後に鏑木の気配を感じた。不意に尻たぶを両手で鷲摑《わしづか》みにされ、真ん中から左右に割り広げられる。

「ひぁっ」

びっくりして顔を上げた。見えない目を大きく見開く。

(そ、そんなところ……っ)

自分でだってちゃんと見たことがない。人に見せるような場所でもなかった。じわっと冷たい汗が毛穴から吹き出る。

体の中でも一番見られたくない恥部を、鏑木に見られているだけでも充分ショックなのに。

衝撃はそれに留まらなかった。あろうことか、ソコをぬるっと舌で舐められたのだ。

「あっ……やっ……」

激しい羞恥に見舞われ、悲鳴をあげる。

「やだっ……や、ぁっ」

なんとか辱めから逃れようとしたが、鏑木ががっしりと腰を押さえつけているので果たせない。両手をバタバタと動かし、シーツを叩くことくらいしかできなかった。

「暴れるな」

低い声で諌《いさ》められる。

「濡らさないと入らない」

そう言われてしまうと、それ以上、抵抗はできなかった。

鏑木だって、好きでこんなことをしているわけじゃないとわかっているからだ。

大人しくなった蓮のアナルの周辺を、鏑木の舌先がぬるぬると這い回る。

「くぅ……う……」

むず痒《がゆ》いのと、自分たちが繋がるための準備とはいえ行為が居たたまれないのとで、変な声が漏れそうになるのを、奥歯を食いしばって堪えた。尾《び》てい骨《こつ》のあたりがむずむずして、背筋がぞくぞく疼く。

隘路《あいろ》から溢れた唾液が蟻《あり》の門渡《とわた》りを伝わり、内股をつーっと滴り落ちた。

「……っ……」

肌を伝う感触は気持ち悪いのに、なぜか下腹が熱を持ち、達したばかりの欲望がぴくんと反応する。袋もきゅうっと縮こまった。

見えないからこそ、意識が、濡らされている場所に集中してしまうのだ。まるで俯瞰《ふかん》から、余すところなく見下ろしているかのように〝感じる〟。

「ふ、あぁ……」

後孔を抉るように尖《とが》らせた舌先がめり込んできて、喉の奥から苦しい息が漏れた。

濡れた舌が体内に入ってくる違和感を、シーツを握り締めてやり過ごす。

「んっ……んんっ」

舌を出し入れされる都度、無意識に尻が揺れてしまうのを我慢できない。半勃ちのペニスも、ゆらゆらと揺れているのがわかる。

数分後、たっぷりと〝中〟を濡らした舌が出て行き――ほっとしたのも束の間、今度は指が入ってきた。濡らしたアナルを、さらに緩めるために、指を抜き差しされる。

「あっ、んっ、あっ、ふっ」

浅い場所の前立腺に指が当たり、ビリッと電流が走った。〝中〟から刺激された欲望が完全に上を向く。弾ける前と同じくらいに硬く充血して、いまにも腹にくっつきそうだ。揺れながら粘ついた雫を垂らしている。

(早く……)

蓮は早く一つになりたかったが、ひさしぶりだからか、それとも蓮の体を気遣ってか、鏑木は慎重だった。一本ずつ増やしていき、三本まで受け入れ可能になったところで漸《よう》く指を抜き、みずからの屹立をあてがってくる。

「入れるぞ」

覚悟を促すように確かめられた蓮は、枕を抱き込んでこくっとうなずいた。

(これでやっと、繋がれる)

あてがった切っ先を、鏑木がぐぐっと押し込んでくる。

「……ッ……」

　ブランクのせいか、いつにも増して大きく感じた。圧迫に背中がしなる。衝撃を逃すために、蓮は口を開いて息を吐き出した。

　鏑木は指の時と同じように、段階を踏んで、休憩を挟みながら少しずつ腰を入れてくる。蓮もできるだけ力まないよう、意識的に力を抜いて異物を受け入れた。ずっ、ずっと押し込まれた屹立が、ついに根元まで入り切る。尻たぶと腰骨がぶつかり、パンッと破裂音が響いた。

（大きい……いっぱい）

　腹の中が苦しいくらいに、鏑木でいっぱいになっている。鏑木が、力強く脈打つ。ドクドクと息づく充溢に、瞳が熱く潤んだ。

　自分の〝中〟に鏑木がいる。

　なにを以《もっ》てしても埋められなかった空洞が——やっと塞がった。

（帰ってきた。本当に帰ってきたんだ）

　いまこの瞬間、真の意味でそれを実感して、涙の膜が張った。ぎゅっと目を瞑《つぶ》ると、溢れた涙が頬を伝い落ちる。

　だけど、この涙はあたたかい。視力を失った時の涙は冷たかった。しんしんと冷え切った心と同じ冷たさを持っていた。

　同じ涙でも、あの時とは意味合いが違うのだ。

　源泉になっているのは、うれしい気持ち。

(だからあったかい)

ふたたび一つになれた喜びを享受《きょうじゅ》していると、背中に湿ったなにかが触れた。すぐに鏑木の唇だとわかった。

左の肩甲骨の下あたり——蝶《ちょう》の形の痣《あざ》にくちづけたまま、鏑木はじっと動かない。

特別な想いを嚙み締めるがごとく……。

こうしてもう一度繫がれたことに、鏑木も感じ入るものがあるのかもしれない。

ほどなくして痣から唇が離れ、「動くぞ」と低い声が言った。鏑木が腰を引き、抜けるギリギリのところで、ずんっと押し込んだ。

「あぁっ」

さっきまではすごく慎重だったのに、いきなり激しいピストンで責め立てられ、蓮は立て続けに嬌声を発した。

「あっ、あんっ、んっ、んん」

太くて逞しいものを往き来させながら、鏑木が蓮の胸に触れてくる。いつの間にか迫《せ》り上《あ》がっていた乳首を指で摘まれ、びくんっと背中が反り返った。

「あうっ」

乳首をきゅっ、きゅっとリズミカルに引っ張られる。そのリズムに合わせ、〝中〟を搔き回す。さらに鏑木は、先走りに濡れそぼった蓮のペニスを握った。大きな手でぬくぬくとシャフトを扱かれ、前からもビリビリと痺れるような快感が襲ってくる。

「あぁ……」

寝台がギシギシと軋《きし》む音。結合部から漏れるぱちゅん、ぱちゅんという淫靡《いんび》な水音が鼓膜に響く。

ペニス、アナル、乳首、そして耳——と、四種類の快感に翻弄《ほんろう》されて、先端から愛液がとぷっと溢れた。

(気持ち……いい)

以前より快感に対して鋭敏になっている自分を感じる。ブランクのせいなのか、目のせいなのか、わからないけれど、感じすぎてどうにかなりそうだった。

無意識に媚肉《びにく》がうねり、体内の雄《オス》に絡みつき、きゅうきゅうと引き絞る。

背後で低い唸り声が聞こえ、鏑木が蓮の腰を抱え直すようにして、剛直を深く突き入れてきた。

首筋にかかる息づかいも荒くなり、抜き差しも尻上がりに速くなる。

ずっ、ずっと奥まで押し込まれるたび、ぱちん、ぱちんと重量感のある陰嚢《いんのう》が尻に当たる。恋人のもので尻をスパンキングされる感覚にものすごく感じた。

「んっ……んんっ……」

ジンジンと疼く場所を小刻みに突かれ、官能が膨れる。突かれるごとにそこが赤く色づき、ぷっくりと膨れあがっていくイメージ。

「い……いっ……ぃ、ん」

鏑木の追い上げは、いままでで一番激しいように感じた。

嵐のような抽挿《ちゅうそう》に耐えきれず、両腕がカクンと折れる。前のめりに頽《くずお》れた蓮は、枕に顔を埋《うず》め、恋人の激しさを受け止めた。

パンパンパンッ。

ラストスパートと言わんばかりに後ろを集中的に責め立てられ、頭のあちこちで小さな爆発がたくさん起こる。

「……ッ……ッ……ッ」

眼裏《まなうら》でも無数の光が一斉に弾けた。

弾けた光の粒が、シャンパンの気泡のように散らばって、眼裏が明るくなる。

(明るい？)

ここ最近覚えのない感覚に、蓮は枕から顔を上げた。瞼越しに、ぼんやりとした明るさを感じる。さっきまでの白い明るさではなく、あたたかみのあるオレンジ色だ。

閉じていた瞼をゆっくりと開いた。これまでは、目を開けても、視界に映るのは闇一色だった。

でもいまは、オレンジ色が映り込んでいる。

やがてそれが、枕元のランプの光の色だと気がついた。

(……光？)

光を感じている？

信じられない気分で、ぱちぱちと瞬《まばた》きをする。何度瞬きしても、オレンジの光は消えなかった。徐々に焦点が合ってきて、ヘッドボードの彫刻がはっきりと見えるようになる。

「……見え……る」

蓮は両目を見開いたまま、唇を震わせた。

「見えてる！」

大きな声を発した刹那、背後の鏑木がびくっと身じろぐ。後ろからずるっと抜けたかと思うと、蓮の肩を摑んで、体をひっくり返した。

「本当か？」

灰褐色の瞳が、食い入るように見つめてくる。

「本当に、見えるのか？」

内心の昂《たかぶ》りをあえて抑えつけたような声音で問いかけてくる男を、蓮はじっと見つめ返した。

神秘的な黒髪。秀でた額。くっきりと濃い眉。その下の対《つい》の瞳には自分が映り込んでいる。高くてまっすぐな鼻梁《びりょう》。肉感的な唇。

ひさしぶりに見るその顔かたちに、胸が甘苦しく痺れる。

（鏑木……！）

「見える……鏑木が見えてる！」

蓮は叫んだ。喜びを爆発させたつもりだったけど、泣き笑いみたいな表情になってしまう。

十秒ほど瞠目《どうもく》していた鏑木が、くっと眉根を寄せた。蓮に覆い被さるようにして、ぎゅっと抱き締めてくる。

「よかった……！」

くぐもった声は、かすかに震えていた。心からそう思っているのが伝わってきて、目頭が熱くなる。

「ごめん。心配かけて……ごめん」

「謝るのは俺のほうだ。俺のせいでおまえは……」

いまになってこみ上げてくるものがあるのだろう。そこまで言って、鏑木は言葉を途切れさせた。蓮も、その言葉が呼び水になって、辛かった気持ちを思い出す。

「……なにも言わずに去られてショックだった。辛くて……胸が張り裂けそうだった」

「……蓮」

「でも、もういいんだ」

蓮は鏑木の背中に手を回し、大きな体をぎゅっと抱き締めた。

戻って来てくれた。目も治った。……だから、もういい。

鏑木が、蓮の首筋に埋めていた顔を起こす。至近から自分を見下ろす恋人に、蓮は囁いた。

「もう……大丈夫だ」

鏑木が目を細め、そのままゆっくりと顔を近づけてきて、唇が重なり合う。お互いに舌を差し出し、貪るように絡ませ合った。

「んっ……ふっ」

口接が解かれるのとほぼ同時に両脚を持ち上げられ、深く折り曲げられる。露《あらわ》になったアナルに亀頭を押し込まれたかと思うと、一気に貫かれた。

「あっ――ッ」

猛りきった欲望を根元まで埋め込まれ、隅々まで征服される。

官能的で甘い感覚に、自然と黒目が潤んだ。

「かぶら……ぎ……」

きゅうっと襞《ひだ》が収斂《しゅうれん》する。

「……くっ……」

眉をひそめた鏑木が動き始めた。灼熱の杭に押し開かれ、肉壁を灼かれる。鏑木の鍛え抜かれた腹筋から滴った汗が結合部を濡らした。汗と体液が入り交じった隠微な水音が、結合部から漏れ聞こえてきて、蓮をより一層昂らせる。

長く太い雄で奥深くを掻き混ぜられて、媚肉がわなないた。情熱的な抜き差しに肌がぞくぞくと粟立ち、内襞がさもしく怒張に絡みつく。

「は……あ……あっ」

嬌声が止まらない蓮とは対照的に、鏑木は唇を引き結び、無言で腰を打ちつけていたが、最大限に膨らんだところでどんっと爆発した。

叩きつけられるような放埒に押し上げられ、蓮も絶頂を迎える。

「あぁ……あ……あ」

自分の〝中〟で、鏑木が跳ね回りながら、どくっ、どくっと精を放つのを生々しく感じ、ぶるっと胴震いした。

最奥《さいおう》が恋人の白濁で熱く濡れ、全身に幸福が満ちる。

さっき鏑木の口の中で達した時は「射精」だったが、今度は「絶頂」と呼んでも差し支えのないものだった。恋人と繋がって得るオーガズムは、快感の度合いが違う。

「ふ……は……あ……」

濃厚なエクスタシーの余韻に浸っていると、鏑木が荒い息に紛れて「……蓮」と呼んだ。

少し虚脱したような、無防備な表情が愛おしい。好きだ。やっぱり大好きだ。

どちらからともなく顔を寄せ合い、キスを交わした。

「最高だった……」

ちゅくっと唇を啄んで、鏑木が囁く。

「……うん」

蓮も同意した。実際、夢のようにすばらしかった。

「でも、まだ……足りない」

キスの合間に二度目を求められ、胸がきゅんと甘く疼く。

「俺も……まだ全然足りない」

その意見に同意した蓮は、逞しい首に腕を回して大きな体を引き寄せた。


インターバルを挟まずに、二回続けて抱き合った。

すべてを出し尽くした解放感と、恋人の情熱を余すところなく受け止めた充足感。二つが合わさった心地よい気怠《けだる》さに支配され、蓮は、横たわる鏑木に体を預けていた。

張りのある胸の筋肉に耳を押しつけると、トクッ、トクッと規則正しい鼓動が伝わってくる。

二度とこんなふうに聞くことはないと思っていた——心臓の音。

そして……。

顔を上げて恋人を見つめる。

間接照明のオレンジに浮かび上がる男性的で精悍な面立ち。なにより蓮が大好きな灰褐色の瞳。

それらを見ることができる幸福を、胸に深く刻み込む。

目が見えるようになってよかった。本当によかった……！

(神様。ありがとうございます)

心の中で神に感謝していると、鏑木が手を伸ばしてきて、蓮の頬を撫でた。耳にも触れる。後戯のように耳朶《みみたぶ》を弄《いじ》られた蓮は、うっとりと目を細めた。

「……すまなかった」

ほどなく落ちてきたつぶやきに、細めていた目を開く。視線の先の恋人の双眸《そうぼう》には、深い悔恨の色が浮かんでいた。

「鏑木？」

「視力を失わせるほど、おまえを追い詰めてしまった」

自責の念に顔を歪める鏑木が切なくて、かぶりを振る。

「でも、こうして帰ってきてくれた。視力も元に戻った。だからもういいって、さっき言っただろ」

「蓮」

改まった声で名を呼んだ鏑木が、蓮を抱いたまま身を起こした。

「なぜこうなったかを説明したい」

真剣な面持ちで切り出される。

もういいとは言ったが、ここに至るまでの事情を語ってもらえるのならば、それに越したことはない。鏑木が話したくないならそれでも構わないと思っていたけれど、実際、突然の辞意表明以降の展開は、蓮の理解の及ばないことばかりだ。

「わかった。俺も聞きたい」

「その前にシャワーを浴びたほうがいいな」

「ああ」

鏑木の提案に同意する。一刻も早く話を聞きたいところだが、現実問題、二人とも汗や体液で体がベトベトだ。蓮に至っては、体内の鏑木の精液を洗い流さなければならない。

二人でシャワーを浴び、ざっと髪を拭《ふ》き、鏑木は床に脱ぎ散らかしていた衣類を着込んだ。黒のＴシャツと黒のボトムだ。闇に紛れるための装いなのかもしれない。蓮は新しい寝間着を着て、上にルームガウンを羽織った。

身支度が済んだので、主室に場所を移すために、寝室のドアを開けた。それを待っていたかのように、黒い塊が鏑木に飛びかかってくる。

「グゥウウッ」

「エルバ！」

後《うし》ろ肢《あし》で立ち上がったエルバが、前肢で鏑木の胸を押さえ、フーッ、フーッと荒い息を吹きかけた。赤い舌でざりざりと顔を舐める。

「わかった。わかったから、そう興奮するな」

激しい愛情表現にやや閉口した様子で、鏑木がエルバをたしなめた。

「ひさしぶりの再会だったのに、すぐに閉め出したりして悪かった。謝る。な？」

宥《なだ》めつつ、しゃがみ込んで、エルバの首筋を撫でる。

気配がしないと思っていたら、どうやら鏑木が寝室から閉め出していたようだ。鏑木との再会の喜びも束の間、閉め出され、仲間外れにされたエルバは、ドアの向こうでさぞや苛立っていたことだろう。

だが鏑木に撫でてもらってすっかり機嫌を直したらしく、いまは喉をグルグルと鳴らして髭《ひげ》をぴくぴくさせている。

鏑木がエルバを構っている間に、蓮は主室のバーカウンターに歩み寄り、ミネラルウォーターのペットボトルを二本ピックアップして、ソファに向かった。

座面に腰を下ろして水を飲んでいると、鏑木がエルバを引き連れてやってきて、蓮の横に座る。エルバは二人の足許に黒い体を横たえた。

「はい、水」

鏑木にミネラルウォーターのペットボトルを手渡す。

「ありがとう」

受け取った鏑木がキャップを捻《ひね》り、一気に半分ほどをごくごくと流し込んだ。ふーっと息を吐き出し、手の甲で口を拭《ぬぐ》う。

「……美味い」

キャップを閉めたペットボトルをローテーブルに置いて、蓮のほうに体を向けた。しばらく、どこから話を始めるべきかと思いあぐねているような顔つきをしていたが、「時系列に沿って話すのがわかりやすいかもしれないいな」とつぶやく。

「ことの発端は一ヶ月前の夜だ。俺はある人物に呼び出された」

「ある人物？」

「業務が終わったあと、俺はその人物が指定したバーに出向いた」

蓮は固唾《かたず》を呑んで話の続きを待った。

「そのバーで俺は、一枚の写真を見せられた」

「写真を？」

そこで鏑木が、逡巡するような一拍を置く。やがて低い声を落とした。

「俺とおまえがキスをしている写真だ」

「……………っ」

息が止まりかける。口をぱくぱく開閉させ、数秒後にやっと出たのは「嘘だっ」という悲鳴じみた叫びだった。

「いつの!?」

鏑木が険しい表情で言葉を継ぐ。

「二人でサッカー観戦に行った夜のことを覚えているか?」

こくりと首を縦に振る。もちろん覚えている。鏑木との数少ないデートの思い出だ。

「観戦後にシュラスコ店で酒を飲み、酔ったおまえは、店を出たあとの道端で俺にキスをした」

その夜の行動をトレースする声を耳に、血の気がじわじわと引いていくのを感じる。

デートの夜は、ただでさえテンション高めだったところに、サッカー観戦とアルコールでさらに気分が上がって、完全にハイになっていた。人気《ひとけ》のない夜道に出たら無性にキスしたくなって……。

「あの日一日、俺たちは興信所の所員に尾行されていたんだ。正確にはあの日だけじゃない。その前からずっと見張られていた」

「その前からってどのくらい?」

「少なくとも二ヶ月」

「二ヶ月……」

そんな以前から行動を見張られていたなんて、全然気がつかなかった。衝撃に顔が引《ひ》き攣《つ》る。

「……俺のせいだ」

鏑木はいつだって自重していたし、慎重だった。二人の関係を怪しまれないように、すごく気を配っていた。

それを自分一人が舞い上がって、すべてを台無しにしたのだ。

「俺が調子に乗ってキスなんかしたから……俺が……」

自責の言葉を、鏑木が神妙な声で「いや」と遮る。

「おまえだけのせいじゃない。俺もやはり平常心ではなかった。公私をきっちりと分けているつもりで、実のところできていなかった。心のどこかに隙があったのは否めない。そこをやつに突かれたんだ」

鏑木の述懐を蒼白な顔で聞いていた蓮は、最後のフレーズにぴくっと反応した。

「やつって、一体誰が」

「興信所に依頼したやつのことか？」

蓮の問いかけを引き取った鏑木が、苦虫を嚙み潰したような表情で「ガブリエルだ」と告げた。

「ガブリエルが⁉」

思わず大きな声が出る。

つまり、鏑木を呼び出した「ある人物」とはガブリエルだったということ？

「ガブリエルはどうしてそんなことを？」

「それについてはあとで説明する。とにかくあいつは、俺の記憶障害以降の、俺たちの関係の変化に気がついた。そこで興信所を使い、俺たちを見張らせた。二ヶ月の尾行の末に手に入れた証拠写真を俺に見せ、二人の関係を公にされたくなければ、シウヴァを去れと脅《おど》してきたんだ」

（ガブリエルが鏑木を脅した？）

ソフィアの婚約者で、現在進行形でシウヴァに尽力してくれている男が？

「信じ……られない」

喉の奥から呻《うめ》き声《ごえ》が押し出される。鏑木が自分を偽るわけがないけれど、それでもにわかには信じがたかった。

「だが、それが真実だ」

鏑木が揺るぎなく断言する。

（……真実）

まだ衝撃を引き摺っていたし、半信半疑でもあったが、その答えを知った上で振り返れば、鏑木の一連の行動が腑《ふ》に落ちる。

ある日を境にして、自分を突き放すような態度を取り始めたこと。責任感の強い男とも思えない突然の辞職。行き先も連絡先も告げずにエストラニオを旅立った理由――。

「写真だけにとどまらず、やつは『パラチオ　デ　シウヴァ』の従業員を買収し、俺たちが使用したシーツを手に入れた。そのシーツから二人分の精液を検出したと自慢げに言っていた。俺たちの関係の決定的な証拠だ」

「……………ッ」

それ自体もショックだったが、屋敷に従事するスタッフの中に、使用済みシーツを流出させた者がいるという事実にも追い打ちをかけられた。『パラチオ　デ　シウヴァ』に雇用される者は、身元が確かで有能な人材に限られている。厳しい条件に釣り合うように、報酬は高額であるはずだが……。

蓮の心情を思いやってか、鏑木が「生身の人間である以上、魔が差すこともある」と慰めの言葉をかけてきた。

確かに完璧な人間などいない。そしていまは、その件にかかずらっている場合でもなかった。ゆくゆくは探し出して、なんらかの処分を下さなければならないだろうが、ひとまずそれについては保留だ。

蓮は気持ちを切り替えて確認する。

「そうまでして、鏑木を排除しようとしたってこと？」

「そうだ」

「どうして？」

「有り体《あ てい》に言って俺が邪魔だったんだろう。これは本人も認めていた。俺は、おまえやソフィア、アナと違ってガブリエルに信頼を置いていない。この先、シウヴァの中枢に食い込んで行くためには、猜疑心《さいぎしん》を抱く俺の存在が目障《めざわ》りだった。それと、ガブリエルは俺の側近というポジションを狙っていた」

「あっ……」

蓮は声を発した。

「なんだ？」

「鏑木がいなくなってショックを受けていた時に、ガブリエルに『きみをサポートしたい』って言われたんだ。『ヴィクトールの代わりができるのは私だけだ』って。『ヴィクトールのことは一日も早く忘れたほうがいい』とも言われた」

鏑木の顔がみるみる険しくなる。

「それから、俺たちの仲を知っているとも言われた。興信所や写真のことは言わなかったけど、ずいぶん前から気がついていたって」

「俺を追い払ったあと、落ち込んでいるおまえに同情を装って近づき、俺に成り代わる。すべて、やつの計算どおりだ」

憎々しげに言い捨てた。

「要するに、ガブリエルは自分が取って代わるために鏑木を追い出したってことか？……でも、いつから側近のポジションを狙っていたんだ？」

蓮の疑問に、鏑木が慎重な物言いで切り返す。

「これは俺の私見だが、そもそもガブリエルはシウヴァの内部に入り込むためにソフィアに近づき、誘惑したのだと思う」

「そんな！」

いくらなんでも、その推測は穿《うが》ち過《す》ぎだ。

「そんなわけないよ！　だって二人の出会いは二年前の俺の誕生日パーティだ。二年も前から仕組まれていたなんて、そんなはず……っ」

必死に否定したが、鏑木は動じない。逆に蓮が青ざめた。

「本当に……二年前から？」

「実際には二年以上前からだ。もし俺がやつでもそうするだろう。アナはまだ子供だし、おまえは用心深い上に、側近に護られている。堅牢《けんろう》なシウヴァの砦《とりで》を破るための突破口は、比較的ガードが手薄なソフィアしかいない。ニコラスを失ってだいぶ年月が経っているし、アナも手が離れつつある。そろそろ新しい恋愛に気持ちが向かう頃合いだ。ターゲットを定めたガブリエルは、おまえの誕生日パーティに潜入し、ソフィアに接近した。その後はじっくりと時間をかけて口説き落とした」

鏑木の説明は理路整然としており、反論の糸口を見つけられない。

「じゃ……じゃあ、ソフィアはガブリエルに利用されているってこと？」

喘ぐように、それだけを口にするのが精一杯だった。

「残念ながら、そう思わざるを得ない」

蓮の脳裏に、ガブリエルに幸せそうに寄り添うソフィアが浮かんだ。

美しい婚約者の言葉に少女のように頬を赤らめる――その姿。

「ガブリエルはソフィアを愛していない？　利用しているだけ？」

ソフィアのためにもどうしても納得できず、なおも食い下がる蓮に、けれど鏑木は厳しい顔でうなずいた。蓮は絶望的な心持ちで、唇を噛み締める。

「ひどい……あんまりだ」

ニコラスを不慮の事故で失って、やっと摑んだ幸せだったのに。

「こんなことって……」

「ソフィアとてシウヴァの一員だ。シウヴァの株を保有する彼女に、財産目当てで近寄ってくる者も多いとわかっている。娘のアナは多感な年頃だし、そう簡単には心を許さなかったはずだ。ガブリエルはそのあたりも心得ていた。綿密に計画を立てて、時間と手間をかけ、ゆっくりとソフィアの警戒心を解いていったに違いない」

決して短くはない――二年という時間を費やしたガブリエルの執念を知り、慄然《りつぜん》とする。

「満を持してソフィアにプロポーズしたガブリエルは、婚約者としてシウヴァに名乗りを上げた。その先は、おまえも知ってのとおりだ。結果的にやつは、『パラチオ　デ　シウヴァ』に居を移すことに成功した。本丸進出を見事成し遂げたというわけだ」

ガブリエルがソフィアと一緒に、初めて挨拶に訪れた時のことを思い出す。

——ソフィア、一年で私たちの愛が証明できるというのならば、それを受け入れよう。

——きみがシウヴァの人間であると知った時から、私には覚悟ができていた。

——婚姻に関しては仕方がない。シウヴァの意向を尊重しよう。しかし私たちはいますぐにでも一緒に暮らしたいと考えている。

真剣な眼差しと、真摯《しんし》な訴え。

(あれが全部演技だったなんて)

いま思い返しても信じられない。

「だがおまえは、ガブリエルに容易には心を許さなかった。そこで、おまえの信頼を勝ち取るために、アナの誘拐を企て」

「ちょっ……」

とんでもないことを言い出した男を蓮は遮った。身を乗り出すようにして、傍《かたわ》らの鏑木に詰め寄る。

「今度こそ、嘘だろ?」

鏑木は、今回も動じなかった。

「俺は、アナの誘拐事件の黒幕がガブリエルだった可能性を疑っている」

これまでの話も衝撃の連続だったが、これには慄然とするしかなかった。

「だ、だって、ガブリエルは俺たちと一緒にズンビのアジトまで乗り込んでいって、レオニダスを撃って、鏑木を助け……」

　もつれる舌でそこまで言い募り、はっと息を吞む。

「まさか、口封じのためにレオニダスを撃ったのか？」

「レオニダスが死亡したいまとなっては証明はできない。あくまで推測に過ぎない。だが結果的に、あの事件によってガブリエルはおまえの信頼を得た」

　鏑木に指摘され、確かにそうだと気がついた。

　あの事件までは、どことなくガブリエルの存在にうさん臭さを感じていた。ソフィアやアナに見せている顔と、自分に見せる顔が違ったからだ。二面性があるように感じていた。

　でも、アナを救い出すために危険を顧みずに敵地に赴いたこと、さらに鏑木の命を救ってくれたことで、急速に疑いが晴れた。

　思えば、ガブリエルを身内と認識するようになったのは、アナの誘拐事件の解決がきっかけだ。

（それが狙いだったのか……）

　誘拐事件の裏で糸を引いていたのはガブリエルだった。レオニダスの銃殺はトカゲの尻尾《しっぽ》切《き》り。そう考えれば、いろいろなことがしっくりくる。

　とはいえ、動揺は激しかった。

「鏑木の推測は正しいと俺も思う。だけどまだちょっと混乱している」

「それも当然だ」

　理解を示した鏑木が、「今夜はここまでにするか？」と訊いてきた。蓮は首を左右に振る。

こんな脳内カオス状態で、明日までなんてとても待てない。それに、次いつ鏑木に会えるかわからないし、ここで別れたが最後、また会えなくなってしまうんじゃないかという不安もまだ拭い切れていなかった。

「大丈夫だ。話を続けてくれ」

少しの間、ダメージを測るように蓮の顔を見つめていた鏑木が、やがて「わかった」と応じた。ペットボトルに手を伸ばし、喉を潤してから話を再開する。

「『パラチオ　デ　シウヴァ』に居を移したガブリエルは、秘密裏に俺たちを観察していた。その結果、やつは、おまえが俺に対して特別な感情を抱いていることを覚った」

いつかのガブリエルの台詞《せりふ》が蘇った。

――きみが彼に恋をしているのはずいぶん前から気がついていた。きみのヴィクトールを見る目は、完全に恋する者特有の熱を帯びていたからね。

「俺たちの関係を注意深く見守りつつ、シウヴァによりいっそう深く入り込む術《すべ》を探っていたやつにとって、俺の記憶障害というアクシデントは、降って湧いた好機となった。俺たちがジャングルに転地療養していた間、ソフィアと共に代役を買って出たガブリエルは、シウヴァ幹部会の信頼を勝ち得ることに成功した」

「…………」

「さらには、記憶障害以降の俺たちの関係の変化に気がつき、尻尾を掴むために尾行のプロを雇った。そうとはつゆ知らず、俺たちはやつが張った罠にまんまと嵌《は》まってしまったというわけだ。まぬけなことに、俺はバーでやつにジョーカーを切られるまで、上手く隠しおおせているつもりでいた」

苦々しい顔つきで、鏑木が自嘲を帯びた低音を落とす。

話が最初のバーに繋がったようだ。説明が一段落ついたのを機に、蓮は先程から胸に燻《くすぶ》っていた疑惑をぶつけた。

「ガブリエルに脅されたこと、なんで話してくれなかったんだ」

その時点で打ち明けてくれていたら、鏑木に去られてここまで苦しむこともなかったし、ガブリエルの影響力を増幅させることもなかったんじゃないのか。

その思いから、つい責め立てるような物言いをしてしまった蓮に、鏑木が複雑な表情を浮かべる。

「バーでガブリエルに、口裏を合わせて別れた振りをしても無駄だと釘を刺された。おまえは嘘がつけないから、真実を知れば必ずや顔と態度に出る、と」

「………っ」

そこを突かれると痛かった。

ジンにもよく「顔に出すぎ」と揶揄《やゆ》されるし、ガブリエルにも鏑木への恋情を見透かされていた……。

「俺たちの関係の変化を見抜いたガブリエルの観察眼は人並み以上だ。やつの脅しには説得力があった。釘を刺した上でガブリエルは、もし俺がおまえに話をしたことが判明したら、ただちにメディアに写真を公開するとプレッシャーをかけてきた」

あのキス写真が公になったら、新聞、雑誌、テレビ、インターネット、すべてのメディアが蜂の巣をついたような騒ぎになるのは火を見るより明らかだ。

「俺たちの関係が公になった場合、おまえとシウヴァが被る損失は計り知れない。その夜、一晩寝ずに熟考して、ひとまずはガブリエルの描いたシナリオに則《のっと》り、おまえから離れるべきだという結論に達した。被害を最小限に食い止めるための戦略的な撤退だ。ガブリエルに切られた期限が差し迫っていたせいで、あわただしく辞表を提出することとなり、関係者には多大な迷惑をかけた。それに関しては心苦しく思っている」

鏑木が眉間《みけん》に皺《しわ》を寄せ、反省の弁を口にする。

責任感の強い鏑木にしてみれば、途中で投げ出すような形でシウヴァから離脱することは、苦渋の選択だっただろう。

そんな状態に於《お》いても、限られた少ない日数で最善を尽くしてくれた。おかげで引き継ぎ自体はスムーズだった。もちろん鏑木がいなくなったダメージは、いま現在も引き摺っているけれど。

「他に選択肢がなかったとはいえ、なにも告げずにシウヴァを去ることになり、おまえにも並々ならぬ心労をかけた。傷ついただろうし、ずっと不安だっただろう。視力まで失って……」

気遣わしげな声に、いったんは押し流したはずの、辛かった気持ちが逆流してくる。

「……いっぱい泣いた。鏑木に捨てられたと思って……毎晩……毎晩」

もう恨み言を言うつもりはなかったのに、口をついて溢れた言葉は意に反して震えていた。鏑木の顔が歪む。

「ああ言って突き放さなければ、おまえが納得しないと思ったんだ。おまえとシウヴァを護るためには、誰よりもまずおまえを欺く必要があった。だが、そのせいでたくさん苦しめた。……すまない」

苦しそうな声音で鏑木が謝罪する。

「本当に悪かった。許してくれ」

重ねて謝られ、蓮は奥歯を嚙んでかぶりを振った。

「絶対に戻って来るって信じていたし、実際にこうして戻って来てくれた。目も治った。それに……鏑木は悪くない」

そうだ——悪いのはガブリエルだ。

ことの元凶に立ち返り、改めて表情を引き締めた蓮を見て、鏑木が脇道に逸れた話をもとに戻す。

「おまえに真実を打ち明けることはできなかったが、その代わりにジンにガブリエルの件も含めて事情を話し、俺がシウヴァを離れたあともおまえを見守ってくれるように頼んであったんだ」

意外な名前を告げられ、蓮は目を瞠った。

「ジンに？」

あらかじめ鏑木から辞意を知らされていたと言っていたけれど。

「あいつなら口が堅いし、同じ『パラチオ　デ　シウヴァ』に住んでいるというアドバンテージもある。昼夜を問わずおまえを見守ることができ、緊急の事態が起こった際にも対応できる。そう思ってジンにだけは連絡先を教え、定期的に会って状況を報告してもらっていた」

「そうだったのか」

ジンは全部知っていたのか。

そんな素振りは微塵《みじん》も見せなかった親友の、陰日向《かげひなた》のサポートに、心の中で感謝する。

「もしかして、ジンが夜しょっちゅう出かけていたのって」

「毎回ではないが、俺と会っていた夜もある」

「そっか。付き人の件は？」

「……ジンからおまえがかなり弱っているという報告を受けても、俺が動くわけにはいかなかった」

自身は身動きが取れなかった当時のもどかしさを思い出したのか、鏑木が表情を曇らせた。

「だから、できるだけフォローしてやって欲しいと頼んだ」

離れている間も鏑木が自分のことを気にかけてくれていたことがわかり、胸の奥がじわっと熱くなる。

「俺にはそれぐらいしかできなかった。——今夜ここに来たのもジンの手引きだ。例の地下ルートを使った」

地下ルートとは、ジンがまだ『パラチオ　デ　シウヴァ』の住人でなかった頃に、彼を導き入れるために蓮が使っていたルートだ。閉鎖されている旧通用口を使うのだが、鍵がかかっているため、内部からの手引きが必要になる。

館内に入ったあとも、要所要所に立つ警備スタッフの目を盗む必要があるが、鏑木はどこに誰が立っているかを知り尽くしている。見咎《みとが》められずに部屋まで辿り着くことさえできれば、主室の鍵は持っているので、問題なく中に入れる。

「目のこともジンから？」

「そうだ」

肯定した鏑木の顔が、ふたたび陰りを帯びた。

「ジンから目について報告を受けた時、すぐにでもおまえのもとに駆けつけたかった。だが、おまえに会えばすべての事情を打ち明けざるを得ない。そうなれば、おまえは大きな秘密を抱え込むことになる。ソフィアとアナに対しても秘密を持つことになる。おまえにとっては、それが一番のストレスになるのではないかと危惧した」

やはり鏑木は自分のことを誰よりもわかっていると思った。

現にいま、ガブリエルに対してより、ソフィアとアナに秘密を持つことのほうが、心に重くのしかかっている……。

「あらゆる可能性を考慮して、数日間悩み、考え抜いて結論を出した」

なにかを思い定めたような眼差しで、鏑木がまっすぐ見つめてくる。

「ガブリエルの裏を知ることで、結果的におまえが苦しむことになったとしても、俺が支えればいい。一緒に生きていくと決めたからには、どんな苦難であろうと二人で分かち合うべきだ、と」

鏑木が導き出した結論に、蓮は大きくうなずいた。

「そう思って、今夜ここに来た」

「来てくれてよかった。ありがとう」

心から告げた。

「鏑木がお父さんから引き継いだ大切な職務を捨てて、家族や友人との繋がりを断ち切ってまで、俺とシウヴァを護ろうとしてくれたこと、本当に有り難く思っている。でも俺のために、鏑木一人が苦しむのは嫌だ」

きっぱり言い切ると、鏑木が虚を衝《つ》かれたような顔をする。

「出会った時からずっと鏑木は俺の守護者だった。その繋がりと信頼は一生揺るがない。だけどこれからは、俺だって鏑木のことを護りたい。誰かを護れるような男になりたいんだ。一人ではその重さに耐えられないような枷《かせ》も罪も、二人ならきっと背負えるはずだ」

「……蓮」

「本当のことを打ち明けてくれてよかった。ガブリエルに関しては心配しないでくれ。これから先、シウヴァのトップとして、感情を殺して相手と渡り合わなければならない局面がたびたび訪れるはずだ。そのためのプラクティスだと思って対処する」

毅然とした物言いに、鏑木が目を細めた。

「お祖父《じい》さんは、最期の瞬間まで身内の俺にも心の内側を見せなかった。それくらい、シウヴァのトップを担うのは大変なことなんだって、やっとわかってきた。ソフィアとアナに対しても、俺には彼女たちを護る責任がある。これまでの俺にはシウヴァの当主としての覚悟が足りなかった。だからガブリエルに付け入られたんだ」

みずからに言い聞かせるように言葉を紡《つむ》いでいる間、細めた双眸でじっと蓮の顔を見据えていた鏑木が、ふっと息を吐く。

「わかった。いまこの瞬間から、俺たちはガブリエルの件に関してもパートナーだ。二人でタッグを組んでやつの陰謀を暴こう」

「鏑木！」

抱きつこうとする蓮を押しとどめ、鏑木が「まだ話は終わっていない」と制した。

「シウヴァを離れて以降、エストラニオの下町に拠点を作り、水面下でガブリエルの素性を洗い直していた。俺は表立って動けなかったから、絶対の信頼を置く部下――ミゲルとエンゾの力を借りてな」

「ガブリエルの素性は、ソフィアとの婚約時にシウヴァが確認済みじゃないのか？」

「無論調べた。文句のつけようのない完璧なものだった。完璧過ぎて却《かえ》って引っかかるほどに……。やつの本性がわかってから、素性を調べ直したんだが、なかなか尻尾を摑めなかった。だがここでもジンが役に立ってくれた。十年以上前に、ガブリエルをスラムで見かけたことを思い出したんだ」

「そういえば、前にどこかで見たことがある気がするって言っていた」

あれは確か、ガブリエルと三人でビリヤードをしていた時だった。

――なーんか、どっかで見たことある気がすんだよな……。

あの時は結局、思い出せないままだったけれど。

「そうだ。その情報を元にスラムで聞き込みを開始したが、スラムの住人はガードが堅く難航した。スラムに顔が利くジンの手を借りて漸く、ガブリエルが本名ではないこと、過去に名前を買ったこと、マフィアとの接点などを突き止めることができた」

「マフィア⁉」

「現時点で判明しているのは、接点があるというところまでだ。どういった形でマフィア組織と関わっているのかまではわからない。やつが首謀者なのか、組織ぐるみの犯行か、さらなる黒幕がいるのか。まだなにもわかっていないも同然だが、やつの狙いがシウヴァにあることだけは確定事項だ」

空《くう》を睨《にら》みつけて低くつぶやいた鏑木が、視線を蓮に転じた。

「ガブリエルを泳がせ、陰謀の全容と背景をあぶり出すためにも、俺は今後も地下に潜って黒衣《くろご》に徹する。その分おまえが矢面に立つことになるが……大丈夫か？」

心配そうな問いかけにうなずき、蓮は「任せてくれ」と応じる。請け負ってから、その顔に憂いを浮かべる。

「鏑木こそ……シウヴァは鏑木の人生そのものなのに、一番大切なものから切り離されてしまって」

「それは違う」

「え？」

驚く蓮を、鏑木が真剣な眼差しで射貫《いぬ》く。

「シウヴァとおまえは切っても切り離せないものだ。シウヴァも大事だが、いまの俺にとっては一番じゃない。俺にとって一番大切なのは、おまえだ、蓮」

「………っ」

とっさに声が出なかった。じわじわと両目を見開く。

永遠に乗り越えられないと思っていた大きな壁——シウヴァ。

（それを……いま……超えた？）

放心する蓮の手を、鏑木がぎゅっときつく握り締めた。

「今夜ここに忍んできたのは、俺にとっても大きな賭《かけ》だった。しくじれば、すべてが水泡に帰す。ジンを介して連絡を取り合う手段もあったし、そのほうがリスクは少ない。頭ではこんな危険を冒すべきではないとわかっていた。……だがどうしても、おまえの顔をこの目で見たい、おまえをこの手で抱き締めたいという強い欲求に抗えなかった」

握り締めた手から、鏑木の切実な想いが伝わってくる。灰褐色の瞳が、蓮を熱く見つめた。

「蓮、おまえを愛している」

「鏑木……」

この言葉をどれほど求めていたか。どれほど欲していたかを、いま思い知った。

「俺も……愛してる……愛してる！」

迫り上がってきた激情を口にして、鏑木に抱きつく。

今度こそ恋人は、蓮をしっかりとその胸に抱き留めてくれた。

VIII

「日中にロペスから連絡をもらって、ソフィアと手を取り合って喜んだよ」

夜の九時――報告のために蓮《れん》の部屋に立ち寄ったガブリエルが、開口一番にそう言った。

「一刻も早くお知らせしたくて気が急いてしまいました。お仕事中に申し訳ございませんでした」

恐縮しつつも喜びを隠せないロペスに、ガブリエルは「いいんだ」と鷹揚《おうよう》な笑みを浮かべる。

「移動の車の中だったし構わない。私もいい知らせは早く聞きたかったのでよかったよ」

「ありがとうございます。ただいまお飲み物をご用意いたします。珈琲《コーヒー》でよろしいでしょうか」

「ありがとう、ロペス」

珈琲を用意するためにロペスが下がったあと、ガブリエルは車椅子の蓮に向かってまっすぐ歩み寄ってきて、一歩手前で足を止めた。

「本当に見えるようになったのか?」

ガブリエルの探るような視線を意識しながら、蓮は「見えると言っても、まだぼんやり物の形がわかる程度だけど」と答える。

「一枚フィルターがかかっている感じで、細かなディテールまではわからない」

「では私の顔も?」

「目の前に立っているのはわかるけれど、表情は判別できない」

ガブリエルが思案げに「なるほど」とつぶやいた。

「だからまだ当分は、ロペスの手を借りる必要があると思う。ロペスは完全に見えるようになるまでは、車椅子を使ったほうがいいって」

「私もそう思う。それにしても突然で驚いた」

そう言われるであろうことは織り込み済みだ。

「実はここ数日で、少しずつだけど光を感じられるようになっていたんだ。でもどうなるかわからなかったから、糠喜《ぬかよろこ》びさせたくなくて黙っていた。それが今日になって、ぼんやり物の形がわかるようになった。改善しているのがはっきり実感できたから、ロペスに打ち明けたんだ」

順を追って経緯《いきさつ》を説明する蓮を、青い目がじっと見下ろす。

「………」

心の内側まで見透かすような凝視に晒《さら》され、ちりちりと首筋が粟立った。だが表面上は、視線に気がついていない振りを装う。なにしろ〝ぼんやりとしか見えていない〟という設定だ。

しばらくの間、無言で蓮の顔を見つめていたガブリエルが口火を切った。

「心因性の障害だと聞いていたが、なにか好転するきっかけがあったのか?」

肩が揺れそうになるのを、全力で堪《こら》える。

シウヴァを去った鏑木《かぶらぎ》が『パラチオ　デ　シウヴァ』に忍んで来たのは、三日前の深夜のことだ。愛する男との再会によって蓮は視力を取り戻したが、急に完治したとなれば、ガブリエルにその理由を勘ぐられる。

『最終的には見えていることを明かすにせよ、徐々に段階を踏んでいこう。ある日を境に「突然治った」では怪しまれる』

鏑木の提案を蓮は呑んだ。ジンにだけは鏑木が本当のことを知らせるが、当面は口裏を合わせてもらう段取りで話がまとまった。

ロペスやソフィア、アナを偽るのは心が痛んだが、それでも彼らは端《はな》から自分を疑う頭がないので、その点は気が楽だ。

問題はガブリエルだ。

なんらかの意図を持ってシウヴァに近づき、ソフィアを欺《だま》し、自分を謀《たばか》り、卑劣な脅《おど》しを以《もっ》て鏑木を排除した男。

素性も、本当の名前すらわからない――謎の男。

マフィアと関わりを持つ危険な男。

目下最大の敵を前に、胸中で気合いを入れた。

(正念場だ)

ここでガブリエルに疑われたら、自分たちは窮地に追い込まれる。

鏑木にも「任せてくれ」と大見得《おおみえ》を切った以上、絶対に下手を打てない。

不規則な胸の鼓動を押さえつけ、慎重に口を開いた。

「なにが原因なのかは自分でも明確にはわからない。心因性だから特効薬はないって医者にも匙《さじ》を投げられて、一生このまま視力が戻らないかもしれないってすごく落ち込んでいた」

実際に、わずか数日前まで自分の中に根を張っていた絶望を思い起こし、蓮は顔を歪める。

「暗闇の中に閉じ込められた自分には、もう未来がないって思った」

「………」

「でも……落ち込むだけ落ち込んで、気がついたんだ」

ガブリエルの視線を揺るぎなく受け止めつつ、鏑木と二人で練り上げた台詞《せりふ》を口にした。「台詞」に聞こえないよう、声にできるだけ情感を込める。

「なにもかも失ったかと思ったけれど、そうじゃなかった。俺には手を差し伸べてくれるみんながいる。ロペス、ジン、ソフィア、アナ、そしてあなたも……俺の目の代わりになってくれる仲間がいる。当主になってから必要以上に肩肘を張っていたけれど、苦しい時は仲間を頼ってもいいんだ。この苦難は、それを教えてくれるためのものなのかもしれない――そう思ったら気持ちがふっと軽くなって、絶望の闇の中にかすかに光を見出《みいだ》した気がした」

一気にそこまで語って言葉を切った。

「それが、きっかけと言えばきっかけかもしれない」

ガブリエルが「ふむ」と相槌《あいづち》を打つ。

「そうは言っても、この先以前と同じように見えるところまで回復するかはまだわからない。一進一退を繰り返す可能性もある。完全に見えるようになるまで、いましばらくは、あなたとソフィアのサポートに頼ることになる。引き続き迷惑をかけてしまうけれど、よろしく頼む」

顔を伏せた蓮が、ややあって視線を上げると、その間もこちらを見ていたらしいサファイアの目と目が合った。

宝石のごとく美しい瞳には、感情が映し出されておらず、なにを考えているのかまるで読めない。

摑みどころのない男に対する恐怖心をひた隠し、蓮は瞬《まばた》きもせずに、青い瞳を見つめ返した。

沈黙が続く。トク、トク、トク、トクという、平素より速い心臓の音だけが鼓膜に共鳴する。

(怪しまれた?)

脇腹に冷たい汗が滲《にじ》み出《で》た。

息を止めてリアクションを待つこと一分近く、ガブリエルがおもむろに「わかった」とうなずく。

「その件については我々に任せてくれ。せっかく改善の兆しが見えてきたのだから、焦らずゆっくりと治癒して完治させたほうがいい」

「ありがとう、ガブリエル」

「いずれにせよ、光明が見えてきたのは、シウヴァにとってもエストラニオにとっても朗報だ」

そう言って、ガブリエルが微笑んだ。蓮はひそかに胸を撫で下ろす。

ひとまず、第一関門は突破した。

まだまだ試練は続くけれど、シウヴァを護るためにも、ガブリエルにはその都度、心して対応していくしかない。

覚悟を新たにしていると、ガブリエルが「そうだ」と、なにかを思いついたような声を出す。

「蓮、いつかグスタヴォ翁《おう》の部屋を見せてくれないか」

思いがけない要望を投げかけられ、蓮は「お祖父《じい》さんの部屋を？」と問い返した。

「ああ、グスタヴォ翁の書架には、ポルトガルからエストラニオに入植した初代からの、シウヴァ家の歴史を記した貴重な資料があると聞いてね」

「シウヴァの歴史に興味があるのか？」

「遠からずソフィアと結婚すれば、私もシウヴァの一員となる。そうなる前にシウヴァ家について、より深い知識を得ておくべきなのではないかとかねて思っていた」

「構わないけど、俺もお祖父さんが亡くなってから一度も入っていないんだ。祖父の遺言で部屋は封鎖されて鍵がかかっているから」

ガブリエルが「鍵は誰が持っているんだ？」と尋ねる。記憶を辿って、蓮は答えた。

「鏑木が管理していた」

「ヴィクトールが？」

ガブリエルが片方の眉を上げる。

「彼は鍵を返さずに辞職したのか」

「結果的にそういうことになる。正直、たったいま話題に上がるまで、祖父の部屋の鍵の存在を忘れていた。鏑木に問い合わせようにも旅先で連絡が取れない。彼が戻ってからになるけど、それでもいい？」

蓮の確認に、ガブリエルが肩を竦めた。

「もちろん。――いつまでも待つよ」

「――」

ロペスが下がって三時間ほどが過ぎた頃だった。主室のソファに横たわって本を読んでいた蓮は、ドアの外に人の気配を感じて、がばっと起き上がった。床に蹲《うずくま》っていたエルバが「ウゥウ」と唸《うな》る。

「しっ、エルバ」

エルバを黙らせて立ち上がった。

歩み寄ったドアに耳を押し当てると、「蓮」と低い声で呼ばれる。急いでドアの鍵を解錠した。ガチャリとドアノブが回り、ドアが開く。黒ずくめの長身が部屋の中に滑り込んできた。

「鏑木!」

三日ぶりの恋人に、蓮は思わず抱きつく。

「蓮」

鏑木もぎゅっと抱き締め返してくれた。

夢見ていた抱擁《ほうよう》に、全身が甘く痺れる。三日間、一日千秋《いちじつせんしゅう》の思いで、逞《たくま》しい腕に抱かれるこの瞬間を待《ま》ち侘《わ》びていた。

鏑木に新しい連絡先を教えてもらい、毎日メールのやりとりをしていたけれど、実際に会えるのとは全然違う。

ほどなくして抱擁を解いた鏑木が、蓮の顔を覗き込む。蓮も恋人の精悍《せいかん》な貌《かお》をうっとり見つめた。

大好きな灰褐色の瞳で、蓮の顔をしげしげと観察したのちに、鏑木がふっと息を吐く。

「三日前よりだいぶ顔色がいい」

安堵したように「元気そうでよかった」と言った。

「食欲が出てきたって、ロペスも喜んでいる」

鏑木を失ってから、どんなにフレッシュな食材も、凝《こ》った料理も、砂を嚙むように味気なく感じた。ロペスが心配するから仕方なく、口の中に押し込んでいたのだ。

しかし現金なもので、鏑木と再会して視力が戻ってからというもの、味覚も食欲もすっかり元に戻った。あまり急に食欲旺盛になってもおかしいので、わざと三分の一ほど残しているが、それでも以前に比べればかなりの量を食べるようになり、ロペスは大喜びだ。

『食欲が戻ってきたことが、目にもよい影響を及ぼしているのかもしれませんね』

今日の昼に『視力が戻ってきた』と告げた時にも、そう言って目尻を下げていた――。

「……いい子だ」

目を細め、甘やかすような声で囁《ささや》いた鏑木が、蓮の額に唇を押しつける。額、鼻のてっぺん、頰、唇と移動するキスを、蓮は蕩《とろ》けそうな気分で受け止めた。顔中を甘いキスで埋《うず》めた鏑木が、最後に唇に触れる。

「ふ……ん」

口を開いて、三日ぶりの鏑木を迎え入れた。

「……んっ……ふ……ん」

蓮の口腔《こうこう》を甘く掻き混ぜ、舌を貪った恋人が、名残惜《なごりお》しげに唇を離す。頑強な体に寄りかかって、キスの余韻に浸っていると、低音が落ちてきた。

「例の男は来なかったか？」

なにを問われているのかわからず、顔を上げた。鏑木の厳しい表情に驚いて聞き返す。

「例の男？」

「四日前に、ここに忍び込んできた男だ」

「あ……」

鏑木との再会のインパクトがあまりに大きくて、すっかり忘れていた。

そういえば、蓮なりにあの不審な侵入者はガブリエルだったんじゃないかという推論に至って、本人に確かめようと思っていたのだった。結局そうする前に鏑木と再会し、ガブリエルの本性が明らかになったので、実行に移すことはなかった。だから例の男がガブリエルだったのか、それとも別の誰かだったのかはわからないままだ。

「来てないよ。もしまた来たとしても、エルバがいるから」

自分の名前に反応してか、足許のエルバがグルルと喉を鳴らした。あの夜以来、就寝時もエルバを解き放っている。

「ならいいが……くれぐれも油断はするなよ」

念を押した鏑木が、壁際から椅子を二脚持って来て、向かい合わせに置いた。そのうちの一つに腰を下ろし、蓮にも「座れ」と促す。蓮がもう一脚に座ると、エルバも椅子のすぐ近くの床に横たわった。

「早速だが、ガブリエルとのやりとりを詳しく話してくれ」

「わかった」

ガブリエルが帰ったあとで、その際のやりとりを要約し、蓮は鏑木にメールした。すると鏑木から【今夜、一時頃に行く】とレスポンスがあったのだ。

鏑木が来るとわかってからは、浮き立つ気持ちを抑えつけるのに苦労した。ロペスに異変を悟られないよう、なるべく平静を装い、いつものように十時には寝台で横になった。ロペスに睡眠導入剤を飲まされたが、興奮しているせいか、眠気はまったく襲ってこなかった。これ幸いとばかりに寝台から下り、白シャツに黒のボトムという日常着に着替え、恋人に会うのに失礼のない程度に身繕いした。その後エルバと主室に移り、ソファで本を読んで時間を潰して——一時を過ぎた頃からは、どんな小さな物音も聞き逃すまいと、神経を研ぎ澄ませていた。だから鏑木の気配にもすぐ気がついたのだ。

「基本、メールに書いたのと同じだけど」

ガブリエルとのやりとりの一部始終を、思い出せる限りなるべく忠実に再現して聞かせた。

「視力に関しては、納得しているようだったか？」

話し終えるなり、鏑木が確認してくる。

「ガブリエルのことだから、腹の底まではわからないけど、表向きは納得しているふうだった」

「そうか。……それでやつは、グスタヴォ翁の部屋を見たいと言ったんだな？」

「うん、シウヴァ家の歴史に興味があるって」

「…………」

鏑木が何事かを考え込むような面持ちで黙り込む。目の前の思案の表情に視線を据え、蓮は恋人が口を開くのを待った。やがて鏑木が無言で椅子から立ち上がる。

「鏑木？」

「ついてきてくれ」

そう言ってドアに向かって歩き出したので、蓮もあわててあとを追った。エルバもついてくる。

ドアから廊下に出た鏑木が、蓮とエルバを振り返り、口の前に指を一本立てた。〝静かに〟という合図に、こくりとうなずく。

鏑木の誘導で、警備スタッフが立つ場所を的確に回避しつつ廊下を進んだ。途中で階段を下り、人気《ひとけ》のない廊下をしばらく進んで、ふたたび階段を上がる。声を出さないのは当然のことながら、足音もなるべく立てないように気をつけて歩いた。

はじめは鏑木がどこへ向かっているのか見当がつかなかったが、次第に蓮にも目的地がわかってきた。祖父の部屋だ。

二年前に亡くなるまで、何度も鏑木と一緒にこのルートを辿り、祖父の部屋へ赴いた。祖父との関係が良好でなかった蓮にとって、それは気の重い道のりだった。

かつての憂鬱《ゆううつ》な気分を思い出していると、前を歩いていた鏑木が、廊下の突き当たりで足を止める。立ち塞がるのは、見上げるような二枚扉だ。扉の両側にシンメトリーな配置で、シウヴァの家紋であるモルフォ蝶《ちょう》を象《かたど》ったレリーフが刻み込まれている。

鏑木がボトムのポケットから真鍮《しんちゅう》の鍵を取り出した。鍵穴に差し込み、カチリと回す。祖父の部屋の鍵を常備しているのか、それとも前もって入室するつもりで持参してきたのか。

（どっちだろう）

鏑木が二枚扉を押し開けた。この二年間、遺言によって閉め切られていたせいか、空気が淀《よど》んでいる。祖父が好んでよく吸っていた、ハヴァナ葉巻の香りが強く鼻孔を刺激した。ひさしぶりに嗅《か》いだ香りが呼び水となって、初めてこの部屋を訪れた時の記憶が蘇ってくる。

――薄汚い子供だ。

祖父との初対面。それと対《つい》をなすように、祖父の最期の姿も思い出した。

エストラニオのコンドルと恐れられた祖父の頬を伝った涙……。

蓮が祖父の思い出に浸っている間に、鏑木はシノワズリのアンティーク家具で統一された前室を進み、カーテンを捲《めく》って、アーチ形の入り口をくぐった。その奥が主室になっているのだ。蓮とエルバも鏑木に続いてアーチをくぐった。

主室は一面の壁が天井まで書架で埋め尽くされており、書架の対面は窓、残りの二面はシウヴァ家代々の当主と、その家族の肖像画が飾られている。

なかでもひときわ豪奢《ごうしゃ》な額縁で目を引くのは、暖炉《だんろ》の上の始祖の肖像画だ。

ポルトガル王家の血を汲む始祖は、エストラニオ入植後、砂金とエメラルドの発掘で巨万の富を築き、今日《こんにち》に至るシウヴァの財力の礎《いしずえ》を作ったと聞く。

その話は鏑木に聞かされて知っていたが、いま始祖の肖像を見ても、蓮に特別な感慨はない。同族であるという親近感も湧かない。それは他の肖像画に描かれた誰に対しても同じだった。

もしも自分に日本人の血が流れておらず、彼らと同じように碧《みどり》の目を持っていたら、違っただろうか。

あるいはジャングルで育たずに、生まれついてのシウヴァの一員だったのならば……。

そんなことをぼんやり思い巡らせていると、鏑木が暖炉に歩み寄って、始祖の肖像画に手を伸ばした。金がふんだんに使用された額縁を両手で掴み、壁から外す。

「鏑木？」

鏑木の意図が読めず、蓮は眉をひそめた。両手で抱え持った額縁を慎重に運び、左手の壁に立てかけた鏑木が、ふたたび暖炉の前に戻ってくる。その肩越しに、蓮はついさっきまで肖像画が掛かっていた壁面を見た。小さな突起が壁から突き出ている。肖像画を吊り下げるためのフックだろう。

そのフックに鏑木が指を引っかけた——かと思うと、ぐいっと下に引いた。カコンッと音が響き、上向きだったフックが下を向く。

（一体なにを？）

一連の動作を訝《いぶか》しく見つめていた蓮は、突如ゴゴゴゴと音を響かせて下がり始めた暖炉に、「うわっ」と声をあげた。エルバも驚いたらしく「ウゥウウ」と唸《うな》り声《ごえ》を出す。

「な、なにっ⁉」

目を見開いて固まる蓮の前で、暖炉は引き続きゴゴゴと下がり続けた。最終的には床面と同じ位置まで沈み込み、かつて暖炉があった場所に四角い穴がぽっかりと空く。

「…………」

蓮は呆然と、暗い穴を見つめて立ち尽くした。祖父の部屋にこんな仕組みが隠されていたなんて。

「蓮」

呼ばれてはっと我に返った。振り返らないまま鏑木が〝来い〟というように手招きする。

「あ……うん」

蓮が近寄るのを待って、鏑木は身を屈《かが》めて穴に入っていった。その背中を追い、おそるおそる蓮も続く。エルバもタタタッとついてきた。

穴をくぐり抜けた先には漆黒の闇が広がっていたが、ほどなくカチッという音が聞こえて明るくなる。鏑木が壁際のスイッチで照明を点けたようだ。暖炉の裏側に隠されていたその空間は天井が高くなっており、普通に立つことができた。蓮は腰を伸ばし、周囲をぐるりと見回す。

煉瓦《れんが》積《づ》みの壁に、ウォールランプが設置されているだけの殺風景な四角い空間だ。成人が五名ほど収容できる広さで、高さは三メートルに欠けるくらい。

「なぁ、ここって」

鏑木を振り返ると、ちょうど壁際に設置された操作盤のようなものに手を伸ばしたところだった。鏑木が丸いボタンを押した直後、足許の床がガクンと上下に揺れる。

「地震⁉」

悲鳴をあげるのと同時に、床が振動を伴って下がりだした。さっきは暖炉で今度は床！

「ど、どうなって」

鏑木が落ち着いた声音で「地下室に下りるだけだ」と説明する。目の前の壁がじわじわ上昇していくのを見て、蓮も気がついた。

「これ、エレベーターなのか？」

「そうだ。地下二階まで下りるためのエレベーターだ」

「地下二階……」

狐につままれたような気分でつぶやいた。額縁の裏の秘密のスイッチ、沈む暖炉に隠しエレベーター。なにもかも初耳で、驚きの連続だ。

先の展開が読めなくて心臓がドキドキする。案内役が鏑木でなかったら、どこへ連れて行かれるのか、不安でたまらなかっただろう。エルバも蓮の足許で落ち着きなく動き回っている。

小刻みな振動に身を任せているうちに、乗った時と同じバウンドするような揺れを感じ、地下二階に到着したことを知った。鏑木が「着いたぞ」と言って顎《あご》をしゃくる。

振り向いた蓮の視界に、天井の高い広々とした部屋が映り込んだ。鏑木がエレベーターを降りて、部屋に足を踏み入れる。蓮とエルバもあとに続いた。

そこは「地下室」という単語の響きで思い浮かべていたような、殺風景な空間ではなかった。

窓がないというだけで、調度品もきちんと揃っているし、設《しつら》えも『パラチオ　デ　シウヴァ』の他の部屋と変わらない。祖父の上の部屋と比べても、なんら見劣りがしなかった。ぱっと見た印象では、応接スペースと書斎が合体したようなイメージだ。エルバが早速、部屋の各所の匂いを嗅ぎ回っている。

「こんなものが地下にあるなんて……全然知らなかった」

ざっくりと室内を見回したのちに、蓮はため息混じりにつぶやいた。

「資産家の当主が、屋敷の中に隠し部屋を持つのはさしてめずらしいことじゃない」

「隠し部屋って、なにかを隠すための部屋ってこと?」

部屋の中心に立った鏑木がうなずく。

「そうだ。特別な絵画コレクションや価値の高い財宝などを、窃盗犯罪《せっとうはんざい》から護るための部屋だ。だが、ここにはそういったものはない」

確かに見渡す限りでは、目に見えて価値の高そうな美術品や金庫は見当たらなかった。

「じゃあ、ここはなんのための部屋なんだ？」

「歴代の当主の一時避難場所のようなものか。完全に隔離されたプライベートスペースで、誰にも邪魔されずに考え事をしたり、手紙や日記をしたためたりする際に使用されたようだ。この部屋の存在を知っているのは、歴代の当主とごく限られた側近のみだ」

その言葉に引っかかりを覚える。

「鏑木はここにはよく来たのか」

「一度だけだ。父の跡を継いで側近の任に就《つ》いたばかりの頃、翁《おう》みずから、地下の隠し部屋まで案内してくださった」

「なんでいままで教えてくれなかったんだ？」

尖《とが》った声が零れ落ちる。こんな大きな秘密を、今日まで伏せられていた。それが腑《ふ》に落ちなかったのだ。

「俺が当主になってもう二年以上経つのに、なんで秘密にしていたんだよ？　当主になった時点で、この部屋も俺が受け継ぐのが筋なんじゃないのか」

突っかかる蓮に、鏑木がつと眉をひそめる。

「なんで？」

思わず鏑木に詰め寄って問《と》い質《ただ》した。

「俺が当主として未熟だから？」

「違う。そうじゃない」

鏑木がかぶりを振る。

「翁は遺言状に、自分の死後は自室を封鎖するようにと書き遺《かのこ》した。自室を封鎖するということは、すなわち地下室も封印するということだ。わざわざそう書き遺したからには、なんらかの意図があってのこと。できることならば、その意図を翁に確かめたかったが、それは叶わなかった。結局、現在に至るまで翁の真意はわからないままだ」

祖父は襲撃犯の凶弾に倒れて亡くなった。葬儀のあと、顧問弁護士立ち会いの下で、祖父が生前にしたためた遺言状が公開された。その際に蓮も目を通し、自室封鎖の一文は確認したが、そこに秘められた祖父の意図までは考えが及んでいなかった。

「本当のところはわからないが、俺なりに考えて、翁は地下室の存在をおまえに隠したかったのではないかと思ったんだ。そうでなければ、殊更《ことさら》に遺言状に記す必要もないだろう。あの一文がなければ、俺はおまえにこの部屋の存在を知らせていた」

「お祖父さんは、なんで俺に秘密にしようとしたんだろう？」

「これもあくまで俺の見立てだが、もしかしたら、この地下室がおまえに及ぼす害を危惧してのことかもしれない」

蓮の問いに答える形で、鏑木がみずからの見解を述べる。

「それだけ重要な〝なにか〟が、ここにあるということか？」

「そうでなければ隠さない。……ともかく、いま話したような理由で、おまえにあえて知らせなかった。おまえを当主として認めていなかったわけじゃない」

そう告げる鏑木の顔は真剣で、その場しのぎで言いくるめようとしているようには見えなかった。蓮はひとまず「わかった」と納得の意を示す。

「でも、知らせないつもりだったのに、なんで今夜ここに連れてきたんだ？」

その上で新たな疑問をぶつけると、「ガブリエルが翁の部屋に興味を示したと知ったからだ」という答えが返ってきた。

「もしガブリエルがこの隠し部屋の存在に気がついているのなら、先回りして、やつの狙いがなんであるかを把握しておく必要がある」

そう言うなり、部屋の一角を占める書斎スペースに向かった鏑木が、アンティークらしきライティングデスクにまっすぐ歩み寄る。しばらく熱心に前後左右のパーツをチェックしていたが、不意に顔を上げて「蓮」と呼んだ。

「指輪を貸してくれ」

「指輪って、これ？」

左手中指のエメラルドの指輪を見せる。祖父から受け継いだ、シウヴァ家当主の指輪だ。寝台に入った際にいったんは外したが、起き上がった時にいつもの習慣で嵌《は》めてあった。

「そうだ。貸してくれ」

その思惑が摑めないままに、猫脚のライティングデスクに近づいた蓮は、鏑木の後ろからじっくり目を凝らした。

ライティングデスクは漆《うるし》で化粧張りされており、細部の造りも繊細で、専門家ではない蓮にも価値が高いものだと見当がつく。また、一般的なライティングデスクには、インクや筆記用具、便箋《びんせん》などを収納するための抽斗《ひきだし》がついているが、目の前のデスクには見当たらない。

やがて蓮は、天板に金箔《きんぱく》で描かれたモチーフが、生い茂った緑と蔓《つた》、そしてモルフォ蝶であることに気がついた。もしかしたら、祖先の誰かが特注で作らせたものなのかもしれない。

「蓮、指輪を」

催促されて我に返り、指から指輪を抜いて鏑木に渡した。大事そうにそれを受け取った鏑木が、床に片膝をつき、「さて、首尾よくいくか」とひとりごちる。なにをするつもりなのか興味津々の蓮は、固唾《かたず》を呑んで鏑木の動向を見守った。

ライティングデスクの幕板の部分に、小さな穴が一つ空いている。アーモンドに似たシルエットの穴だ。なんとなく見覚えのある形だと思っていると、鏑木がその穴に、指輪のエメラルドを差し込み、さらに石を支える石座《マウント》の部分も押し込んだ。その瞬間に閃《ひらめ》く。

(指輪の石座の形だ!)

アーモンド形の穴にエメラルドと石座がぴったりと嵌まった。鏑木が、嵌まった指輪のアームを摘み、じりじりと回転させる。ほどなくカチッとなにかが嚙み合ったような音がした。

「開いた……か?」

半信半疑な声を出した鏑木が立ち上がって、ライティングデスクの天板の端に手をかける。ギィ……と蝶番《ちょうつがい》が軋《きし》むような音と共に天板が持ち上げられた。起き上がった天板の下に、収納スペースが現れる。

（抽斗がないと思ったら、隠し収納があったのか！）

「って……え？　指輪が鍵だったってこと？」

「そういうことになるな。父から聞いた話によれば、このライティングデスクはシウヴァの始祖が、当時最高峰の腕を持っていた職人に特注し、指輪とペアで作らせたそうだ。その話を聞いていたのと、実際にデスクの穴の形を見て、もしやと思って試してみた」

さすがは鏑木だ。推理が冴えている。

それにしても、これほどまでに厳重な隠し場所に保管されているものとはなんなのか。

（よほど大事なものってことだよな）

ドキドキしながら、蓮は天板の下から現れた収納スペースを覗き込んだ。革製のカバーがついた冊子のようなものが、数冊並んでいる。どれもアルバムほどの大きさだ。鏑木が一冊ずつ手に取って、中を確認する。

「冒頭のページにそれぞれサインが入っている。中身は日付と覚え書き……日付は飛び飛びで、毎日つけていたというわけではなさそうだが……歴代当主の日記のようなものだな。——おっと、これだ」

「翁のサインが入っている」

鏑木が、比較的新しそうな一冊を手にした。

「お祖父さんの日記？」

「ああ。翁が日記をつけていらしたことは、父から聞いていた。だが、封鎖前に上の部屋を検《あらた》めた際には、日記らしきものは見つからなかった。生前の翁が人目に触れないように隠したのだとしたら、おそらく地下室だろう。その地下室の中でも、機密性が高い保管場所に保存されているに違いない。以上の推測から、あらかじめこのライティングデスクに目星をつけていたんだ」

予測を立てるだけでなく、実際にこうして日記を探し当ててしまう鏑木は本当にすごい。

感心しつつも、浮かんだ質問を声に出した。

「お祖父さんが自室を封鎖してまで、日記を隠した理由はなんだろう」

「部外者に読まれたくない内容が記されている」

鏑木の答えに蓮もうなずく。

つまり、シウヴァの「秘密」が記されている可能性が高いということだ。

「この日記がガブリエルの狙い？」

「それは読んでみないことにはわからない」

そうつぶやいた鏑木が蓮を見た。

「俺にはこれを読む権利がない。あるのは、翁の遺品の相続権を有するおまえだけだ」

ここまで来て、鏑木と内容を分かち合わないという選択は、もちろんない。

「遺産相続権の所有者として、俺が鏑木に読む権利を与える」

蓮の言葉を受け、鏑木が室内を見回した。

「あそこのソファがいいだろう」

ソファと肘掛け椅子、ローテーブルで構成された応接スペースに移動し、並んでソファに腰を下ろす。

鏑木が右膝の上で日記を開いた。蓮は鏑木になるべく体を寄せて文面を覗き込む。


「……っ」

祖父の文字を夢中で追っていた蓮は、ふっと息を漏らした。傍《かたわ》らの鏑木もふーっとため息を吐く。

思わず呼吸を忘れるほどに、祖父の日記は興味を掻き立てられる内容だった。

日記の前半は、ポルトガルからエストラニオに入植したシウヴァの一代目――始祖の日記から、要点となる記述を抜き出し、時系列に沿ってまとめた備忘録になっていた。

始祖の生涯は波瀾万丈《はらんばんじょう》で起伏に富んだものであったが、なかでも幻の植物ブルシャとの関わりについての記述は、ことのほか興味深かった。


エストラニオの親衛隊を除隊後、始祖は鉱山発掘のための会社を興し、見事にエメラルドと金を掘り当てた。鉱業収益によって、のちのシウヴァの発展の礎となる、莫大《ばくだい》な資産を築くことに成功したのだ。

エストラニオ屈指の成功者となった彼は、一方で、アマゾン川流域の密林に生息するモルフォ蝶に強い関心を寄せていた。自身の体に蝶の形の痣《あざ》があった縁《えにし》から、その美しい蝶に魅入られた始祖は、いつかモルフォ蝶の群舞を自分の目で見たいと望むようになった。

ある年、始祖は十名ほどの隊を組み、念願であった密林探検に出発した。始祖の隊は、ジャングルを奥深くまで分け入ったところで、原住民であるインディオの一部族と出くわす。始祖がスパイスや調味料、煙草《たばこ》などを献上すると、部族の長《おさ》は大層喜んだ。返礼として、長は限られた部族民しか知らない特別な場所へと始祖を導いた。

無数のモルフォ蝶が舞い、水浴びをする不思議な池。その池の周りに自生していた植物こそが「ブルシャ」であった（呼び方は人によって「ブルシャ」「ブルジャ」とまちまちだったが、文字を持たない彼らに、どちらが正しいのかを確かめることはできなかった）。

葉を煎《せん》じて飲むと、森の神と交流できるとされ、部族民は宗教的儀式の際にブルシャを用いていた。また、痛みが消えることから、病や怪我《けが》の治療にも使用されていた。

始祖も部族長に勧められるがまま、ブルシャを用い、すぐにその魔力に取り憑《と》かれた。

ブルシャによって、始祖の五感は最大限に研ぎ澄まされ、集中力が増し、どんなに小さな虫の羽音でさえ捉えることができた。インディオたちと同じように、果実の香りの微細な違いを嗅ぎ分けられ、遥《はる》か頭上の樹冠に潜むクロザルを判別できるようになった。

まるで森と一体化したかのように、森の呼吸、そして胎動を感じられた。

パワーが体内に漲《みなぎ》り、ものを食べることも、眠ることも必要としなくなった。

ブルシャの持つ力《パワー》を体内に取り入れた始祖と彼の隊のメンバーは、昼夜を徹して密林の中を歩き回ることができた。めずらしい野生動物、ジャングル特有の熱帯植物、独特な生態を持つ昆虫――たくさんの生き物との出会いは、始祖の探究心を充分に満たした。すべてはブルシャのおかげであった。

以降の数年間、始祖と彼の隊は幾度となく、ブルシャの生息地を訪れた。

始祖は手に入れたブルシャを観察し、様々な方法で試した。試みた際の自身の体験、また服用した隊員や原住民の様子などを、考察として書き記した。

数年に亘《わた》ってブルシャの謎を追っていた始祖は、ある時、その恐るべき副作用を知るようになる。隊員の一人が幻覚を見て暴れるようになったのだ。原因がブルシャであることに気がつき、取り上げると、もっとひどく暴れた。監禁したが、幻覚症状はいっこうに収まらず、ついには精神に異常を来してしまった。

過去にそのような例はなかったかと部族の長に尋ねたところ、恐ろしい答えが返ってきた。ブルシャを必要以上に多く用いた者は廃人《はいびと》となり、森の奥地まで連れて行かれて遺棄されていた。猛獣の餌《えさ》になっていたのだ。

ブルシャの強い中毒性と精神を狂わす幻覚という副作用を知った始祖は、ただちにジャングルから隊を引き揚げ、そうして二度とアマゾン流域に足を踏み入れなかった。

ハヴィーナに戻った始祖はブルシャの力を封印し、箝口令《かんこうれい》を敷いたが、人の口に戸は立てられず、元隊員の口から、麻薬と同じ作用を持つ植物の噂はじわじわと広まっていった。数年後には一攫千金《いっかくせんきん》を夢見たフォレスト・レンジャーが大挙してジャングルに押し寄せる事態となったが、彼らの大半は毒蛇や毒虫の洗礼に這々《ほうほう》の体《てい》で逃げ出し、運の悪い者は猛獣に襲われ、または疫病で命を落とした。

ブルシャの生息地を始祖に教えたインディオの部族も、外部の人間がもたらした伝染病で絶滅し――

三十年が過ぎた頃には元隊員も死に絶え、始祖以外にブルシャを実際にその目で見た者はいなくなった。

いつしかブルシャは、インディオに伝わる伝説に過ぎなかったと言われるようになり、始祖の死後、ブルシャの生態を後世に知らしめるものは、彼が書き残した文献のみとなった。

文献は始祖の遺言により門外不出とされ、代々の当主が厳しく管理してきた。シウヴァの当主となった者だけが、始祖の文献を読むことができる。その内容は、身内にすら漏らすことは許されない。

それがシウヴァの鉄の掟《おきて》だった。

だが、ただ一人その掟を破った者がいた——その者の名は。

「イネス⁉」

母の名を見た蓮の口から、驚きの声が発せられる。

いまから十九年前のある夜、イネスは恋人の甲斐谷学《かいやまなぶ》をこっそりと、地下の隠し部屋へ導き入れた。

学は、エストラニオ出身の知人から伝え聞いたブルシャの伝説に魅せられ、はるばる日本から留学してきた植物学者だった。

幾度となくジャングルでフィールドワークを行い、ブルシャを探し回ったが、かつてのフォレスト・レンジャー同様、発見には至らなかった。ブルシャの形状や生態などの情報を求めて、原住民の子孫を訪ね歩き、聞き込み調査も行ったが、入手できた情報はどれも信憑性《しんぴょうせい》の低いものばかりだった。

それでもどうしても諦《あきら》められない。

学の熱意と失望を知り、イネスはどうにかして恋人の希望を叶えたいと考えた。

思い詰めたイネスは、父のエメラルドの指輪を盗んだ。娘を溺愛するグスタヴォは、イネスにだけ特別に地下の隠し部屋を教え、ライティングデスクの中に保管されていた始祖の日記を見せたのだ。

絶対によそ者に漏らしてはならぬと釘を刺した父に背き、イネスは部外者である学を隠し部屋へ導いた。

だが、この裏切り行為は、さほど時を置かずにグスタヴォの知るところとなる。

娘の不義を知ったグスタヴォは、烈火のごとく激昂《げっこう》した。当時のイネスには、グスタヴォが決めた婚約者がいた。父は最愛の娘に、二重の意味で裏切られたのだ。

愛していたからこそ、その怒りは激しかった。憤怒《ふんぬ》に駆られたグスタヴォは、イネスが二度と学に会えないよう部屋に閉じ込め、軟禁禁状態にした。

しかし、イネスは何者かの手引きで屋敷から抜け出し、学と駆け落ちしてしまった――。


「……そんな成り行きがあったのか」

亡き父と母が駆け落ちに至るまでの経緯を読み終えた蓮の口から、掠《かす》れ声《ごえ》が零れる。

日付はイネスの出奔から一年後になっていた。一年が経ち、騒ぎが少し落ち着いた頃、気持ちの整理をつけるために経緯を書き記しておこうと思ったのかもしれない。

祖父の文章から推察するに、できるだけ冷静に一年前を振り返り——動機に関してはイネスを問い詰めて聞き出したようだ——事実を書きとめようと試みているようだった。それでも時に乱れが目立つ筆致には、娘に裏切られた口惜しさと憤《いきどお》りが表れている。

祖父が自分をあそこまで忌み嫌った理由が、いまにしてわかった。

グスタヴォからしてみれば、甲斐谷学は愛娘イネスを誑《たぶら》かし、シウヴァの秘密を盗み見た男。殺しても殺し足りないほどに憎い相手だったのだろう。

これを記した時点で祖父の知るところではなかったが、乳母の手引きで駆け落ちをした時すでに、母は自分を身ごもっていた。乳母の遠縁を頼ってジャングルの奥地へ逃れ、そこで自分を産み、まだ乳飲み子を残して亡くなった。

それから十年の年月を経て、自分は祖父の前に立った。

いまでもあの時の、祖父の蔑むような眼差しが忘れられない。

黒い髪と黒い瞳を持つ自分は、祖父の目には、甲斐谷学の現《うつ》し身《み》と映ったに違いない。

憎い男の面影を宿す自分を、シウヴァの跡継ぎとして迎え入れなければならなかった祖父のじくじたる思いが、いまならばわかる。

深呼吸でかろうじて胸のざわめきをやり過ごし、蓮は祖父の側近であった男に尋ねた。

「鏑木はこのことを知っていた？」

「いや、いま初めて知った」

まだわずかに衝撃を引き摺った、沈痛な面持ちで鏑木が答える。イネスを姉のように慕っていた鏑木にとっても、祖父の日記の内容はショッキングだったようだ。

「二重の意味で娘に裏切られた翁の心の痛みはいかばかりだったか……察するに余りあるな」

「うん」

「だからといって、イネスのことも、学のことも責められない。俺は学の人となりを知っているが、とてもまっすぐで誠実な男だった。学者然とした物静かな語り口調の端々から、研究対象である植物への情熱が滲み出ていた。だからこそイネスは、掟を破ってでも、ブルシャに近づく手がかりを学に与えたかった。それだけ深く彼を愛していたんだ」

「…………」

逃げた先のジャングルで両親が病死したのは、祖父とシウヴァの掟を裏切った報いだったのか。

あるいは、かねてより定まっていた宿命だったのか。

そして、シウヴァの始祖とブルシャの関わり――そこに百年以上の時を経て学が絡んでくることに、運命的ななにかを――〝運命の輪〟の存在を感じずにはいられない。

「学は――父は、母と逃げた先のジャングルでブルシャを探し当てたんだろうか」

「それについては翁が知る術はないし、当然ここにも書かれていない。おまえの養父母に当時のことを聞けば、なにかわかるかもしれないが」

そう言いながら、鏑木が先のページをぱらぱらと捲《めく》った。

「以降は日記が途絶えているな。イネスの駆け落ちの経緯だけはかろうじて書き記したが、そこで気力を使い果たしたのかもしれない」

二十ページ近く白紙が続いたが、不意に文章が現れる。蓮は数年ぶりに書かれた祖父の日記を読んだ。

「ニコラスの結婚について書いてある！」

ニコラスはイネスの弟で、グスタヴォの長子であり、蓮にとっては叔父にあたる。ただし蓮は彼の顔を見たことがない。蓮がエストラニオに来る前に、車の事故で亡くなってしまったからだ。

「ソフィアについても書いてある……ソフィアをニコラスに引き合わせたのはお祖父さんだったのか」

「ソフィアの生家はエストラニオでも指折りの名家だからな。二人の結婚はシウヴァ家にとって、ひさしぶりの明るい話題だった」

「アナの誕生についての記述もある。孫の誕生を喜んでいるね。できれば男子が望ましかったとは書いてあるけど」

「そこで手放しで喜ばないのは翁らしいな」

鏑木が複雑な表情でつぶやく。祖父にとって、なによりも優先すべきは、シウヴァ家の存続。跡継ぎのニコラスに男子が生まれて初めて、肩の荷を下ろせると思っていたのだろう。

それからしばらくは、アナの一歳の誕生日や、初めて立った日、初めて言葉を発した日など、孫の成長を綴《つづ》る穏やかな日記がぽつぽつと続く。なんだかんだいっても孫がかわいいのだなと、微笑ましく思った時だった。

「……ん？」

蓮と鏑木は、ほぼ同時に声を発した。

「ニコラスが……」

「マフィアに脅《おど》されていた⁉」


孫のアナが生まれて数年が経ち、やっとシウヴァ家に薄日が差しつつあったある日の深夜――グスタヴォは、『パラチオ　デ　シウヴァ』の別棟に住むニコラスの訪問を受ける。

息子が一人で自分に会いに来るのはめずらしい。家庭を持ってからは初めてのことだ。

幼少時から、ニコラスは神経質で気の弱い子供だった。父である自分を恐れ、いつだって母親の陰に隠れていた。負けず嫌いで好奇心が強く、チャレンジ精神が旺盛な姉のイネスとは正反対だ。

姉のイネスと比べてしまうせいもあったが、どんなスポーツをやらせても平凡で、なにかに秀でた才能もなく、学業成績もさしてふるわなかった。跡継ぎとして期待していた分、グスタヴォの失望は大きかった。

ニコラスに対する落胆の反動から、なおのことイネスを贔屓《ひいき》し、本来ならば跡取り息子を連れて行くべき場にも自慢の娘を同行させた。つい「おまえたちが逆であったらよかった」と口にしてしまうこともあった。

長じてもニコラスの性格は変わらず、むしろ日を追って卑屈になっていった。その卑屈さは、ことあるごとに息子を庇った母親が病死して以降、輪をかけてひどくなった。苦言を呈する自分とは目を合わさず、同席を避けてこそこそと逃げ回る――なにごとにも消極的なニコラスにグスタヴォは苛立ち、息子との間の溝は、ますます深まっていった。

ニコラスに当主の座を譲ることに不安を覚えたグスタヴォは、いっそイネスの子供を跡継ぎにしたほうがいいのではないかと考え、娘を有力者の息子と婚約させた。

しかし、期待していたイネスが日本人の男と駆け落ちしたことで、状況は一変した。

いかに不肖の息子であろうとも、シウヴァを継ぐのはもはやニコラスしかいない。

グスタヴォは、ニコラスの再教育に着手するのと同時に、名家の娘ソフィアと引き合わせた。

幸いにも二人は順調に愛を育み、結婚した。その後ほどなくして、アナという子宝にも恵まれた。

初孫はかわいかったが、まだ安心できないグスタヴォは、「早く跡取りを作れ」とニコラスにプレッシャーをかけた。また、ニコラスを自分の後継者として連れ歩き、シウヴァの帝王学をスパルタで叩き込んだ。時には容赦なく、衆人環視の中で叱りつけることもあった。

一刻も早く息子を一人前に仕立て上げなければならない。

ニコラス自身のためにも。ソフィアとアナのためにも。なによりシウヴァのために。

使命感に燃えるグスタヴォは、自分がかけた諸々の圧力が、ニコラスを苦しめていることに気がつかなかった。

極度のプレッシャーに耐えかねたニコラスは、ストレスを紛らわすために、夜の繁華街に足を運ぶようになっていた。バーで出会った女に入れ込み、そこから先はお決まりの転落コースを辿る。

女の勧めでドラッグに手を出した。さらに女の誘いで賭博に嵌まり、多額の借金を作った。

その女が実は、ニコラスの素性を知った上でマフィアが差し向けたハニートラップであったことに気がついた時には、賭場《ビンゴ》で作った借金は雪だるま式に膨れ上がり、すでに自力では返せないほどの額になっていた。金ならいくらでもあるだろうと胴元に冷笑されたが、ニコラスにシウヴァの資産を自由にする権限などない。

返済の期日は差し迫るが金策の目処《めど》は立たず、女がらみなのでソフィアにも打ち明けられない。万策尽き果てたニコラスには、父を頼るほかに術はなかった。

すべては自分の心の弱さが招いた失態だと泣いて懺悔《ざんげ》する息子の前で、グスタヴォは怒りに拳《こぶし》を震わせた。

なんと愚かな。シウヴァの面汚しが！

どう罵られても仕方がない。でも、家族を失いたくない。こうなってみてわかった。自分にとって、ソフィアとアナがいかに大切であるか。

ニコラスは訴え、膝を折って床にひれ伏した。

お願いです。助けて欲しい！

縋《すが》る息子を侮蔑の眼差しで見下ろし、グスタヴォは冷ややかな声を落とした。

金は出してやる。一刻も早く清算しろ。二度とこんな恥知らずな真似はするな。

グスタヴォの命令どおり、ニコラスは父の金で借金を清算して女と手を切り、マフィアとも距離を置いた。賭場《ビンゴ》からも遠のいた。

そうしてやっと生活が落ち着いた一年後、マフィアがふたたび証拠写真を材料に強請《ゆす》りをかけてきた。

ニコラスは知らなかったが、ホテルに設置した隠しカメラで、女とドラッグを使う現場を押さえられていたのだ。シウヴァの跡取りという大きな獲物を、そう簡単にマフィアが手放すわけがなかった。

しかし、その一年の間にニコラスには変化があった。日々成長するアナの姿を見るにつけ、このままではいけないと強く思うようになっていたのだ。

自分には、父として、夫として、家族を守る責務がある。

卑怯な脅しに屈しては駄目だ。このままでは永遠に強請られ続ける。

弱い自分と決別し、負の連鎖をみずから断ち切らなければ。

痛みは覚悟の上でマフィアの要求を突っぱねると言い出したニコラスを、グスタヴォは止めた。そんなことをして、もしスキャンダルが公になったらどうする。金で済むのならば払えばいい。金などいくらでも増やせる。けれど、一敗地《いっぱいち》に塗《まみ》れた家名は元に戻らない。

懇々と説得したが、ニコラスの決意は固かった。

リークしたければすればいい。そうなったら警察にすべてを話す。自分も無傷ではいられないが、おまえたちも道連れだ。

そう言ってマフィアの要求を撥《は》ねつけた。以降、脅しはぴたりと止んだ。

経緯をグスタヴォに報告しに来たニコラスの顔は、かつてないほど自信に満ちていた。まっすぐグスタヴォの目を見据え、お父さんにも心配をかけましたがもう大丈夫です、解決しましたと胸を張った。

これからは、お父さんの息子として、シウヴァの名に恥じない生き方をしていきます。

高い授業料を払ったが、やっと次期当主としての自覚が芽生えたようだ。グスタヴォの胸中に、安堵が広がった。これで漸《ようや》く肩の荷を下ろせる。

その一ヶ月後だった。

ニコラスが乗っていたリムジンが崖下に転落し、大破、炎上したのは。

偶然とは思えない。おそらくは何者かの手で、車に事故を誘発する細工をされたのだ。

口封じのために、ニコラスは殺された。

ニコラスの死は自分のせいだ。

ニコラスを止められなかった。

アナとソフィアのために、シウヴァのために、ニコラスの一日も早い成長を願っていた。

だがその人間としての成長が、取り返しのつかない悲劇を招いてしまうとは、なんという運命の皮肉なのか……！


終わりが近づくにつれて、祖父の筆跡はどんどん乱れていった。

娘の駆け落ちに続いて息子を失ったのだ。二人の子供を失ったダメージは、並大抵のものではなかっただろう。

しかも、単なる交通事故ではなく、故意に仕組まれたものだったのかもしれず……。

書き記せば、誰かに読まれるリスクが生まれる。それでもなお、持って行き場のない怒りと悲しみを吐き出さずにいられなかったのか。書くことでどうにか正気を保とうとしたのかもしれない。そこまで追い詰められた祖父の心情を推し量り、蓮はぎゅっと奥歯を嚙み締めた。

（お祖父さん）

シウヴァを翻弄《ほんろう》する〝運命の輪〟に言及した一文以降、祖父は二度とペンを執《と》ることはなかったようだ。

蓮が登場する前に日記は終わっていた。

「………」

祖父の日記によって明らかになった事実に衝撃を受け、蓮も鏑木も、すぐには言葉が出なかった。重苦しい沈黙が横たわる。

「つまり……」

混乱した頭を整理するために、蓮は口を開いた。

「ニコラス叔父さんの死は事故ではなかったってこと？」

「当時から疑問の声はあった」

鏑木が認める。

「現場は急カーブだったが、運転手はベテランだった。熟練の運転手がハンドルを切り損ねるのはおかしい。だがなにしろ車体の骨組みを残してすべてが燃えてしまっていたので、仮に細工の跡があったとしてもそれを証明するのは難しかった」

「お祖父さんは、マフィアの件を警察に話さなかったのか」

祖父がニコラスの死にマフィアの関与があったことを疑っていたのは明白だ。

「警察に話せば、ニコラスの不祥事も明るみに出る。それによってシウヴァの家名がスキャンダルに塗れることを恐れたんだろう」

祖父はなによりもシウヴァの存続に重きを置いていたから、醜聞を恐れた可能性は高い。

シウヴァのために、祖父は真実を闇に葬った。

しかし、その祖父も、息子の不慮の死から六年の時を経て凶弾に倒れた……。

そこまで考えて、蓮ははっと息を呑んだ。

「もしかしてお祖父さんも⁉」

叫んで鏑木を見ると、表情が険しい。どうやら同じことを考えていたらしいとわかった。

二年が過ぎたいまも、祖父を襲った一味は捕まっておらず、襲撃事件の経緯も謎のままだ。

もし、襲撃犯たちのバックにマフィアがいたとしたら？

ましてや、そのマフィア組織にガブリエルが関わっているとしたら？

ニコラスの死からずっと、シウヴァは狙われ続けていた？

その可能性に思い当たり、背筋がぞくっと震えた。

ガブリエルはまさに獅子身中《しししんちゅう》の虫。

シウヴァは身の内に危険因子を抱えていることになる。排除しようにも、ソフィアはガブリエルを愛している。アナも慕っている。ガブリエルを追放すれば、母娘《おやこ》も一緒に『パラチオ　デ　シウヴァ』を去りかねない。引き離すためには、ガブリエルの正体を暴く必要がある。

そしてガブリエルの最終目的は——。

「ガブリエルの最終目的は、まず間違いなくブルシャだろう」

同じような思考ルートを辿ったのか、鏑木が結論を口に出す。蓮も同感だった。ガブリエルよりも先に、ブルシャの謎を解き明かさなくては。

「ブルシャについて書かれた文献……始祖の日記だ！」

蓮の一声の直後、ほぼ同時にソファから立ち上がり、ライティングデスクに駆け寄る。天板が持ち上がったままの収納の中から、すべての冊子を取り出した。二人で手分けをして始祖の日記を探す。

「これだ！」

鏑木が探し当て、中を検め始めた。蓮は傍らからその手許を覗き込み、びっしりとペンで綴られた覚え書きを目で追う。

そこには、インディオの族長に導かれ、ブルシャの生息地を初めて訪れた際の一部始終が、高揚した気分のままに、踊るような筆致で記されていた。

モルフォ蝶の美しさ。神秘的な池。そこに自生する植物。

ブルシャを用いた際に、自分の身にどのような変化があり、どういった現象が起こったか。

生まれて初めて味わった森との不思議な一体感……。

鏑木がページを捲った瞬間、蓮は「あっ！」と声をあげた。

見覚えのある、蝶の形の葉が現れたからだ。始祖の手によるスケッチだった。

（これが……ブルシャ？）

数ヶ月前、記憶を失った鏑木とジャングルを訪れた折に、共にカヌアで川の上流まで行き、夜の密林へ分け入った。そこでモルフォ蝶の導きによって、幻想的な光景を見た。月の光を浴びた楕円形の池の上で、無数のモルフォ蝶が群舞していたのだ。

その池の水辺にびっしりと生えていた——羽を開いた蝶の形《フォルム》の葉。それと同じものが緻密《ちみつ》なタッチで描かれていた。水彩絵の具で着色もされている。明るい緑の地色に、濃い緑の縞模様《しまもよう》。葉の裏側のスケッチもあり、みっしりと起毛がある様が見て取れる。

「あれがブルシャだったんだ」

自分の背中の痣とよく似たフォルムの植物に心惹かれ、蓮は手折《たお》った葉つきの枝を小屋に持ち帰った。

それをエルバが食べてしまった。ジャンプしたり、吠《ほ》えたり、ぐるぐる走り回ったりと、ひどい興奮状態に陥《おちい》ったエルバの様子に、危険な毒草だと思って焼却処分してしまったが。

「あー……くそ。焼かなきゃよかった！　葉が残っていたら成分を調べられたのに」

今更あの時のことを悔やんでも遅いけれど。

親指の爪を噛む蓮に、鏑木が「それが、実はな」と神妙な声音で切り出してきた。

「手元にあるんだ」

「どういうこと⁉」

蓮は肩を揺らして、鏑木の顔を見る。

「正確に言えば、大部分は焼けてしまったが、葉が一枚だけ残った」

「一枚だけ？」

「あの時……窯《かま》で火にくべながらふと、昔父に聞いたブルシャの伝説を思い出した。これがもし幻の植物ブルシャだったら？」

蓮が小屋の中でその可能性に思い当たっていた頃、鏑木も窯の前で同じことを考えていたのだ。

「あわてて火の中から枝を拾い上げ、なんとか一枚だけ救い出すことができた。それを密かにハヴィーナに持ち帰ったんだ」

「なんでその話を俺にしなかったんだよ？」

新たに生じた疑問をぶつけると、鏑木は肩を竦めた。

「あの時点では俺はまだ記憶が戻っていないことになっていた。そんな俺がブルシャの伝説を知っているのは矛盾が生じる。だから、おまえには言えなかった」

「ああ……そうか」

言われてみればそうだ。

「それで？　調べてみてどうだった？」

「コカインと非常によく似た成分が検出された。しかもコカノキの葉よりも麻薬成分の含有量が多い。一枚の葉から抽出できる純粋結晶が多いということだ」

これではっきりと、ブルシャが麻薬の一種であることがわかった。

「あの蝶の形の葉がブルシャであることは、ほぼ間違いないだろう。ブルシャは伝説でも幻でもなく、実在する。俺たちが見たモルフォ蝶の遊び場が生息地だ」

「うん」

「ガブリエルはおそらく、ブルシャを手に入れて生態を研究し、最終的には栽培システムを確立するつもりだ。ブルシャ・プランテーションが完成して流通が安定すれば、マフィアにとって巨大な資金源になるからな」

「プランテーションって、ジャングルに？」

「ブルシャがジャングルでしか生育できない生態を持つ植物ならば、おのずとそうなる」

鏑木の見解を耳にした蓮は、顔を強ばらせた。

「そんなことになったらジャングルはどうなっちゃうんだ？」

「森林伐採に繋がり、森で生きる野生動物にも影響が出るだろう。しかも問題はジャングルの破壊にとどまらない。最悪のシナリオは、エストラニオに新たな麻薬カルテルが出現することだ。そうならないために、あらかじめ芽を摘む必要がある」

自分に言い聞かせているかのような鏑木の言葉を、蓮は「芽を……摘む」と復唱する。

「ガブリエルの手にブルシャが渡らないように、やつが生息地に辿り着く前に俺たちで封印するんだ」

「封印って、どうやって？」

蓮の問いかけに、鏑木は厳しい顔つきで押し黙った。しばらく眉間《みけん》に皺《しわ》を寄せて思案していたが、やがて首を左右に振る。

「それはまだわからない。状況に応じて対策を構じるにせよ、とにかくもう一度あの場所に行ってみなければなにも始まらないだろう」

「でも、あの時はモルフォ蝶の導きがあって偶然にあそこに辿り着いたんだ。もう一度行けるかどうかは……」

「確かに保証はない。ジャングルには地図もないしな。けれど蓮、おまえは誰よりもジャングルを知っている。おまえの経験値と始祖の残した文献をつき合わせれば、辿り着けるかもしれない」

鏑木の灰褐色の瞳を見つめて、蓮は思案した。

シウヴァの始祖がブルシャと出会いさえしなければ、その存在が世に広まることはなかった。

マフィアに目をつけられることもなく、ジャングルの奥地でひっそりと、モルフォ蝶の群舞を見守っていたはずだ。

シウヴァがそもそもの元凶だとしたら、末裔《まつえい》である自分がケリをつけるのは、定められた運命なのかもしれない。

「グルゥウウ」

いつの間にかエルバが足許に擦り寄ってきて、自分も仲間に入れろと言いたげに唸った。

「わかってるよ、エルバ。行く時は一緒だ」

弟にそう声をかけると、エルバが長い尻尾でパタンと床を打つ。

蓮は人生の相棒《パートナー》である恋人の腕を摑んだ。鏑木の目をまっすぐ見据え、その腕をぎゅっと握る。

「ジャングルに行こう。そしてブルシャを探そう」

覚悟を決めた蓮の宣言に、鏑木もまた決然とした面持ちでうなずいた。

POSTSCRIPT

KAORU IWAMOTO

プリンス・オブ・シウヴァシリーズ第四弾『銀の謀略《たくらみ》』をお届けします。本シリーズも四作目。いよいよ物語は佳境に差し掛かってまいりました。それもあって、背表紙の厚みを見ていただければわかりますが、一冊目の『碧《みどり》の王子』をついに超えました。自分でも毎回著者校正の際に、なぜこんなページ数になってしまったのだろうと自問自答するのですが、このシリーズは書き出すと筆が乗ってしまい、止まらなくなってしまうのです。

さて、前作『黒の騎士《ナイト》』でついに想いが通じ合い、晴れて恋人同士となった蓮と鏑木ですが、幸せな蜜月を過ごす二人に新たな試練が襲いかかり……というのが、今巻のおおまかなあらすじです。

また試練⁉ いったい蓮はいつになったら幸せになれるの？ とお怒りの読者様もおいででしょうが、そこはやはり運命の嵐に翻弄されてこそのヒロイン（？）であると思うのです。もちろんハピエン至上主義の私ですから、皆様安心して最後までついてきてくださいませ。

ところで、今作において、新キャラが二名登場しました。

一人は鏑木の元上官のリカルド。ガブリエルに負けず劣らず、食わせ

Lotus Annex http://www.k-izumi.jp/iwamoto/
Lotus Annex：岩本薫公式ブログ
ツイッターアカウント：@kaoruiwamoto

者オーラがぷんぷんですが、蓮川先生がものすごく素敵にビジュアル化してくださいました。キャララフを拝見して軍服にしてよかったと心から思いました。一癖も二癖もありそうなオヤジ、いいですよね！

もう一人は可憐なディーヴァ、ルシアナです。

作中でルシアナが歌ったアリアは、フィギアスケートの演目曲に選ばれたこともあって耳にする機会が多かったように感じます。プッチーニの『ある晴れた日に』を選んだのは偶然なのですが、プログラムを観るたびに、ルシアナが歌う姿に重ねて感慨深くなっておりました。

新キャラ二人は、今後も出てまいりますので、記憶にとどめておいていただけたら幸いです。


そして今回も、蓮川先生の素晴らしいカラーに魅了されることしきりでした。シウヴァはタイトルに色が入っている兼ね合いで、カラーイラストも「色縛り」があります。その分毎回、頭を悩ませていらっしゃるのではないかと申し訳なく思っているのですが、今回も「こう来るんだ！」と膝を打つような、私の乏しい発想力では思いもよらない神秘的かつ美麗な表現で、「銀」の世界観を形にしてくださいました。お忙しいなか本当にありがとうございました。引き続き、今後もどうかよろしくお願いいいたします。

次作は皆さんの記憶がまださほど薄れないうちにお届けできる予定ですので、しばしお待ちいただけますと幸いです。

次もシウヴァでお会いできますことを楽しみに。それまでどうかお元気でお過ごしください。

岩本薫

SHY NOVELS

銀の謀略 Prince of Silva

SHY NOVELS338

岩本 薫 著

KAORU IWAMOTO

ファンレターの宛先
〒101-0065 東京都千代田区西神田3-3-9大洋ビル3F
(株)大洋図書 SHY NOVELS編集部
「岩本 薫先生」「蓮川 愛先生」係
皆様のお便りをお待ちしております。

初版第一刷2016年5月13日

発行者	山田章博
発行所	株式会社大洋図書 〒101-0065 東京都千代田区西神田3-3-9大洋ビル 電話 03-3263-2424(代表) 〒101-0065 東京都千代田区西神田3-3-9大洋ビル3F 電話 03-3556-1352(編集)
イラスト	蓮川 愛
デザイン	川谷デザイン
カラー印刷	大日本印刷株式会社
本文印刷	株式会社暁印刷
製本	株式会社暁印刷

ISBN978-4-8130-1306-8